藤萍 著

兩處沉吟

千劫眉

卷五

目錄
CONTENTS

第四十三章　孤枝若雪

三寒冬凜冽，凝水成冰，滿山皆素，凇林翠木。

今年好雲山下了一場大雪，而這個地方已經五十年未曾下雪了。左近的村夫議論紛紛，都道這若不是祥瑞，就是災兆。

這一場雪下得很大，樹木上凝滿了凇花，草木尚存的地面積存了半尺有餘的白雪，映襯著依然青翠的樹木，白雪蒼林，景致清奇動人。

「璧公子」齊星手握一卷書冊，在院裡踱步，門外一人躡手躡腳地走進，「齊哥，多少人了？」

齊星合起書冊，「六百八十五人了。」

探頭來看的人是「玉公子」鄭玥，自唐儷辭宣布那多一人多一百五十八兩銀子的消息之後，加入好雲山的人馬越來越多，其中多為江湖二三流角色，雖然並非高手，卻是人馬眾多，好雲山的氣勢也越來越鼎盛。偶爾會有人因為濫用金銀之事鬥毆，齊星每每問明關鍵，將挑釁之人逐下山去，數次之後，眾人不敢輕易動手。

孟輕雷曾對唐儷辭建言，說到以金銀待人未免流於物欲，金錢雖然引得不少人馬加入，卻也讓某些潔身自好的江湖前輩不願前來。唐儷辭卻道真正有志於江湖之人，不為蠅頭小利所誘，自也不會為蠅頭小利所困，在意流言蜚語之人算不上什麼清高之輩，來與不來他並不在乎。

他說得有理，孟輕雷便不再提金銀之事。

時間過得很快，下了這場大雪之後，距離唐儷辭返回好雲山已經一月有餘。在這一月之中，鄭玥自然沒有探得關於風流店的絲毫消息，唐儷辭也沒有怪他，每次相見都是微笑相待，讓鄭玥見他更是如見蛇蠍，避之唯恐不及。

他真是從心底怕了唐儷辭，卻又不敢說出口，現在好雲山上下人人都道唐公子好，他怎敢輕易犯眾怒？何況他對那一百五十八兩黃金也有些心動，實在是一筆不小的數目。

「西方桃」一直沒有露面，唐儷辭派遣成縕袍和董狐筆帶人分頭尋找，也沒有尋到關於西方桃的任何消息。江湖突然安靜下來，好雲山聲勢漸壯，風流店偃旗息鼓，彷彿一切都恢復到毒患之前的平靜。

這些日子唐儷辭很忙碌，阿誰見人便避開，很少與人交談，她荊釵布裙，不施脂粉，也沒有人留意一個默默無聞的女婢。於是在好雲山上住了一月有餘，窗外人來人往，她便如遺世獨居一般。

鳳鳳抱著一本殘破的書卷在看，看得聚精會神，現在他已經不撕書了，轉而喜歡看書。

她不知道他看的是書頁上那些猶如圖畫一般的筆跡，還是當真看得懂什麼，總之鳳鳳喜歡看，她就靜靜坐在一旁陪他看。鳳鳳抱著書本橫著豎著倒著看，她拈線刺繡，日子是那麼平靜而沉寂。

「篤篤」兩聲，有人輕叩了幾下木門。

阿誰抬起頭來，來找她的人很少，玉團兒是從不敲門的，「是哪位？」

門外的人聲音溫柔，「婢女紫雲。」

阿誰起身打開大門，門外站的是一位相貌清秀，身材嬌小的紫衣女子，她端著一份托盤，托盤上是兩盅燕窩，「是唐公子吩咐送來的，姑娘快趁熱吃了。」

阿誰眉頭微蹙，端過那托盤，輕輕嘆了口氣，「謝謝，他為何突然想到送我燕窩？他自己吃了沒？」

紫雲也跟著嘆了口氣，「唐公子吩咐，說他事務繁忙，無暇照顧姑娘，要我跟在姑娘身旁，隨時伺候。」她對著阿誰盈盈拜了拜，「姑娘有事隨時吩咐，紫雲能力所及，必當盡力。」

阿誰搖了搖頭，扶她起來，柔聲道：「我其實不需要人照顧，紫雲姑娘有暇盡可來坐坐。」

紫雲搖頭，黯然道：「唐公子的吩咐，紫雲不敢有違。」

阿誰微微一笑，笑容有些黯淡，「他是不是不要妳伺候？」

紫雲垂下頭來，「是……他要我伺候姑娘，以後不得傳話不要進他的院子。」

阿誰道：「別傷心，唐公子只是……」只是什麼，她卻啞了，心中有千頭萬緒，卻根本說不出來。

紫雲黯然道：「我明白，他只是不願我插手他的私事，他不喜歡有其他人和他共在同個屋簷下。」

阿誰嘆了口氣，「他這樣對妳，並不一定是他心裡對妳不好。」

紫雲眼眶一紅，「我也是這樣想，但總是很傷心。」

阿誰讓她坐下，心頭越發茫然，面上泛起微笑，「妳很在意唐公子？」

紫雲點頭，嬌靨泛紅，「我……」

阿誰微笑得更加溫柔，「唐公子年少俊雅，智勇雙全，在意唐公子是自然的事。」

紫雲搖了搖頭，「我知道他在殿城有一位紅顏知己黃三金黃姑娘，鐘春髻鐘姑娘對唐公子也落花有意，並且他親口說……」紫雲怔怔地道：「他說妘妃嫁入宮內之前……對他非常癡情……」她迷茫地看著阿誰，「他還有阿誰姑娘妳，我……我又算得上什麼呢？」

阿誰同樣迷茫地看著紫雲，唐儷辭身後幾許紅顏，有些是她知道的、有些是她不知道的，但不論是哪一位、不論地位尊卑、身分如何，他不會給予任何回應，他只是……只是在這些女子身上尋覓……尋覓母性的溫柔，同時也獲得一種征服感。

僅此而已。

所以所有癡迷唐儷辭的女子都很可憐，他根本無心愛上任何女子，即便他只對她一人索取，那種執著也不是出於愛，只是遷怒和移情而已。

「他……對妳說妘妃的事，或許是希望妳早些死心，他是為妳著想。」阿誰低聲道，聲音很無力，「而我……我同樣不知對於唐公子而言，我又算得上什麼……」她真摯地看著紫雲，「我是離喪之人，又非清白之身，我比誰都盼望唐公子能得佳偶相伴，但必定不會是我。」

紫雲的淚水奪眶而出，突地撲入阿誰懷裡，抱著她啜泣起來。

正在兩人傷神之際，一條人影驀地竄入房內，身法輕巧敏捷，疾若飛燕，竟未發出絲毫聲息。

阿誰驟然看見，吃了一驚，「誰——」

紫雲拭去淚水，抬起頭來，只見眼前白光一閃，一柄明晃晃的刀刃指在她咽喉之處，來人勁裝蒙面，壓低聲音，「噤聲！」

阿誰驚魂初定，突見眼前此人身材高挑，腰肢婀娜，頭挽素髻，身形看起來很是眼熟，微微一怔，「白姑娘？」

蒙面闖入她房中之人扯下蒙面巾，對她淡淡一笑，坐了下來，「原來是妳。」

她人雖坐了下來，斷戒刀依然指在紫雲咽喉。

阿誰道：「她不會出聲的，白姑娘，她是唐公子貼身女婢，不是外人。」

來人正是白素車，聞言她緩緩收回斷戒刀，「我已兩天兩夜沒有合過眼，沒有喝過一口水吃過一口飯……」她說得很淡，紫雲連忙將那兩盅燕窩奉上，目中滿是懼色。她認得這位是風流店著名的女將，上次風流店夜襲好雲山，領頭的就有這位女子。

白素車並不推辭，很快喝完那兩碗燕窩。

阿誰記得她暗贈「殺柳」之情，對她並無敵意，「白姑娘遠道而來，不知是……」

白素車低聲道：「我從飄零眉苑來，對人說是外出巡邏，不能在此停留太久，妳去把唐儷辭叫來，我有事對他說。」

阿誰臉色微變，白素車從菩提谷遠道而來，拼著背叛風流店的罪名、兩日兩夜不曾合眼，要說的必定是大事。心念一轉即過，她推了紫雲一把，「紫雲姑娘，妳去叫唐公子過來，旁人如果問起，就說我得了重病。」

紫雲臉色蒼白，連連點頭，轉身而去。

阿誰倒了一杯茶水給白素車，白素車冷淡地看著她，看她充滿殺氣的眼神，誰也想不到不久之前白素車曾冒生死大險救過阿誰一命。

阿誰微微抿了抿唇，「白姑娘。」

白素車淡淡的「嗯」了一聲，似理非理。

「在麗人居，白姑娘為何要救我？」阿誰並不意外她的冷淡，「難道妳……妳就是唐公子在風流店中的臥底？」

白素車冷冷地道：「我不是誰的手下，我只是我自己。」

阿誰貝齒微露，咬住下唇，「我替唐公子感激妳遠道而來。」

白素車面露譏諷之色，「妳以為妳是誰，憑什麼代替唐儷辭說話？」

阿誰微微一震，低聲道：「妳為何要生氣？」

白素車臉色微變，阿誰咬了咬唇，欲言又止。

兩個女人之間的氣氛突然變得很古怪，鳳鳳從破破爛爛的書本堆裡爬了出來，看到白素車，頓時眉開眼笑，「姨——姨——」他自管自咿咿呀呀地叫，以為自己叫得很對。

過不多時，唐儷辭推門而入，身後跟著紫雲。

白素車頓時站了起來，唐儷辭見她臉色，他的臉色也微略變得發白，「說吧，什麼事？」

白素車從懷裡摸出一樣東西，那是一張紙，一角染著暗淡的血跡。唐儷辭目不轉睛地看著那張紙，白素車緩緩將那張紙遞給唐儷辭，那是一張銀票，價值黃金萬兩的銀票，「他說，還給你。」

唐儷辭伸手支頷，閉上了眼睛，那是張很熟悉的銀票，是他在明月樓付給雪線子的銀票，「他怎麼了？」

三千世界，空嘆曼珠沙華。

明鏡塵埃，原本皆無一物。

那夜的菩提谷便如不是人間。

雪線子走入山谷，他的步履很輕，不帶任何聲息，彷彿只是步入了夢境，略一用力便會從夢境中驚醒。

漫山遍野開滿了雪白的大花，空氣中有一股幽淡的花香，很淺，似有若無。雪線子在墓碑之間穿梭，找到一處青石墓碑，在墳前坐了下來。

那塊墓碑光滑異常，月光再柔和，映在碑上也有種冷冷的清韻。任清愁站在雪線子身後，在他眼中看來，這塊墓碑是被類似鐵砂掌之類的硬派掌力，硬生生磨搓而成，不知花費多少力氣。碑上簡單寫著幾個字「吾妻趙真之墓」，筆法潦草，乃劍氣所成，料想寫字的時候出劍之人心情十分激動，導致不成章法。

雪線子在墓碑前坐了下來，搖了搖頭，「為何沒有酒？」

任清愁只是在仔細辨認那寫字之時的劍法，暗中揣摩學習，「我不會喝酒。」

雪線子看了墓碑一眼，嘆了口氣，「清風明月，鰥夫孤墳，生離死別，痛斷肝腸，如此令人黯然神傷的美景，你卻在我面前偷學我刻在墓碑上的劍法……」他往地上一躺，很有現在死了算了的架勢。

任清愁將墓碑上那劍氣的路數細細想明，才道：「老前輩，三更將至，現在若不動手，很快就沒有機會了。」

雪線子本要學前人遺風，來一下長歌當哭，無奈未遇知音，只好從地上爬起來，望著滿山遍野的孤枝若雪，「這麼多花，我要從哪裡燒起？這些不比你藥房裡的乾貨，只怕很不好燒。」

任清愁沉吟道：「那只能將根莖一一掘斷，使用烈陽掌力將花枝燒毀。」

「那分頭行事吧！」雪線子出手如電，將趙真墓上的孤枝若雪拉斷，這奇葩的藤蔓卻很堅韌，雪線子出手一扯，牽連拉出了七八處入土的根莖，方將它扯斷。

任清愁揪著另一株藤蔓，仔細尋到它的主根，用劍尖將它挖了出來，隨即欲用掌力將它焚燒成灰。可惜他年紀尚輕，修為不到，只把那根莖燒成黑不黑白不白的一塊，卻不能成灰。

任清愁臉上一紅，雪線子哈哈大笑，拾起那根莖，見他五指一握，那團灰不溜秋的根莖剎那冒出一團輕煙，隨即化為灰燼。任清愁雖然慚愧，卻並不氣餒，他去挖掘花根，雪線子便出手將它捏成灰燼。

兩人通力合作，不過半個時辰，已毀去了大半個山谷的孤枝若雪。

「啊——」突地，從菩提谷另一端傳來一聲尖叫，「誰——」

任清愁身形如電，一把將發出尖叫的來人抓住，是一位年約十六的小丫頭。只見她滿臉驚恐地看著他，「你——你——你背叛主子——」

任清愁手掌抬起，就要將她打死，然而一掌拍落卻頓了頓。

一掌落下，那小丫頭臉色轉白，昏了過去。

雪線子呸了一聲，「我當你小子又殺人不眨眼！快看看她還有沒有同夥？」

任清愁點了點頭，拔出黑色小弓，扣箭上弦，在山谷中搜查起來，雪線子提起那小丫頭，東張西望了一陣，草草把她塞在樹下的一處亂草堆中。

任清愁繞了一圈，不見其他人蹤，持弓而回。雪線子大是詫異，恰是三更時分，這小丫頭一人外出，難道是專程前來墳場練膽的？想了又想，不得甚解，兩人回頭又去掘花。

不遠處的山坡頂上，一人月下盤膝而坐，但見他面色青白，顴帶紫紅，骨骼高大，只餘一臂，赫然正是朱顏。

他對月吐納，似乎沒有發現雪線子和任清愁二人，眼眸緊閉，全心全意沉浸在他體內真氣的輪轉之中。剛才任清愁抓到的小丫頭，正是來送藥給他的。在望亭山莊與玉箜篌、鬼牡丹一戰之中，他並沒有死。

他體內的真氣一點一滴流轉，四面八方的一切變得十分通透清明，這種境界開始慢慢向外擴張，一丈、兩丈、三丈……十丈、十五丈……

就在他的耳聽之力緩緩到達二十丈方圓之時，突地「擦」的一聲異響自二十丈外傳來，他微微一震，睜眼。

與此同時，正在墓碑之中拉扯孤枝若雪的雪線子如有所覺，驀然回首。

一瞬之間，兩人四目相觸，風聲突地一變，任清愁跟著回頭，只見狂風乍起，「呼」的一聲捲得沙石落花直飛上天，朱顏長戟一揮，轟然一聲巨響，他足下山坡被削去了一層，崩落的土石傾斜下來，將山坡腳下那扇木門堵住了一大半。

「你是誰？」朱顏持戟而起，聲音非常暗啞，威儀之中帶有少許茫然。

雪線子凝神以對，面對能一戟削去小半個山頭的對手，他絲毫不敢大意。任清愁很快尋了一塊大石藏匿身形，彎弓搭箭對著那被掩去一半的門，被朱顏弄出如此巨大的聲響，風流店若再不察覺，那便是聾子了。

「你是誰？」朱顏背手持戟，一步一步自山坡上下來，聲音雖然沙啞迷茫，卻仍舊充滿殺氣。

雪線子很快地吸了口氣，再緩緩吐出，隨即對朱顏一笑，「我是你的好朋友。」

朱顏已經走到山谷之中，仍舊一步一步向他走來，「我平生從無好友。」

「那你有什麼？」雪線子笑嘻嘻地問。

朱顏被他問得錯愕了一下，沉默了下來。

雪線子目不轉睛地看著他，看來他似乎又傷到了頭腦，以平時的朱顏而論，絕不會說如此多的廢話，早就出手殺人了。看他在迷茫，彷彿忘了自己是誰，又似乎仍然記得某些片段。

朱顏沉默了一陣，緩緩地道：「我有武功。」

雪線子一負手一轉身，「你很可憐。」

朱顏問：「為何？」

雪線子道：「因為武功並不是一種擁有，你沒有朋友、沒有親人、沒有家沒有錢，難道不是很可憐？」

朱顏左手長戟往前一滑，他握到長戟之柄，「我有武功，我會勝過任何人，任何人我都能殺，包括你！」

雪線子嘆了口氣，「你還記得薛桃嗎？」

朱顏聽而不聞，長戟抖刃而起，筆直往雪線子胸口插去。

便在此時，山坡下那扇被堵的木門驟然爆裂，三人掠身而出。任清愁弓弦響動，三支黑色小箭疾射三人，但可惜三人皆有防備，三支箭出，兩箭落入人手，一箭射空。

來者是玉箜篌、鬼牡丹和紅蟬娘子。

方才朱顏所坐的山坡之上，白素車按刀帶隊，身後殘存的幾名白衣役使，還有二十來位紅衣役使佇列整齊，正一起看著任清愁。

朱顏長戟雪刃，疾刺而來的時候並未帶起多少風聲，雪線子身形一幻，在長戟刺來的瞬間失去形跡，旁人看清他身形之時，他已竄入長戟之下，手掌貼戟前掠。朱顏手腕一擰，持戟如棍，狂喝一聲向雪線子頭上砸下，雪線子閃身避開，旁人只見他右閃，卻驀地現身左邊，依然出手奪戟。

玉箜篌眼觀戰況，微微一笑，「雪線子的『移形換位』能練到這種地步，也算是一個奇跡了，但『移形換位』練得再好，也不可能在朱顏長戟之下全身而退。」他沿著通道過來，早已看過沿途被任清愁射傷的劍士，但他既不著急也不生氣，看著朱顏和雪線子動手，竟是看得很有趣。

紅蟬娘子盈盈嬌笑，「哎呀！雪郎可是會使『千蹤孤形變』的高人高高人呢！朱顏被你傷了頭腦，要是突然傻了，說不定就要輸。」言下吃吃笑起來，「話說那天夜裡，我還當你真的會殺了他呢！」

玉箜篌臉頰上的傷已經痊癒，只在下巴之處留下一個很淡的疤痕，「殺他？我怎會殺他呢？」他柔聲道：「他害了表妹，我要他為我做牛做馬，為我殺敵立功，我要他生無所得、死無所有，將來為我死在千軍萬馬之中。」

「你真毒。」紅蟬娘子越發眉開眼笑，「你不怕他死在雪郎手上？」

玉箜篌看著戰局，抿唇淺笑，「嘿！」

鬼牡丹陰森森地笑，「他一人之力害我與七弟各折損了一成真力，你說他殺不殺得了雪線子？七弟為了在他頭上拍上一掌，中他『魑魅吐珠氣』，內傷至今未好，你說他殺不殺得了雪線子？」

「那現在——我們只要逮住旁邊那隻小耗子就行了？」紅蟬娘子嫣然一笑，「先逮住他，然後在他面前將他心愛的溫蕙千刀萬剮。」

鬼牡丹哈哈大笑，玉箜篌今日穿著男裝，一拂衣袖，「任清愁就交給你了。」

任清愁躲在一塊大石之後，紅蟬娘子咯咯嬌笑，繞過大石來捉他。任清愁很沉得住氣，等她快走到面前才一箭射出。紅蟬娘子揮袖擊落短箭，任清愁腰間劍疾揮而出，直刺她咽喉，紅蟬娘子紅袖翻捲，一把捲住他的長劍，內力到處，任清愁劍刃扭曲，竟而變型。紅蟬娘子嫣然一笑，左手袖往任清愁面上拂去，她這衣袖染滿劇毒，一旦讓她拂中，非毀容不可。任清愁奮力抽劍，紅蟬娘子故意衣袖拂得很慢，想在任清愁臉上逼出驚恐之色，突地「啪」的一聲微響自身後而來，她微微一怔，心頭尚未領悟，後肩處一陣劇痛，竟是方才任清愁射出的短箭落空之後擊向一處墓碑，撞擊而回，逆行射穿了她的肩頭！

她肩頭受傷，手上勁道一減，任清愁拔劍而出，驚險至極的急退，身影一轉，避入另一塊墓碑之後。一照面便傷了惡名響著江湖的紅蟬娘子，任清愁毫無驕色，專心致志地躲在那墓碑後面，一聲不出。

玉箜篌左邊看著雪線子忽隱忽現忽前忽後的與朱顏纏鬥，右邊瞧著任清愁計傷紅蟬娘子，無論左右都讓他看得很有趣，「雖然這兩人毀去許多孤枝若雪，但其實這些花被毀得不枉，就憑這兩人的實力，的確能毀去我一整個藥房——可惜——僅此而已。」

「那些花毀了，日後你打算如何？」鬼牡丹觀望戰局，「其他的藥你藏在哪裡？」

玉箜篌笑得頗為嫵媚，「這個……告訴大哥，對我沒有半點好處。」

鬼牡丹冷笑，「難道我還會搶你的藥？」

玉箜篌眸色流轉，「祕密總是只有自己一個人知道的好。」他拍了拍鬼牡丹的肩，指向任清愁，「有人背叛風流店，你不可能讓他脫身逃走吧？我與你賭，三招之內你收拾不下他。」

鬼牡丹一聲冷笑，閃身上前，紅蟬娘子負傷之後勃然大怒，兩人指掌凌厲，向任清愁撲去。

雪線子施展「移形換位」之術和朱顏遊鬥，朱顏「魑魅吐珠氣」漸漸發揮到淋漓盡致，長戟揮舞隱隱約約帶起道道黑氣，雪線子不敢碰他那邪門真氣，一味東躲西閃。他轉圈閃避的功夫了得，一時三刻朱顏奈何他不得，但長戟內力發揮出來，雪線子身法漸漸遲滯，心頭凜然，知曉今夜遲早要拼老命。

任清愁短箭疾射，以他的功力自然遠不足阻止鬼牡丹和紅蟬娘子二人，短箭射出，他轉身便逃。紅蟬娘子追了一陣，後肩傷勢作痛，不得不停了下來，她心頭忿怒，惡念突起，繞到一處墳墓之前，雙手抓住墓碑用力一搖，竟硬生生將那青石墓碑推倒。任清愁大吃一驚，停下腳步，那正是雪線子髮妻趙真的墓碑，「妳——」

紅蟬娘子拔出肩後短箭，傷口血如泉湧，她陰惻惻地道：「你傷老娘一箭，老娘要將趙真的屍首從墓裡拖出來千刀萬剮，戳上千箭萬箭。嘿嘿嘿！我要雪線子恨你一輩子！」當下雙手齊摧，內勁劇毒一起發出，趙真的青石墓碑冒起一層黑煙，崩落片片碎石。

任清愁見她動手毀墓，立刻轉身折返，鬼牡丹攔住他，冷笑聲起，一掌往他頭上劈去。任清愁長劍舞動，他素來沉得住氣，但趙真墳墓被毀，微微有些亂了方寸，鬼牡丹的武功本就遠在他之上，頓時手忙腳亂，接連遇險。

趙真的墓碑被紅蟬娘子雙掌摧毀，紅蟬娘子隨即要去掘墓。然而菩提谷天然生就的白色泥土，一旦與水混合、夯實之後堅固異常，非尋常刀劍能傷，紅蟬娘子以雙手去挖，自然挖不開。她怔了怔，自袖中翻出一柄短刀，刀光如練，硬生生往墳頭砍去。

「噹」的一聲脆響，紅蟬娘子那柄刀沖天飛起，落在其他墳上，劃出點點火花。她呆了呆，眼前人影千幻，眼角所見，似有一人仍然在和朱顏動手，卻又有一人出手擊落了自己的短刀，甚至左邊還有一人出手拍向自己的左肋，右邊還有一人踢向自己的膝蓋。

千蹤孤形變！

她心裡雖然明白，卻難以抵擋，一呆之際，左肋右膝一起中招，「哇」的一聲口吐鮮血，坐倒於地。眼前雪線子的幻影彷彿還對她一笑，一笑之後幻影消散無蹤，真正的雪線子依然和朱顏纏鬥。

「好功夫！」玉箜篌贊了一聲，隨即柔聲道：「三哥，你自以為天下無敵，難道竟敵不過『千蹤孤形變』？」

朱顏的眼神本來略有渙散，長戟雖然在手，卻不如他平時的威力，此時聽玉箜篌一激，眼中驀然迸發出光彩，手腕一擰，刃尖流閃七處光點。長戟是沉重的兵器，卻讓他舞出七道、十四道、二十一道銀芒，剎那間光影滿天，沙石飛揚，盤旋流動的氣勁吹得人幾乎站立不穩，月色黯淡，刃光奪去月色，彷若一輪圓月被他揮刃斬成千千萬萬的碎屑，一併融入了刃影之中！

這一戟，叫做「月如鉤」。

鉤是勾魂之意，這一戟很美，銷魂耀目，如地使勾魂之前來臨的那一刻月色。

雪線子身影再幻，千蹤孤形變再現，一道身影、兩道身影、三道身影——剎那間他竟化出二十一道身影，迎向二十一道銀芒，白衣飛揚，銀髮飄蕩，揮灑自如。

「雪線子施展『千蹤孤形變』，竟然能到這種境界……」玉箜篌往山坡上瞧了一眼，「素素！」

白素車應了一聲，拔刀在手，「殺！」她只冷冷說了一個字，身後紅白衣役使縱身撲出，諸般兵器揮舞，一起殺向雪線子！

任清愁長劍飛舞，他已與鬼牡丹動手三招，第三招鬼牡丹突地袒露出胸口讓他來刺。任清愁一劍刺出，那劍尖竟被鬼牡丹胸口肌肉所阻，彷彿銅牆鐵壁，絲毫刺不下去。鬼牡丹仰天狂笑，一把抓住任清愁的長劍，隨手將它扭得不成形狀，任清愁棄劍揮掌，鬼牡丹毫不在乎，同樣拍出一掌。雙掌相接，任清愁大叫一聲，連退三步！鬼牡丹欺身直上，再加一掌，任清愁口中鮮血狂噴而出，再退三步！鬼牡丹如影隨形，第三掌當頭蓋下。

突然之間，他的面前有人揮掌相接，「啪」的一聲，鬼牡丹退後三步，眼前接掌之人一閃而逝，飄幻異常，竟是雪線子身外化身！他竟然在接朱顏「月如鉤」一戟的同時，猶有餘力化出第二十二道人影，救了任清愁一命！

任清愁大口大口喘著氣，不敢置信地看著雪線子，這位「老前輩」的造詣遠超他的想像，他從未想過一個人的武功竟能練到如此神乎其神的地步。

鬼牡丹被雪線子一掌震退，怔了怔之後揮掌再上，此時紅白衣役使已紛紛出手，然而朱顏長戟威勢凌厲，反而讓這些女子攻不進去，只堪擾亂視線。雪線子身影一幻再幻，只聽幾聲嬌呼，數名女子突然摔倒，也不知他用什麼法子將人點倒。

而正在眾人被他這身外化身弄得眼花繚亂之時，鬼牡丹掌前人影再現，「碰」的一聲，雪線子竟仍有餘暇再接他一掌。這下不僅是任清愁呆若木雞，連鬼牡丹也是頗為佩服，「千蹤孤形變」千古絕技，能被雪線子練到這種地步，是一種奇跡。

玉箜篌眉頭微蹙，依照這種情形，神智有失的朱顏還未必殺得了雪線子。他眼見雪線子如此武功，已下殺心，但「千蹤孤形變」一人千化，只怕就算再多幾個人圍攻，也只能收到遊鬥之效。雪線子這麼東一飄、西一晃，前一腳後一掌，和誰都不是全力拼鬥，雖然他贏不了，卻也輸不了，要等到他自己力竭，時間拖得久了，事情恐怕就要生變。他心中盤算一定，輕輕一笑，拍了拍手掌，柔聲道：「素素，叫她們回來，去取些鋤頭、鏟子、鐵棍、鑿子什麼的，現在就給我把趙真的墓掘了！然後牽條餓狗過來，我要把趙真的骨頭一塊一塊拿去餵狗。」

白素車領命，紅白衣役使撤回對雪線子的攻勢，改取了鋤頭、鏟子開始掘墓。

任清愁受鬼牡丹兩掌，神智已有些不清，眼前只見朱顏的長戟所帶的黑氣越來越盛，揮舞起來有時竟像一團黑色的大球。突地有人把他提了起來，一把向隧道內裡擲去，他猶如騰雲駕霧，重重的摔在門內，身後人一閃而逝，雪線子衣袖紛飛，在朱顏濁重的黑氣中蹁躚穿梭，只聽他喝道：「傻小子！還不快走！」

走？任清愁搖搖晃晃地站起來，鬼牡丹已向他追來，卻被雪線子化身一阻。

「快走！」雪線子喝道：「再不走你來不及了！」

任清愁知他的意思，他說他現在不走的話，再無機會去鐵人牢救溫蕙。一瞬間他的目中突然充滿熱淚——他明白這位老前輩的意思了——雪線子會在這裡與風流店眾人遊鬥，好讓他有足夠的機會去鐵人牢救人。

他必須馬上走！

雪線子一人之力，牽制如此多江湖名家，早已不辱他數十年的威名。他縱然敵不過菩提谷中這許多敵手，也絕非不能脫身。他留下一半是為了孤枝若雪仍未盡除、一半就是為了成全他去救人。

所以他必須馬上走！

他若不走，雪線子獨鬥眾人的時間會更長，危機就越深重。

他必須馬上走！

「老前輩！」任清愁突然大吼一聲，「你叫什麼名字？」

外邊雪線子風流倜儻地笑，「我姓鐘。」

「我記住了！」任清愁轉身往隧道深處奔去，大吼道：「我記住了！」

那聲音嘶喊得震天動地，山坡上的碎土又簌簌掉了下來。

玉箜篌並不追擊，以任清愁受傷之重，想要救溫蕙無疑癡人說夢，他並不著急。他身上有傷，他也分外愛惜自己的身體，所以也不出手攻擊雪線子，只是站在一旁笑吟吟地看人掘墓。

鬼牡丹未能擊殺任清愁，面子上頗為掛不住，怒從心起，回身撲向雪線子。雪線子與朱顏遊鬥，表面上雖然瀟灑，但身法為「魑魅吐珠氣」所侵擾，已大感沉重，鬼牡丹反身撲回，雪線子身影再幻，「千蹤孤形變」發揮到了極致，在鬼牡丹凌厲狠辣的掌法之下，他也不得不以真實掌力回擊。

便在此時，趙真的墳墓一寸一寸的被挖開，堅硬的白色泥土在紅白衣役使的鋤頭、鑿子之下一點一點粉碎。

雪線子怒從心起，大喝一聲，掌連環，一氣貫日！

朱顏橫戟狂掃，雪線子一聲長嘯，雙掌拍出，與朱顏長戟一抵，只聽「嗡」的一聲長戟震動，隨即轟然炸裂為千千萬萬碎屑。就在雪線子雙掌碎戟的同時，朱顏左手疾出，「魑魅吐珠氣」在雪線子肩頭帶了一下，撕開五道血痕。鬼牡丹哈哈大笑，一記「鬼零泣」疾落雪線子後心。雪線子臨危不懼，朱顏五指在他肩上帶過，他不退反進，同時一掌擊中朱顏胸口，鬼牡丹厲掌拍向他後心，雪線子閃身急退，揮掌身後，就在他行雲流水般一退之時，他與鬼牡丹雙掌相接，「砰」的一聲，雪線子脫身而出，如一隻雪白的鳥直落趙真的墳墓。鬼牡丹一把抓住飛蕩的袖子，被他震退一步，他冷笑著看著雪線子，笑容中充滿蔑視。

朱顏口角掛了血絲，然而傷得並不重，玉箜篌笑意盎然——雪線子在剛才那一連串「千蹤孤形變」中耗費了太多真力，方才他能將鬼牡丹震退三步，現在只能將鬼牡丹震退一步，而再過一會兒，掌力上他就要輸給鬼牡丹。而朱顏傷得並不重，雪線子肩上那「魑魅吐珠氣」卻是要命的傷。

他一點也不著急，笑吟吟地看著雪線子一甩袖將掘墓的女子一一摔倒。朱顏失了兵器，面色變得十分可怕，鬼牡丹反而退開了去，他知道雪線子擊碎長戟，已經激出了朱顏內心深處最強的狂性。

一股炙熱的狂風突然在山谷中盤旋起來，折斷的孤枝若雪在熱風中被烤得很乾，隨風旋轉，過了一會甚至一點一點燃燒起來，漆黑的夜空之中，十數朵燃燒的白花在飛舞，景致奇麗異常。雪線子落身趙真的墳墓之上，朱顏側身負手以對，神態從方才的迷茫、憤怒、不安定變得平靜。

那是一種異常的平靜，彷彿他由眼自心、由心自手都成了一條線，他並沒有看雪線子，但誰都知道雪線子在他這條線所結成的脈絡上。他由眼自心連成了一條線，而這條線龜裂成了一張網，凡是在這網中的任何東西，都是他的獵物。

他就像一隻巨大的蜘蛛，而雪線子正是他網中的白蛾。

風中的白花在燃燒，片片帶火的花瓣在飄落。

雪線子站在墳頭，他肩頭那五道傷痕不住的出血，傷處焦黑，「魑魅吐珠氣」正在侵蝕他的真氣，他的臉上不見笑意，比之平時分外透著一股挺拔俊秀之氣。紅蟬娘子踉蹌退遠，雖是滿懷怨毒，見雪線子這般風姿，仍是有些怦然心動，暗想這冤家如果被擒，一定要弄到自己手上來。

白花燒盡，灰燼滿天。朱顏的背後彌散出一片真氣，捲動滿天的灰燼，那片灰燼宛若有形，漸漸成羽翼之態。雪線子眉頭皺起，他縱橫江湖數十年，未曾見過這種奇異的狀態。

鬼牡丹哈哈一笑，「三弟竟能將『魑魅吐珠氣』練到這種境地，難道說他當真和當年首創這種邪功的高人一樣，天賦異稟，能不受『魑魅吐珠氣』烈焰之傷？」

玉箜篌笑了笑，「這一招，叫做『羽化』，我見過一次。」

鬼牡丹陰森森地問，「哦？你見過一次？效果如何？」

「效果——就是二哥死。」玉箜篌含笑道：「被燒成一具黑紅乾癟的焦屍。」

鬼牡丹聞言狂笑，然而朱顏和雪線子都很安靜，一言不發。

掘墓的女子們停下手來，那灰燼不住散落，一絲一毫都帶著灼熱的真氣，落在肌膚上皆是灼傷。雪線子落在肩上的白髮也沾上少許灰燼，髮絲微微扭曲，但他一身白衣依舊整潔，衣上繡的字依然鮮豔明朗。

白花的灰燼漸漸落盡，朱顏身後的羽翼漸漸隱去形跡，圍觀的紅白衣役使一步一步後退，那股灼熱並不因灰燼落盡而消褪。雪線子身在其中，誰也不知他感受如何，但見他衣袖一角微微冒起輕煙，竟有些燃燒起來的徵兆。

「三哥這一招很認真，看來要一招決生死了。」玉箜篌柔聲道：「要賭麼？」

「賭什麼？」鬼牡丹陰惻惻地笑。

玉箜篌自懷裡抖出一張銀票，含笑道：「這是雪線子那張黃金萬兩的銀票，我賭三哥一招殺不了雪線子。」

鬼牡丹冷笑，「你忒把雪線子看得太高。」

玉箜篌道：「那大哥就是賭雪線子會死在這一招之下。」

鬼牡丹頷首，玉箜篌笑道：「賭麼？」

鬼牡丹冷冷地道：「賭！」

便在此時，朱顏全身上下真力已運到極點，左臂微抬，他遙遙對著雪線子張開五指。地上白沙突地漫起，這一張不知用上了多大的力氣，趙真的墳墓微微震動，被鑿開的口子上碎石顫抖，一塊一塊滾入墳墓的缺口。

雪線子合掌平推，不見什麼驚天動地的氣勢，但見他掌勢推開之處，地上顫抖的沙石頓時止了。趙真的墳墓隨他這一掌穩定下來，地上漸漸分出清晰的兩處區域，靠近雪線子的一段平靜異常，靠近朱顏的一段沙石顫抖，不住冒起輕煙。

兩人就相隔著五尺距離，凌空以掌力相較。這種僵持無疑是朱顏占了上風，雪線子肩頭的鮮血不住湧出，僵持片刻，傷口處流出的鮮血已將一件白衣染紅了一半。紅蟬娘子看在眼裡，有三分心疼，卻有七分幸災樂禍。

玉箜篌低聲道：「等三哥五指一合，生死就分……」他還未說完，朱顏五指倏然一握，轟然一聲，只見沙石飛揚煙霧滿天，趙真的墳墓突然炸裂，雪線子沖天躍起，凌空撲下——朱顏這一招竟然不是針對雪線子而來，而是針對趙真的墓！

玉箜篌和鬼牡丹都是一怔，玉箜篌笑了起來，「三哥果然不是沒有心機，大哥你輸了。」

趙真墳墓炸裂，雪線子含怒出掌。朱顏面色冷漠如故，第二掌揮出，雪線子夾帶凌空下落之勢直擊而下，只聽「砰」一聲大響，兩人各自跌出一步，竟是平分秋色。玉箜篌哈哈一笑，雪線子並不在乎拼掌結果如何，轉身急回趙真的墳墓。白煙塵土散盡，碎裂的墳墓中露出一具白骨，他的臉色變得蒼白，傷心之色自面上一掠而過。朱顏踏上兩步，第三掌出，五指張、背後真氣勃張，仍是「羽化」！

雪線子驀地回過頭來，朱顏身影剎那急趨向前，他身後散發的那強勁真力推動他這一撲之勢強勁絕倫，五指張開猶如張開一張無可匹敵的鐵網，勾向雪線子周身重穴！這才是「羽化」一招的精要所在！

雪線子不敢閃避，地上就是趙真的白骨，他一旦避開，朱顏這一抓抓向趙真的白骨，以他掌力之威，白骨絕對在瞬間就化為灰燼！

一瞬間「千蹤孤形變」再展，他化出數十道人影，對著朱顏撲來的人影各自發出數十道殺招！只聽「劈里啪啦」聲響，朱顏身上少說瞬間中了十二三招重手，然而鬼牡丹面上冷笑，雪線子已是強弩之末，這十二三招雖然重傷了朱顏，卻攔不住「羽化」！

人影幻化如華，一瞬即逝，朱顏五指勾魂，抓向前去的，依然是雪線子的咽喉。雪線子橫掌去擋朱顏的五指，朱顏五指一握，只聽「咯啦」聲響，鮮血飛揚，點點染上白衣，雪線子右臂被朱顏再度抓出五道血痕，傷深及骨，鮮血淋漓。

朱顏口角掛血，眼微閉、步一抬，他依然向雪線子走去。雪線子臉色沒有什麼變化，朱顏一揮手，只聽轟然炸裂之聲再起，沙石再度飛揚，塵煙之中血濺三尺，一蓬鮮血灑落在地，濺上了趙真那塊傾倒一旁的墓碑。

煙塵散去，雪線子坐倒在趙真的白骨之前，右手牢牢握住妻子的臂骨，左手按著胸口。方才一掌，朱顏在他胸口抓出五道血痕，差一點便挖出他的心。鮮血自肩上、臂上、胸口泉湧噴出，片刻間風流倜儻的雪線子已成了血人，但他笑了笑，俊朗的面容依然猶如冠玉，「再一掌，你就要支援不住。」

朱顏手中握著一團碎衣，聞言將那血衣拋開，低沉地道：「再一掌，我就能殺你。」

「你殺不了我。」雪線子笑得很開心，「你和我一樣運功過度，『魑魅吐珠氣』就算是一門神功，也不是當真能……無敵於天下……」

朱顏冷冷地看著他，目中充斥著殺氣與暴戾，他一寸一寸提起手掌，真氣再度運行，面色一分一分發黑。

玉箜篌在此時開口，「三哥，住手。」

朱顏充耳不聞，駭人的氣勢盡集中在雪線子身上，身形一動，他將那一掌澈底揮出。

「潑」的一聲，血雨滿天，盡落在雪線子與白骨身上，將那一身血衣染得分外的紅、將那白骨染成血骨。衣袂蕩盡之後，雪線子抱著那副白骨，盤膝而坐，渾身的傷痕已分不清從何而來，渾身的鮮血已不知是否流盡，他雙手抱著妻子的骨骸，絲毫未曾鬆手，儘管自己遍體鱗傷，趙真的骨骸卻依然完整。

朱顏退出三尺之外，冷冷地看著雪線子，雪線子垂眉閉目，並不理他。鬼牡丹正要大笑，突然「砰」的一聲，朱顏仰身摔倒，口吐鮮血。

眾人皆是一呆，玉箜篌讓身邊白衣役使將朱顏帶下療傷，他緩步走到雪線子身邊，「老前輩不愧是老前輩，你那十三掌在他身上動了什麼手腳？」

雪線子充耳不聞，只是緊緊抱著趙真。

玉箜篌俯下身來，在他背後點了幾處穴道為他止血，柔聲道：「你莫以為，我會讓你如願而死——你以為你燒了毒花、你放跑任清愁、你戰到力盡、你暗傷朱顏、你摟住了趙真的屍骨，我就會讓你死——這樣死，未免太英雄太如意了。」他將雪線子身上幾處血脈截住，防止他失血而死，一邊一字一字地道：「我依然要將趙真的白骨拿去餵狗，但我會救你，給你餵些毒藥，將你弄成藥人，日後為我打天下……你想你一身武功，你威震天下，就此死了，豈非很可惜？」

雪線子驀地睜眼，「你——」

玉箜篌掰開他的手指，將趙真的屍骨一寸一寸從他手裡拔了出來，一面露出溫柔嫵媚的微笑，「我一向不成全任何人。」

雪線子怒氣衝動心血，「哇」的一聲吐出一口鮮血。

玉箜篌微微一笑，「素素，把雪線子帶下去，嚴加看管。」

白素車上前領命，隨即淡淡地道：「余泣鳳看管失職，難道主人不罰？」

玉箜篌柔聲道：「我自會處理，素素妳多話了。」白素車沉默，將雪線子從地上抱起，退到一邊。

玉箜篌環顧眾人，眾人看著滿地的鮮血，寂然的白骨，都沉默不語，只有他一人獨笑，笑得風姿嫣然，傾國傾城一般。

第四十四章　旗幟縱橫

唐儷辭聽著白素車慢慢講述那一夜的血戰，越聽臉色越白，「這張銀票，妳是怎麼拿到的？」

白素車道：「玉箜篌從他手裡將趙真的屍骨奪走的時候，他從玉箜篌身上偷回來的。」她咬了咬唇，「那時候他無能阻止玉箜篌對他做任何事，只能拿回這張銀票。我把他送入監牢，請了大夫為他療傷，但玉箜篌不會讓他的神智清醒太久，必定很快給他下藥，等他傷勢痊癒就能作為藥人使用。他自己也很明白，所以他說……」她換了口氣，「他說這張銀票還你。」

「他沒有要妳向我求援？」唐儷辭問。

白素車沉默了一會兒，低聲道：「我很想說有，但他沒有，他只是說還你。」她慢慢地道：「以他之能，足夠自飄零眉苑全身而退，但他……他是為了趙真的屍骨……」她又咬了咬唇，「孤身犯險，落入敵手，那是他的錯。」

唐儷辭手指支額，「任清愁呢？任清愁可也被擒？」

白素車低聲道：「他突破鐵人牢，帶走了溫蕙。我也覺得奇怪，他分明重傷在身，居然仍有這樣的能力。」

唐儷辭不答，在屋裡踱了幾步，「用以製造九心丸的毒花已經被毀，但大量的藥丸必定藏在它處，所以風流店並不著急。接下來，第一件事是必須儘快得到九心丸的解藥；第二件是找到風流店藏匿的那些藥丸在何處；第三件是突破飄零眉苑，救出雪線子。」

白素車點了點頭，站起身來，她轉過身去，「我該走了。」

「白姑娘……」唐儷辭的聲音聽起來很飄渺，不著中氣，「讓雪線子護衛柳眼，連累他至此，我很抱歉。」

白素車和阿誰都是微微一震，很少聽唐儷辭說話如此柔和，白素車低聲道：「不是你的錯，你知他能脫身，他也確實能脫身，只不過是他自己太……」她停了下來，「我幫不了他太多。」

「我會救他。」唐儷辭平靜地道。

白素車冷笑了一聲，「我知道，只盼你……不要像救池雲那樣救他。」

阿誰心頭一跳，她知道池雲之事實是傷唐儷辭甚深，白素車出口嘲諷，以唐儷辭極端的個性，必定又受到刺激。但在表面上卻看不出來，唐儷辭只是笑了笑，「我也希望不會。」

白素車胸口起伏，「我走了。」她掉頭而去，走出去四五步，突然問道：「你可是有哪裡不對？」

唐儷辭微微一笑，「哪裡不對？」

白素車冷冷地道：「今天說的話，每一句都不像你。」她也不聽唐儷辭的回答，戴上蒙面白紗，身如飛鳥，一掠而去。

阿誰和紫雲看著唐儷辭，唐儷辭神色看來很疲倦，他在阿誰旁邊的椅上坐了下來，支額閉目。

「唐公子？」阿誰低聲問，「身子不適麼？」

紫雲的神色越發關切，身子微微發抖。唐儷辭目光自阿誰房中掠過，看見書架上擱置著那個白玉美人瓶，抬手指了指那玉瓶。紫雲連忙為他取來，唐儷辭倒出一片藥片，也不喝水，就這麼吃了下去。

「這是……什麼藥？」紫雲忍不住問，她服侍唐儷辭有一段時日，唐儷辭受過不少傷，但幾乎從不服藥。

唐儷辭並不回答，阿誰默默地坐著，過了一會兒，她問道：「打算怎麼辦？」

唐儷辭額上冒出一層細細的冷汗，「打算？我要出兵菩提谷，圍剿飄零眉苑！」

阿誰全身一震，咬住下唇，「但……玉箜篌他隨時會扮作桃姑娘回來，九心丸的解藥也還沒有拿到，此時圍攻飄零眉苑，當真是時機麼？」

唐儷辭笑了笑，「我說笑，妳何必如此認真……」他看起來當真十分疲倦，伸指輕輕揉了揉眉心，「我不在乎玉箜篌幾時回到好雲山，只要九心丸解藥現世，我就會出兵菩提谷。」

「但——只怕雪線子前輩……等不起。」阿誰的聲音微微顫抖，「等到你出兵之時，他恐怕已經被玉箜篌煉成藥人，難道你真的忍心……忍心坐在這裡眼睜睜看他淪為玉箜篌的殺人利器？」

唐儷辭的指尖在眉心流連，「飄零眉苑是風流店重地，擅闖飄零眉苑幾乎是送死，我不會讓人去救。他現在不會死，我要救他，只能寄望有人能解藥人之毒。如果有人能解藥人之毒，不但能救雪線子，也能救醒朱顏，朱顏一旦清醒，玉箜篌就多了一員令他頭痛的大敵。」

阿誰微微鬆了口氣，似是看到了希望，但這希望又是如此虛無縹緲，「有誰……能解藥人之毒？」

「如果柳眼參與製作引弦攝命術的藥水，也許他能解。此外，『明月金醫』水多婆、太醫岐陽、岐陽之妻神歆，甚至碧落宮聞人壑聞人前輩，只要有一線希望，我會盡力。」唐儷辭淺淺一笑，「江湖之大，總有人能做到他人做不到之事。」

他今日顯得特別柔和，不帶有那份毒若蛇蠍的妖氣，阿誰卻覺得很不安，目不轉睛地看著唐儷辭的面頰，「你……是不是很累？」

唐儷辭閉上眼睛，「我也已兩日兩夜未曾合眼，好雲山上新來了不少好手，我要一一見過。有些人江湖氣太重，糾紛不斷，要將這些人整合成可用之才，還需時間。」

紫雲「撲通」一聲跪了下來，「公子，你讓紫雲隨侍左右吧！端茶遞水、噓寒問暖的也有個人手，婢子、婢子實在放心不下……」

唐儷辭並不睜眼，淡淡地道：「我很累，見了妳心裡更厭煩。」

紫雲呆了呆，唐儷辭這句話令她如受重擊，「我……我……」

阿誰心下黯然，「紫雲姑娘……」

紫雲眼眶裡滿是淚水，卻依然磕頭，「我不要伺候阿誰姑娘，紫雲……紫雲只想伺候公子一人，只求公子讓紫雲侍奉一日三餐，讓紫雲每日見上公子幾面，才能安心……」

唐儷辭以指輕輕揉眉，「阿誰，紫雲就交給妳了，三日之後，她若仍是如此哭哭啼啼糾纏不清，莫怪我翻臉無情。」

阿誰眉頭微蹙，唐儷辭站了起來，推門而去。

紫雲往前爬了兩步，「公子……」

阿誰一把拉住她的手。

紫雲無奈，看著唐儷辭拂袖而去，「我……我做錯什麼了？為什麼不要我服侍？我並無非分之想，只是……」

「紫雲姑娘。」阿誰柔聲道：「起來吧。」

紫雲踉蹌站起，傷心欲絕，掩面而泣。

阿誰讓她坐下，「別再哭了，唐公子不讓妳隨侍，誰也強求不來，再求下去，只會讓他更看不起妳。」

紫雲淚流滿面，「喜歡公子難道有罪？為什麼我喜歡公子、我在意公子，他就要看我不起？我並沒有奢望能與公子相伴一生，紫雲什麼也不求，只想每天見他一面。」

「他根本不想讓妳見這一面。」阿誰眉頭蹙起，「紫雲姑娘，這世上有許多人想見唐公子，其中大部分都懷著對唐公子的幻想、尊敬、崇拜甚至傾慕，如果自己以為沒有惡意，就認為對別人沒有傷害，將會對唐公子造成多少困擾？」

紫雲怔了怔，「困擾？」

阿誰嘆了口氣，「是啊，困擾，妳既然不存奢望，就不要讓自己喜歡的人感到困擾。他不想見妳，執意想日日相見，以唐公子的個性，豈容妳如此強求？」她溫婉而有耐心地道：「他並不是溫柔的人，絕對不會委屈自己，不是嗎？」

紫雲怔怔地看著阿誰，像是很迷惑，阿誰微微一笑，「怎麼了？」

紫雲迷茫地道：「我覺得妳好像……很瞭解唐公子，而我根本不瞭解。」

阿誰搖了搖頭，「我不瞭解。」她垂下眼睫，輕輕地道：「和唐公子相處得越多，我覺得我越不瞭解，但唐公子是一個好人。」她抬眼溫柔地看著紫雲，「他雖然脾氣不好，喜歡折磨人，殺孽又重，但我覺得他心裡對人都是好的，只是他對人好的法子很古怪。」她突然笑了出來，「他雖然說討厭妳，不肯讓妳跟在身旁，說要對妳翻臉無情，但如果妳遇到危險，他一定會救妳。唐公子為人就是這樣……」她搖了搖頭，「妳莫要恨他，如果妳遇到了困境，最能依靠的人還是唐公子。」

「阿誰姑娘，妳也不會去看他嗎？」紫雲的眼淚滑了下來，「妳不會擔心嗎？」

阿誰輕輕嘆了口氣，「我不知道。」

紫雲滿腔癡情，讓她也有些心煩意亂起來。

鳳鳳目不轉睛地看著她倆，漆黑的眼眸又圓又亮，突然開口說：「我要吃肉肉。」

紫雲破涕為笑，「我這就去廚房拿。」

唐儷辭回到房間，孟輕雷在房中等他，見他進來，欣然一笑，「今日文秀師太與天尋子上山，願為風流店之事出力，得這二位之助，劍會如虎添翼。」

唐儷辭微笑道：「能得師太與前輩之助，是唐某之幸。」

他端起桌上的冷茶，淺淺喝了一口，吁出一口氣，「二位前輩帶來幾人？」

孟輕雷道：「一百二十二人，劍會上下的房屋已經全部住滿，師太帶來的又多為妙齡女子，只怕不宜與眾人住在一起。」

唐儷辭點了點頭，「自寧遠縣送來的廚子手藝如何？」

孟輕雷笑道：「萬竅齋送來的廚子，自然技藝精妙，人人都很讚賞呢。」

唐儷辭微微一笑，「那請廚房備下素宴，晚上我為師太諸人接風。」頓了頓，他沉吟道：「至於峨嵋派諸位的住處，先請她們搬進芙蓮居，至於往後妥善的住處，我會另想辦法。」

「芙蓮居不是阿誰姑娘正在住嗎？成大俠還下令要眾人不得靠近。」孟輕雷訝然，「若是文秀師太住了進去，阿誰姑娘要搬到何處？」

唐儷辭道：「讓她和紫雲住小廂房。」

孟輕雷又是一怔，「小廂房……」

小廂房是丫鬟和僕役的住所，善鋒堂中的丫鬟和僕役很少，不過紫雲一人，以及掃地的小廝兩人、奉茶的童子兩人及廚子三人而已，居住的條件自然不如芙蓮居。唐儷辭讓阿誰搬進小廂房，便是將她視作奴婢。

孟輕雷雖然覺得詫異，但此時以大局為重，「我即刻派人收拾芙蓮居。」

唐儷辭點了點頭，淡淡地吐出一口氣，「如果和余負人碰頭，讓他過來找我。」

孟輕雷性情穩重，並不發問，領命而去。

好雲山上的人越來越多，士氣到了鼎盛。唐儷辭坐了下來，雪白的手指支額，以如今的人力，要與經營十年的風流店一戰，未必落於下風，但兵馬越多、越雜，就越有反噬的可能。究竟有多少人服用了九心丸？玉箜篌在中原劍會期間，收服了多少人手？伏下多少心腹？一切都是未知。

沒有九心丸的解藥，中原劍會有再多人馬，都是枉然。

要決意戰，就必須勝。

他坐了好一會兒，端起冷茶再喝了一口，門「咯啦」一聲開了，余負人走了進來。

「儷辭。」茶花牢一戰之後，余負人原本稱他「唐公子」，後來改稱「唐儷辭」，現在索性直呼其名，「雞合谷傳來消息，解藥……」他壓低了聲音，「也許已有端倪。」

唐儷辭的眼眸微微一動，「來往的時候，可有人跟蹤？」

氣。

余負人微微一笑，「沒有。」他雖然年輕，卻並不糊塗，自余泣鳳事後他已更加沉得住

唐儷辭輕輕嘆了一聲，「方平齋如何？」

余負人沉吟，「他學音殺之術似乎頗有所成，專心致志。」

唐儷辭眉頭微蹙，「柳眼呢？」

余負人輕咳一聲，「煉藥有成，他寫了封信給你，但看起來很煩躁，也許是這幾個月來一直和那些毒草住在一起的緣故。」

「信？」唐儷辭道：「什麼信？」

余負人脫下外衫，在外袍裡襯縫有一個薄薄的油包，唐儷辭見狀笑了笑，余負人也啞然失笑，「我怕路上遇到柳眼的仇家，不過這封信就算被人劫去，我看也沒人看得懂。」他打開油包，從裡面抽出一張白紙，紙上用木炭彎彎曲曲寫了許多文字，卻並非中土文字，余負人一字不識，不知寫了什麼。

唐儷辭接過來看了一眼，將它放在桌上，略略沉吟，「他覺得很煩躁？」

余負人點頭，「那些毒草的氣味，我嗅起來也覺得心神不寧。」

唐儷辭的手指輕輕敲了敲桌面，「這樣吧，你按照來時的方法，把阿誰和玉團兒悄悄送去雞合谷。」

余負人奇道：「把阿誰和玉團兒送去雞合谷？」

唐儷辭頷首，「不要聲張，雖然路途危險，但若是多派人手，只怕更會引起注意。」

余負人笑道：「送兩個人過去不成問題，但這兩個女子送到雞合谷，當真會讓他安心麼？」

唐儷辭眼簾微闔，「也許是更心煩。」他揮了揮手，「今夜就把人送走吧。」

余負人點頭正要離去，突地停了下來，「這幾天你睡過幾個時辰，喝了多少酒？」

唐儷辭淺淺地笑，「喝了多少酒……當真是數不清楚……」他支額而坐，神色看起來很疲倦，「你走吧。」

「酒能傷身，你縱然是海量，也不該如此放縱。」余負人道：「我一回到山上，就聽到許多人贊你，昨天和青城派喝酒，前夜和九刀門喝酒，今天早晨和飛星照月手一干兄弟喝酒，人人都說你豪邁瀟灑，絕代風流。」他嘆了口氣，「你身上也不少舊傷，就算不為中原劍會，也該為你自己珍重。」

唐儷辭紅唇微抿，淺淺地笑，「舊傷？你欠我一劍……沈郎魂欠我一刀……」他笑得彷彿倚欄勒馬、一擲千金的風流主兒，「為我，你們倆都該珍重，我喝酒不累，為我賣命很累。」

「你……」余負人明知唐儷辭不聽人勸，只是徒勞地嘆息，「你快些休息去吧，兩位姑娘我會妥善照顧。」

唐儷辭點了點頭，看著余負人出去，天色漸漸暗了，距離與峨嵋派的晚宴越來越近，他卻沒有任何胃口。

他也沒有睡意，千頭萬緒湧動，方周、池雲、柳眼、邵延屏、雪線子……成千上萬的人的命運維繫在他身上，如果他不曾對池雲說「你去把沈郎魂和柳眼給我追回來」，如果他在洛陽沒有受傷，也許池雲和邵延屏都不會死。

油燈幽幽的亮了起來，燈光中有許多人影在晃動，他定定地看著，有時候他知道那些都是幻象，有時候他不知道那些是幻象。

身心都很疲憊的時候很希望有人能幫助自己，但需要人幫助這種念頭他不敢轉，需要人幫助這種話，他死也不會說。

「篤篤」兩聲輕響，門開了，門外的人並沒有進來，是端茶的童子，「公子，素宴備好了，孟大俠、成大俠、董前輩請公子過去赴宴。」

唐儷辭微微一笑，「我知道了。」

冬雪彌散，樹木萌新。

在鳳鳴山雞合谷，一年最冷的季節已漸漸過去，這裡天然果樹成林，溪水清澈，水中盛產一種狀如鯉魚的黑色魚類，肉質鮮美，且不生小刺。冬季樹林中有松雞和狐狸，夏季果樹林裡生長多種水果，並且野雞野鴨也不在少數。山谷兩邊山壁之上有山羊群，就算是冬天最冷的時候牠們也在岩壁上跳躍，唐儷辭說此地富饒，果然並非虛言。

鼓聲陣陣，敲打著精密而動人的節奏，方平齋恣意擊鼓，縱聲長歌配合鼓聲，倒是瀟灑。柳眼拄著拐杖慢慢走到溪邊，望著積雪初融的水面，那水面上映出一雙略帶狂亂的眼睛，眼神很冷漠，眼底卻充滿了迷茫。

孤枝若雪就是一種毒品，所以九心丸也是一種毒品，一種特殊的毒品。

他望著水面，在沒有越界之前，他和唐儷辭一起長大，唐家資助他讀書，他不負眾望考上了藥劑師，他一度想進入製藥研究所，但最後因為唐儷辭那年要去旅行而放棄，那時候唐儷辭去德國看雪，他又一次做了他的保鏢。

藥劑師、研究所……都已是很久很久以前的事了，他強迫自己忘記。溪水以很小的聲音細細流淌，水面柔和得像玉，映著他那張面目全非的臉。

毒品並不是常規的毒藥，所以要製作解藥很難，毒癮很難戒除的原因是一旦成癮，除了身體產生戒斷反應之外，它還會產生強烈的心理需求。這種心理需求會驅使成癮的人不擇手段的追求毒品，而造成強烈心理需求的原因是毒品對大腦某個區域的刺激。九心丸透過刺激大腦，讓人突破武學的限制，也就是說在刺激大腦方面它表現得更強，一旦停藥，它的戒斷症狀就更明顯，要擺脫心理需求就更難。

他對此思考了很久，大腦的神經細胞一旦受到傷害和改變，很難恢復，要阻止它產生強烈的心理需求，就必須對發出需求訊號的那部分區域進行干涉和抑制，讓它的活動效能降低。

要用藥物將一個腦毒死很容易，但要將它毒死一部分，讓另一部分依然保持活力很難；而想利用手邊少之又少的藥物，抑制人腦某一區域的活動，卻又不妨礙它的整體功能，那近乎是天方夜譚。

何況發出心理需求的腦的區域，就是管轄感情的區域，只要有微乎其微的錯失，就會改變一個人的性情，讓人從熱情變得冷漠，或者是失去理解感情的能力，讓人變成一具行屍走肉。退一步說即使抑制了這個區域的活動，等到旺盛的心理需求期過去，大腦同樣會對抑制劑本身產生依賴，一旦停藥，或許會引發狂躁。

根據他的估算，戒斷九心丸產生的心理需求期至少在七個月以上，而七個月之後，為了避免突然斷藥引發的狂躁，解藥又必須逐量減少，這個減少的時間，也許也在半年以上。所以即使他的抑制劑能夠成功，戒除九心丸的毒性，每個人都至少需要一年半甚至更久的時間。

這麼長的時間，顯然大部分人不可能堅持下來。

他覺得非常迷茫，他不知道現在進行的方向是不是正確，或許他該放棄抑制劑這個設想，著手尋找新的藥物，看看這個世界上是不是存在能夠直接解除九心丸毒性的奇藥？或者他只需要直接解除會導致紅斑和麻癢的那部分毒性，而可以對戒斷症狀視作不見？

眼前是一片迷霧，解藥迫在眉睫，非要不可，而他卻不知道應當向哪個方向前進。他對自己沒有信心，對所有的人都沒有信心，他既不相信自己能製作出符合要求的抑制劑，也不相信成千上萬服用九心丸成癮人都能按時按量服用解藥，堅持長達一年半之久。如果他製作出解藥，卻不能令所有的人都按時按量服用，這種解藥的存在又有什麼意義呢？只會有很少一部分人得救，非常少的、特別有毅力的一部分人。

如果是阿儷，他一定會說：絕對有新的可能性。但他現在明白，阿儷的果斷和自信，不一定來源於冷靜的思考，他往往在想到方法之前就下斷言，那是因為他一向不需要想到方法才下斷言，他相信自己什麼事都做得到。

那是唐儷辭的風格，不是柳眼的風格，就像承受不了失敗是唐儷辭的悲哀，但從來不是柳眼的悲哀。

他從來都是失敗者，一個錯慣了的人，無所謂一錯再錯。

「師父，這條河很淺，就算你跳下去，只會撞得頭破血流，距離你希望淹沒於萬頃碧波之中的心願很遙遠。徒弟我奉勸你，要跳要先買一匹駿馬，往東狂奔八百里，然後尋一個風景優美海水蔚藍，有很高懸崖的地方再跳下去，第一是這樣才會死；第二是這樣才配得上師父你的風流瀟灑、千人愛萬人迷的身分……」身後突然有人說話，方平齋不知何時敲完一曲，施施然站在他身後。

柳眼不為所動，他早已習慣方平齋滿口胡說八道，但方平齋一開口，他突然發現自己已經走神很遠了。想的東西距離九心丸的解藥很遠，他又偏離了方向，如果他有阿儷那樣的意志力就好，但他沒有。

「師父——師父——」方平齋繞著他轉了兩圈，「今晚你究竟是想要吃烤雞還是烤魚？屋裡有米，不過就你我兩個大男人，燒柴做飯太麻煩，而你的好徒弟我燒烤的手藝又是登峰造極天下無雙……」

「閉嘴！」柳眼不耐地道，過了一會兒，他淡淡地問，「你想吃什麼？」

「師父你有耐心做魚粥嗎？哈哈，上次你熬的魚粥的滋味，真是令人癡迷。」方平齋頸後插著那支紅毛羽扇，手裡握著鼓槌，聞言將鼓槌繞腕轉了幾個圈，知道柳眼今晚打算做飯。這位師父臉上雖然難看又冷漠，脾氣又陰又硬，但其實心地善良，只要纏著他對他多加要求，說上一遍兩遍三遍四遍，無論是任何要求到最後他都會答應。

師父本就是一個好人啊……

方平齋哼著小曲，坐在小溪邊釣魚，如果這世上沒有朱顏，如果師父變成美女，這種生活可以一直繼續下去，直到他兒子生出兒子、孫子生出孫子……

柳眼在屋裡將柴火點燃，他從來不擅長這種工作，每次點火都弄出濃煙，燻得滿屋都是，今日也不例外。在方平齋釣到第四條魚的時候，他終於將柴火點燃，並發現一直點不燃的原因是方平齋將夾帶冰雪的樹枝一起塞進灶裡，雪化了將柴打濕，所以點不燃又冒濃煙。他有些惱怒，不知道方平齋是不是故意的，但氣了一陣，怒氣就自行消散了。

方平齋對他不壞，雖然他只是要學音殺之術，但至少這是一個很少讓他煩惱的人，並且經常受他遷怒也不生氣。

他架起了陶鍋，放下浸好的米，站在灶邊的大多數時間都在發呆。

阿誰踏入雞合山莊的時候，看見的是滿屋子的白煙。方平齋樂滋滋的在溪邊釣魚，而一陣一陣半黑半白的炊煙自屋子的窗縫、煙囪和大門飄散。她吃了一驚，玉團兒瞪大了眼睛，等她們闖進廚房的時候，看見的是正在煮粥的柳眼。

他不在乎灶臺底下的火並未燒旺，也不在乎滿屋的黑煙白煙，就站在灶臺邊，眼望著一鍋微微翻滾的米粒。

「喂！你在幹什麼？」玉團兒笑了起來，撲過去一把拉住他的手，「熟了沒？我餓了。」

柳眼吃了一驚，回過頭來，只見阿誰抱著鳳鳳站在門口，玉團兒正對著自己笑，一時之間，他竟不知道該說什麼好。

鳳鳳被滿屋的煙嗆得直咳嗽，小小的手指指著柳眼，瞪眼直叫「壞壞壞壞壞壞壞……」

阿誰忍不住一笑，「我來吧。」她把鳳鳳遞給玉團兒，柔聲道：「你們出去走走，等粥做好了我叫你們。」

柳眼臉上的神色看不清楚，眼色卻忽喜忽怒，突然冷冷地道：「是唐儷辭讓妳們來的？」

玉團兒歡呼一聲，「是啊！我本來以為他是個壞人呢！結果原來是個好人，他讓余大哥送我們來啦！」她看著那鍋半生不熟的粥，「你在做什麼？你還會做飯嗎？」她抱著鳳鳳往鍋邊湊，鳳鳳不斷咳嗽，柳眼突地把勺子丟下，拄著拐杖往外走去。

玉團兒立刻跟在他身後，柳眼一瘸一拐，她一隻手抱著鳳鳳，一隻手扶著柳眼，步伐輕快得像燕子。

他們往門外的樹林中去了。

阿誰將潮濕的柴抽了出來，再從水缸舀了些水，將冒煙的柴浸入水中。廚房裡的煙少了許多，清晰起來後，四周的一切似乎突然變得空曠。她將柴火撥旺，蓋上鍋蓋，遊目四顧，廚房裡沒有半顆青菜，也沒有雞蛋、蔥薑，一瓶鹽巴和一壺油冷冷清清的放在臺上，鹽灑得到處都是，油也是漫了大半個灶臺。

她突然覺得很溫暖，有些想笑，卻只是略上了眉梢。過了一會兒，那種笑意化成了淡淡的哀傷，她想起了柳眼原來的那張臉，在風流店的頤指氣使、任性冷酷，他曾被數不盡的少女迷戀傾慕，他的琴他的簫他的琵琶，他的詩才和畫才……

他曾距離坐擁江湖只差一步。

如今他毀容殘廢，武功全失，他站在灶臺前煮粥，卻沒有心存怨恨。

灶下火焰的溫度慢慢上升，她再度感覺到溫暖，深深埋藏在心底的往事彷彿隨著這種溫暖一絲一縷的拔去。印在記憶中淒厲狂妄的柳眼漸漸淡去，那個深深藏在心底的冰涼的孩子也彷彿能漸漸忘去，他……比唐儷辭更能讓人感覺到溫暖，只是他自己並不知道。

鍋裡的粥撲撲跳著，她揭開鍋蓋，用勺子慢慢攪拌。

方平齋將一串活魚提了進來，她對他微微一笑，方平齋報以一笑，「美人、美人啊……」他自顧自的將魚刮鱗去肚，「我弄了七隻活魚，大魚燒烤小魚做粥，妳以為如何？」

阿誰笑了起來，「不嫌棄的話，還可以弄個魚湯，方大哥放著吧，我來弄。」

方平齋嘻嘻一笑，「其實師父親自下廚，做出來的東西滋味也不錯，我還以為妳看到他在廚房的樣子會高興。」

阿誰怔了怔，「高興？」

方平齋哈哈一笑，「女人不是很喜歡看男人下廚房麼？表示這個男人有愛心又有耐心，溫情又浪漫。」

阿誰低聲道：「溫情又浪漫？」她對方平齋笑了笑，「其實我從來沒有期待過男人該是什麼樣子。」

「哈哈，男人嘛——」方平齋報以笑顏，「真的，其實像師父那樣不錯，濫好人、沒心機，只會自己生氣，雖然經常想跳海，卻困於該做的事未做完而不敢去跳……」

他還沒說完，阿誰又笑了，「方大哥總是很精闢。」她微微嘆了口氣，「我從前覺得柳眼並不好，他太任性，不顧別人的想法，有時候像不在乎任何人的生死。他指揮那些白衣役使、紅衣役使的時候，冷酷得彷彿那些女子不是在為他拼命，他應該是個很涼薄的人。」頓了頓，她低聲道：「但其實他不是，我想他只是想學唐公子那種操縱風雲的手腕，想學他的狠毒，但……他只是把自己和別人一起害了。」

「哈哈，」方平齋繞著她轉了半圈，面向門口，「別人被他害了，不過一死，他自己害自己，連死都不敢。」

他就這樣施施然走了。

阿誰望著他的背影，方大哥是個神祕的人，雖然武功算不上天下無敵，但玉箜篌和鬼牡丹都希望他能加入風流店。

那是為什麼呢？方大哥明明待人溫柔，也許許多事他另有目的，但他對誰都不懷惡意。這樣的人，為什麼玉箜篌和鬼牡丹非要他加入風流店不可？

阿誰做了一鍋魚粥，烤了兩條魚，再做了一碗魚頭湯。余負人將玉團兒和阿誰送到雞合谷之後已經離開，黃昏時分，四人圍坐在廚房的木桌旁吃飯。

「魚這種東西，如果能不生鱗又不長刺，全身上下都是肉就好了。」方平齋稀哩呼嚕地喝著魚粥，「我喜歡吃魚，但是懶得挑刺，就像我喜歡吃桃卻討厭它長毛。」

玉團兒托腮目不轉睛地看著柳眼，「那你以後娶個老婆，幫你挑刺和剝桃子皮就好了。」

方平齋下巴一揚，「哦！那妳願意為我挑魚刺和剝桃子皮嗎？」

玉團兒瞪了他一眼，「不要！」

方平齋按著心口，滿臉痛苦，「那妳願意為我師父挑魚刺和剝桃子皮嗎？」

玉團兒哼了一聲，「他又不喜歡吃桃子。」

方平齋指著玉團兒的鼻子，「你看你看，你們看，明顯偏心，差別對待，師姑欺負師姪。」

阿誰忍不住微微一笑，鳳鳳坐在她懷裡，目不轉睛地看著柳眼，他看得那麼專心，彷彿在他眼裡柳眼是個形狀奇怪的糖，或者是一個他從未玩過的新娃娃。柳眼沉默著讓他看，並不覺得鳳鳳的目光難以忍受，有時候他也凝視著鳳鳳，一大一小兩個男人的目光交匯著，各有各的思考，都不知在想什麼。

坐在柳眼身旁，玉團兒顯得很快活，彷彿全身上下煥然一新。阿誰一口一口的給鳳鳳餵魚粥，鳳鳳雙手抓著椅子的扶手，由於全神貫注在柳眼身上，阿誰餵他什麼他就吃什麼。方平齋有趣地看著鳳鳳，這小娃娃長大了一些，那雙烏溜溜的眼睛瞪得這麼大，好像真的會想事一樣。

柳眼吃著魚粥，非常沉默，他一直沒有看阿誰，即使是玉團兒也漸漸察覺那是一種刻意的迴避。她的笑容漸漸黯淡下來，方平齋的目光在阿誰和玉團兒臉上瞄來瞄去，充滿興趣。

「阿誰。」柳眼沒有看阿誰，吃完了一碗魚粥卻突然說：「借一步說話。」

阿誰吃了一驚，放下碗筷，柳眼撐起拐杖，搖搖晃晃的往外走。她本想帶著鳳鳳，猶豫片刻，將鳳鳳遞給方平齋，跟著柳眼走了出去。

柳眼搖搖晃晃地走到山莊外一片樹林之中，阿誰一路沉默，她不知道柳眼要對她說什麼，但顯然非關情愛。

山林中的夜晚分外黑暗，柳眼走到一棵大樹下靠著，那種借力的姿態讓她不知不覺想伸手去扶。但她沒有扶，只是靜靜地站在他面前，她不該給他任何的錯覺，對他最好的人是玉團兒，不是阿誰。

「他……」柳眼開口的聲音微略帶著沙啞，「他有沒有對妳……怎麼樣……」

阿誰咬住嘴唇，「誰？」

柳眼道：「唐儷辭。」

阿誰的唇線微微顫抖，「他對我很好。」

柳眼似乎冷笑了一聲，但在黑暗之中，聽起來也像苦笑，「當真麼？」

阿誰點了點頭，她不知道在乘風鎮裡，唐儷辭受到刺激的那一晚，他所說的和所做的，那些算不算……對她不好？他試圖要傷害她，也許他真的想殺了她，但最終……他什麼也沒做。

他說希望她心甘情願的為他去死。

那種話……依稀也不算對她不好。

夜風很涼，柳眼沉默了好一會兒，她不知道他是不是對那句「他對我很好」感到很失望，深深吸了口氣，她正要開口說要離開的時候，柳眼又問了一句，「他好嗎？」

她怔了怔，柳眼有多恨唐儷辭，她非常清楚，方平齋和她說過，柳眼教他音殺之術，有一半是為了要他去殺唐儷辭。但幾個月不見，他居然能夠心平氣和的和她談唐儷辭，甚至問他好不好？是發生了什麼事麼？

「他……挺好的。」她其實無法判斷唐儷辭究竟是好還是不好，他總是帶著微笑，溫文秀雅，彷彿無所不能，即使有時候會歇斯底里，但短暫的歇斯底里也不能算是「不好」吧？

「他現在都在做什麼？」柳眼低聲問，言下竟是有幾分關心。

「他在好雲山招募人手，等到九心丸的解藥現世，他就要出兵菩提谷，剿滅風流店。」

阿誰道：「他現在很忙，有時候幾日幾夜都不曾休息。」其實唐儷辭究竟在做什麼，她根本不瞭解，即使盡力想要解釋，也不知該為他說什麼。

「他吃什麼？喝什麼？沒有休息？」柳眼突然怒了起來，「他又當自己是不死的神麼？又在折騰自己，又在玩一夫當關萬夫莫開的把戲麼？」

阿誰咬了咬唇，「他……」她頓了頓，終於說了一句不是如木偶一般生硬的回答，「他很累，只是撐住，對誰都不說。」

柳眼挪動了一下，那張臉頰暴露在月光之下顯得很可怖，「他不說，妳不會問麼？」他怒道：「他一輩子難得在乎哪幾個人，妳卻偏偏不關心他。」

阿誰張口結舌，「我……我……」她嘆了口氣，柔聲道：「發生了什麼事？你不是很恨他的嗎？」並且，從前柳眼為了唐儷辭與她之間曖昧的關係而大發雷霆，現在他卻怪她不夠關心他。

柳眼一拳打在樹幹上，樹枝上的薄雪紛紛揚揚落地，「他……他……」他一句話噎在喉嚨裡很久，才啞聲道：「他不能吃有味道的東西，不能喝酒，不能與人動手，要好好的休息……」

阿誰微微一震，一種出奇不祥的預感籠罩下來，「為什麼？」

「因為他快要死了。」柳眼低聲道，又一拳打在樹上，「因為他……快要死了，他自己……他自己卻不知道。」

夜風颯颯作響，冬夜的風吹得人冰寒入骨，阿誰一雙眼睛在瞬間睜得很大，像是突然失去了神采。

「他有戒酒禁武麼？」柳眼低沉地問。

她搖了搖頭，茫然不知自己在想什麼。

「他有沒有又單人匹馬去做什麼危險的事？」

她又搖了搖頭，「我不知道。他……他就是整天……整天和來好雲山的各路豪俠喝酒，他們都覺得他很好，大家都很敬仰他……都很相信他……」

柳眼冷冷地道：「他把方周的心埋在他自己肚子裡，損害了自己的腑髒，又拖延了三年之久，已經不能挽救。目前看起來沒事，那是因為他本身體質太好，誰也……誰也不知道他能拖到什麼時候……」

她聽到這種驚人的消息，心裡應該很難過，但根本哭不出來，她常常覺得靈魂不知在何處，現在更是整個人都空了，「你不是很恨他嗎？難道你不高興？唐公子就要死了，你的心願也該滿足了。」她不知道自己為什麼說出這句話來，平常的她不會這樣說話，這樣說話會刺傷別人。

柳眼全身搖晃了一下，看起來像要跌倒，她這次沒有想到去扶他，只是茫然地看著他，眼神的焦點不知道落在何處。

「我以前以為……」柳眼這句話說得很艱澀，「他十惡不赦。」

這是個滑稽的回答，江湖武林的頭號邪魔柳眼，怨恨江湖俠義道之首唐儷辭的理由，是因為他覺得唐儷辭十惡不赦。

但阿誰沒有笑，這句簡單的回答之下藏有多少複雜的恩怨她也不想明白，只是眼眶突然紅了。

「但其實他只不過是控制欲太強，他想要保護別人，卻不知道如何去守護……所以他就控制別人。」柳眼暗啞地道：「他想要保護別人，是因為他想要大家關心他，他喜歡所有的人都在乎他。但他……他總是弄得適得其反，他控制別人，總是讓大家都怕他恨他討厭他……」

「所以他再也不敢讓人知道他心裡在想什麼，一旦被人發現他是為了想要被人喜歡才這樣拼命，甚至拼命了也得不到大家的喜歡，他會羞憤而死。」阿誰低聲道：「所以他索性讓大家一開始都怕他恨他討厭他，這樣他就不失望，就不會受傷害。」

柳眼不答，阿誰深深地吐出一口氣，「他就像個孩子。」

柳眼點了點頭，「他怕被人瞭解，因為他從來沒有被人瞭解過，他怕到根本無法接受的地步，有一次我問他為什麼要讓人恨他？他躲起來根本不和我說話。」

「我知道，他要我心甘情願為他去死，我說做不到，我說做不到的原因是因為我覺得別人比他好，那時候他的樣子……就像……就像活生生要去死一樣。」她顫聲道：「我不知道他受不了這個。」

一隻白玉般的手從黑暗的樹影下伸了出來，握住她的手，柳眼離開了那棵樹，「他難得在乎幾個人，他說他喜歡妳，雖然他喜歡妳就要折磨妳，但是我希望……我希望妳能更有耐心，希望妳能明白他其實不算太壞。」

他的手掌在寒冷的夜裡顯得很溫暖，她看見他的臉，他的臉很可怕，但那雙眼睛依然很漂亮，依然充滿了哀傷，在這樣的黑暗裡，他的眼睛是那樣的溫柔。她的唇微動了一下，「你……你不是……非常……喜歡我嗎？」

他全身一震，「我……」

「唐儷辭要死了，他這麼幼稚，他受不了刺激，他有這麼多缺點，你為什麼不說說他有多麼多麼不好，然後說你想要我對你好呢？」她在顫抖，開始壓抑不住，「你打過我、罵過我、強暴我又看不起我，但是我們在一起的時間比我和唐儷辭在一起的時間長得多，我們曾經那麼親密，就像夫妻一樣，你為什麼不說要我愛你？為什麼不說你想和我在一起？你知不知道，我們……我們有過孩子，但他……他死在那個水牢裡……我沒有說我一直沒有說，可是我忘不了。你知道你打我罵我強暴我又看不起我的時候，我有多痛苦嗎？你知道我在水牢裡失去孩子，生不如死的時候是什麼感受嗎？我不恨你，我知道你這樣對我是因為你很想對我好但不敢對我好，我知道你也很痛苦，這世上身不由己的事很多，不是只有我一個人不幸！但是你——你現在叫我去愛唐儷辭——如果你根本不想要我的話，為什麼要折磨我？」

她的眼淚流下，掠過面頰的時候是那麼冰涼，「我不想愛上唐儷辭，我不想！我其實一點也不想瞭解他，我只想離他越遠越好，既不要聽到他的聲音也不要看到他的人，他死了也好，他過得再富裕再輝煌也好，和我有什麼關係？人人都對我說要善待他，甚至連我自己也常常對自己說，因為他是這樣重要的人，因為他關係整個江湖的安危，因為他對我這麼執著這麼好，他救過我救過鳳鳳，他給我這世上能想得到的所有的東西，所以我不能對不起他，我要對他好，我要儘量讓他高興讓他滿意！可是——有誰為我想過——想過愛上他是什麼樣的後果？我……我從來不敢愛他，我花費了多少精神、用了多少時間來思考要怎樣才能不愛上他你們又知道嗎？」她的眼淚從冰涼變得滾燙，「要愛上他很容易，但不能愛上他，他是個地獄！是個真的會讓人心甘情願為他去死的地獄！」

柳眼宛如木雕一般僵立在地，彷彿動都動不了。

阿誰踉蹌著往前走了兩步，「救救我，我不要愛上唐儷辭，真的不要！你現在說你要我，我就跟著你，我不會背叛你，會照顧你一生一世，好不好？」

她的話沒說完，身子就被灼熱的手臂緊緊抱住，柳眼將她擁入懷裡，灼熱的呼吸觸及她的臉，他本是想吻她，但想及自己如今的容貌，終是沒有吻下去，只是死死地抱著她。

她絕望的任他抱著，她現在不要顏面和尊嚴，甚至不考慮玉團兒，只想要個主人能收留她叛離的靈魂。

他全身都很燙，過了許久之後，柳眼沙啞地道：「以前的事……是我對不起妳。」

她搖頭，她不要道歉，她只想拿那些痛苦交換一個歸宿，要一個沒有唐儷辭的地方。柳眼停了一下，繼續說話，「現在……是不是只要不是唐儷辭，是誰要妳，妳都……可以？」

她突然從頭到腳變得冰涼，一瞬間連呼吸都突然消失了。

他仍然在說，而她多麼希望這一刻時間停止或者倒流，讓他再也說不下去。

柳眼沙啞地道：「我不是不想要妳，我發誓……我比他愛妳……我甚至不知道他是不是真的愛妳，但……我比妳更清楚，妳心裡……妳心裡其實早就……」他沒說下去，換了一句，「如果我現在說要妳，妳的心能回來，即使他快要死了我也不會放手讓妳走。但不是那樣的——根本不是那樣的——不管誰說要妳、不管妳跟著誰走了，妳會愛別人嗎？妳注意他在乎他，整天都在想他，但妳自己卻不承認。」他深深地呼吸，「妳愛他，他快要死了，所以我希望妳能對他和妳自己都好些，自欺欺人……自欺欺人不能讓妳幸福。」

「啪」的一聲，她將柳眼推倒在地上，臉色蒼白如死，「你錯了！你錯了你錯了你錯了！我愛的人是傅主梅，不是唐儷辭！」

柳眼摔倒在地，手肘撞出了鮮血，「妳知不知道妳現在是什麼樣子？」

她站在寒冷的夜風中瑟瑟發抖，滿臉驚恐和失措，聞言情不自禁地伸手摸了摸臉。

柳眼冷冷地看著她，她極度絕望和狂亂地看著柳眼，即使在她被強暴的那一晚，她也沒有這樣的眼神。

第四十五章　解毒之路

那一夜，柳眼和阿誰沒有回來，方平齋早早去睡了，玉團兒坐在桌前等著，一直等到天亮。

天亮的時候，只有柳眼一個人拄著拐杖搖搖晃晃的回來，玉團兒睡眼朦朧，看見柳眼回來，眼睛一亮，立刻又怒了，「你跑到哪裡去了？怎麼一晚上都不回來？」柳眼不理她，拄著拐杖往裡就走，玉團兒一把抓住他，「幹嘛不說啊？阿誰姐姐呢？你把她弄到哪裡去了？」

「她不想回來，我怎麼管得到她？」柳眼冷冷地道：「放手！」

玉團兒呆了呆，柳眼的心情出乎尋常的惡劣，「怎麼了？你生氣了嗎？在氣什麼？」

柳眼怒喝道：「放手！」

他重重將玉團兒甩開，身子一晃差點摔倒，玉團兒不假思索地伸手去扶，柳眼再度甩開她，一瘸一拐的回藥房。

地上有血，她呆呆地看著地上的血跡，他受了傷，是阿誰打的嗎？她用力搖了搖頭，不可能，阿誰不可能打柳眼，她是那麼好的人。看見柳眼把藥房的門關了，她本能的跟過去，推開房門，看他究竟在幹什麼。

他沒有在幹什麼，只是坐在椅上，面對各種各樣的藥罐和藥水發呆，一句話不說。

她悄悄地溜進去，躲在他椅子背後，柳眼不知是真的不知還是根本無心理她，一動不動。她就在他椅子背後坐了下來，小心地聽著他的動靜。

然而過了很久很久，柳眼都沒有說過一句話，也沒有動過一根手指。

他就像死了一樣。

天色慢慢變得很亮，她嗅著藥房裡古怪的味道，頭漸漸變得有點暈，他整天坐在這裡面，一定很難受吧？

不知道過了多久，她肚子餓得咕咕直叫，終於忍不住問，「你在想什麼？餓不餓？我餓了。」

他仍然沒有回答。玉團兒開始自說自話，「你和阿誰姐姐吵架了嗎？那一定是你不好，阿誰姐姐人很好，不會和任何人吵架的。如果你想要她陪你的話，就該好好對待人家，哪有像你這麼凶，古古怪怪的還想別人主動和你好？不過如果你後悔的話，我可以去幫你叫她回來。」她推了推他的椅子，像討好主人的小狗一樣，「不過以後你有事要告訴我。」

「閉嘴。」

柳眼的聲音陰鬱而冰冷，充滿寒氣，玉團兒怔了怔，她挖空心思安慰人卻得到這樣的對待，怒從心起，猛地一把將他的椅子推到。「碰」的一聲，柳眼往前重重跌在地上，她立刻後悔了，奔到前面將他扶起來。

他手臂上的傷口又摔出了血，玉團兒用袖子壓住他的傷口，「喂？喂？」

柳眼推開她的手，仰身躺在地上，睜著眼睛望著屋梁，出乎預料的，玉團兒將他推倒，他並沒有生氣，原先鬱積的憂鬱也隨著這一摔消散了些，彷彿流血讓他覺得快意。

「喂？」玉團兒坐在他身邊，他望屋梁望了很久，突然開口道：「我在想，究竟用什麼辦法能讓解藥在明天就能用，或者是後天、大後天……」

玉團兒摸摸他的額頭，「那你就快想啊，你都能救我的命，做這個解藥一定也是很快的。」

柳眼聽而不聞，喃喃地道：「要讓阿儷能儘快出兵，要讓解藥能立刻生效，我……」他茫然看著屋梁，「我不知道該怎麼做。」

這是他成為無惡不作的「柳眼」以來，第一次對人說出「我不知道該怎麼做」，這種迷茫在他心裡存在了很久，說出來之後，彷彿一下子輕鬆了很多。

玉團兒摸摸他的頭，「很難嗎？」

「很難。」柳眼幽幽地道：「幾乎是不可能的事，我調配了很多種藥，但……」他搖了搖頭，又搖了搖頭，最後抱住自己的頭，「但吃下去也許會發瘋，也許會死，也許會變成沒有感覺的人……」

玉團兒繼續摸著他的頭，「喂，別發愁，總會有辦法的。」

柳眼冷笑，「有什麼辦法？妳來試藥嗎？」

玉團兒睜大眼睛，「啊？」她猶豫了好一會兒，「我要是死了，你會不會難過？」

柳眼轉過頭去，「我不知道。」

玉團兒嘆了口氣，「但是如果沒有人給你試藥，你的解藥就做不出來對不對？」

柳眼默然，不回答就是默認。

「好吧，我給你試藥！」玉團兒低聲道：「那……那……那我死了以後，你要記得我。」

柳眼仍然不答，過了一會兒，他道：「妳要是死了，妳娘會很傷心。」

玉團兒點了點頭，「但我娘已經死了很久了。」

「傻瓜。」柳眼淡淡地道，他抬起手抓住她的手，握在手心裡揉了揉。玉團兒的手掌不算太細膩，從小到大在山林裡滾打，雖然生得雪白好看，卻不怎麼柔軟，他拿起來看了看。玉團兒的臉突然紅了，手心變得很熱，想收回來，卻既不敢收回來，也捨不得收回來。

柳眼看了一陣，放開她的手，「我餓了。」

玉團兒「啊」的一聲笑了出來，「我去找東西吃，你等著你等著。」她把柳眼從地上抱了起來，放回椅子裡，高高興興地走了。

柳眼望著桌上那些藥瓶，她真的是個傻瓜，像他這種面目猙獰，又殘又醜的男人有什麼值得迷戀？竟然真的心甘情願要為他去死呢……

他冷冷淡淡地勾起嘴角，如果他向阿儷炫耀這個小丫頭心甘情願為他去死，阿儷一定會氣瘋吧？他那麼努力，但所有愛著他的人都會怕他，沒有一個人真心相信他是好的。

阿誰一個人坐在那條小溪邊，冰冷的溪水映出她的眉眼，她什麼也沒想，然後盼著自己能這樣一直什麼都不想下去，一直到什麼都不知道的時候。

天寒地凍，昨夜的風很大，她的髮上結了一層霜，唇色凍得青紫，但她絲毫沒有察覺，只是對著溪水坐著。

一件衣裳落在她的肩頭，她沒有動。方平齋在她身邊坐了下來，紅扇一搖，「我早已說過，這條河很淺，跳下去只會撞得頭破血流，既不會摔死，更不會淹死。妳坐在這裡思考為什麼它這麼淺，為什麼老天不將它劈成一條深溝巨壑，為什麼它裡面沒有毒蛇猛獸？那些都非常深奧，深奧到妳想到死也沒有答案的問題。也許妳在想不能跳河，天為什麼不下大雪冰雹，將妳凍死？這也是一個非常深奧，深奧到妳想到死也沒有答案的問題……」

阿誰勾起嘴角，習慣的微微一笑，「我什麼也沒想。」

「哦？真正什麼都沒想？那妳就是行屍走肉，是僵屍是妖怪，人不可能真正什麼都沒想，只不過想了許多以後假裝忘記，自欺欺人罷了。」方平齋的羽扇落在阿誰肩頭，羽翼的溫暖讓她微微一顫，「我師父和妳談了什麼？將妳變成這等表情？」

「沒什麼。」她見到了方平齋，也許方平齋說的一點也沒錯，但她張開口，卻只能微笑。

「衣服穿起來。」

她依言穿起那件夾棉的披風，那是唐儷辭留在雞合山莊的衣物，他留得很全，有男有女，甚至還有小孩子的衣物和飾品。披風上繡著梅竹，是她喜歡的淡雅的圖案，顏色是淡紫的，也是她喜歡的顏色。穿好衣服之後她站了起來，神情姿態和平時沒有什麼兩樣，方平齋也站了起來，哈哈一笑，「我說——唐儷辭難道真的是神機妙算？看這件衣服的肩寬腰圍，長短顏色，就好似為妳量身訂做。還是說他心目中的女人，容貌氣質身材脾氣，本來就和妳一樣？」

她又微微一笑，溫雅的笑意之中有深深的迷茫，「唐公子素來神機妙算。」

「哈哈，近午了，我餓了，阿誰姑娘不知是否有興，再施展一下手藝呢？」

原來方平齋大老遠來找她，是因為無人做飯，她抬手掠了一下頭髮，才驚覺髮上凝了冰霜，手指觸及冰霜卻不覺得冷，舉手相看，也才知道手指早已麻木。

情不自禁又是微笑，人都凍成這樣了，為什麼依然如此清醒，為什麼還要繼續生活，為什麼依然不會死呢？

她一步一步走回雞合山莊，玉團兒笑容燦爛的從門裡奔出來，說中午想吃筍乾炒雞，她已經逮住一隻松雞，非常肥美呢。

余負人回到好雲山上。

峨嵋派已經住進了芙蓮居，聽說那晚唐儷辭主持素宴，讓文秀師太和峨嵋派眾女都非常滿意，就在素宴進行之時，峨嵋派眾人的一切生活所需都已備齊，更讓文秀師太讚譽。

之後的幾日，唐儷辭和眾人詳談組合之法，又將好雲山七百多人分隊進行操練，眾人根據自身所長合作分工，作戰之能大為長進。

雖然唐儷辭絕口不提風流店的巢穴在何處，但人人皆知他心中有數，好雲山日日佳餚，時時操練，山上高手眾多，對其他人進行指點，不少人欣喜若狂，許多思索多年不得其解的難題茅塞頓開，武學日益精進。

士氣高漲，信心益增，孟輕雷忙碌之間越見興奮之色，連成縕袍臉上也略有緩和之色。余負人連續幾日都未見過唐儷辭的人影，聽聞他在為眾位掌門作陪，一連過了四日，他才在迎嵩山派掌門的酒宴上見到唐儷辭。

他看起來依然臉色姣好，飲酒之後滿臉紅暈，欲醉而不醉，現在好雲山上下無人不知唐公子雖有酡顏之色，卻千杯不醉，但總有人躍躍欲試，要與他比酒量。

嵩山派掌門張禾墨自忖自己平時能喝五十餘斤美酒，難道還喝不過這個相貌文秀的年輕人？他一貫憤憤不平，嵩山派雖然自有祕技，卻因為少林寺位於嵩山，導致武林中少聞嵩山派之名，人人一提起嵩山，便言「嵩山少林寺」，從未聽人提及嵩山派，故而此次中原劍會要戰風流店，他風塵僕僕趕來參加，只盼在大戰之上揚名立萬，壓倒少林，開嵩山派萬古不見之先河。上到山上，見唐儷辭如此秀雅，心中更是瞧不起，心道山上數百英豪就聽命於一個公子哥，真是丟臉丟到他奶奶家去了，唐儷辭請他赴宴，他一拍桌子答應，之後便打定主意要拼酒。

今日的晚宴為嵩山派眾人設了三十三個座位，唐儷辭、孟輕雷、成縕袍、余負人和董狐筆作陪，嵩山派人雖不多，但中原劍會無論接待誰都一視同仁，全數作陪相見。張禾墨自覺身價倍增，那張紫銅大臉上布滿了得意之色，酒過三巡，孟輕雷請大家隨意，就在眾人拾筷準備大嚼之時，張禾墨突然道：「聽說唐公子酒量驚人，張某人自幼好酒，一遇到酒量好的人，如果不比個高下就全身不舒服，唐公子既然是海量，不知道張某可有幸與唐公子一較高下？」

孟輕雷等人聞言側目，唐儷辭近來已喝過太多的酒，山上人馬眾多，住宿食水包括眾人遺棄的垃圾廢物都是需要悉心處理的問題，許多派門素有仇隙，又需他從中周旋，此時好雲山上的士氣和氣象不知花費他多少心血精力，人已經很疲憊，實是不宜大量飲酒。孟輕雷哈哈一笑，先道：「唐公子另有要事，不宜多飲，張兄如要喝酒，在下奉陪。」

張禾墨嘿嘿一笑，「既然如此，那恭敬不如從命了。」他拍了拍身邊的酒罈，這一壇並非烈酒，「換『青蛇醉』。」

青蛇醉是一種藥酒，在烈酒之中浸入毒蛇，毒蛇的毒液與酒液交融，比之尋常烈酒更多了一層刺激。許多人喝青蛇醉是為了強身健體，小酌不過一杯，張禾墨是長年喝慣了，尤其喜愛那種獨特的滋味。

孟輕雷皺起眉頭，青蛇醉是烈酒中的烈酒，飲得多了，酒中毒蛇亦會傷人，但張禾墨話下道來，豈能不接？當下童子搬入十壇青蛇醉，擺在兩人身邊，唐儷辭微微一笑，並不阻止。張禾墨拍開一個酒罈，倒下一碗青蛇醉，站起道：「今日有緣相聚，共為江湖盛事，日後同生共死便是兄弟，我先乾為敬。」一口將一碗酒喝盡，「錚錚」兩聲扣指彈了彈碗緣。

孟輕雷也站了起來，向身周各位一敬，將一碗青蛇醉一口飲盡。他其實從未喝過這種藥酒，入口只覺又苦又辣，還有一股腐敗的怪味，幾乎沒立刻噴了出去。

張禾墨哈哈大笑，「這種酒是比較烈，但喝多了強身健體，其實大有益處，孟大俠估計還沒有喝過吧？」

孟輕雷咳嗽了一聲，「滋味是比較奇特。」

余負人苦笑，孟輕雷並不好酒，看張禾墨這種架勢，恐怕不會善罷甘休，而自己酒量泛泛，成縕袍幾乎是滴酒不沾，除了這次好雲山盛會，偶爾陪飲幾杯，他從不喝酒，董狐筆年事已高，今日若是讓張禾墨比了下去，日後不免趾高氣揚，不受管束。

張禾墨又倒了一碗酒，「這杯酒，敬孟大俠與我一見如故，希望孟大俠日後為江湖立功立業，揚名立萬，哈哈哈哈。」他又是一口喝盡。孟輕雷只得再喝一碗，這藥酒的滋味實在古怪，兩碗下肚，他已頗覺眩暈，心下暗暗驚駭。

張禾墨看在眼裡，「錚」的一聲敲碗，「孟大俠喝不慣青蛇醉，不如換女兒紅，在下以蛇酒代茶，敬各位。」他說「敬各位」，並非一碗敬一桌，而是一人一碗，逐一敬過，等他一桌輪完，已經喝下三十餘碗，面不改色。孟輕雷持碗苦笑，他本非盛氣凌人之人，遇上張禾墨這等咄咄逼人，真是有些不知該如何是好，若要換酒，必是丟了顏面，何況三十餘碗女兒紅他也喝不下去。

正在無法下臺之際，一隻雪白溫潤的手伸了過來，接過他手中的酒碗，孟輕雷越發苦笑，嘆了口氣，伸手接過酒碗之人微微一笑，「唐某先和張掌門喝幾杯，輕雷不慣青蛇醉，過會和張掌門品『碧血』。」

張禾墨暗自一驚，「碧血」此酒貴於黃金，他聞名已久卻從未喝過，唐儷辭一句話扳回了顏面，卻又不露痕跡。他看著唐儷辭提起一壇青蛇醉，身邊的童子精乖地擺上一個個空碗，唐儷辭提著酒罈，一傾一碗、一傾又是一碗，童子揣摩著他的神色，手上不敢停下，一直到擺到三十餘碗，唐儷辭才停手。眾人駭然看著他，倒不是驚駭他這一傾一碗的手上功夫，而是以他如此一個貴介公子，居然要喝下三十多碗青蛇醉，這些酒水倒在一起，足有兩壇之多，張禾墨身材魁梧肚若酒缸倒也罷了，唐儷辭秀雅絕倫，要如何喝得下去？

「嵩山派豪邁為風，唐某先敬諸位一杯水酒，以慰各位遠來辛苦。」唐儷辭拾起孟輕雷的那一碗酒，先張禾墨一敬，微微一笑，一飲而盡。他飲酒易上臉，一碗酒下肚，臉色已是酡紅如醉。張禾墨頓起輕蔑之心，卻見他不溫不火，一人一人喝下去，喝完一圈，正好三十七碗。

桌上擺了三十七只空碗，他的臉色和喝下第一碗酒一樣，並沒有什麼變化，眼神依然清醒，「另外一杯，唐某代江湖蒼生敬諸位，敬嵩山派願為江湖蒼生赴湯蹈火，不惜生、不怕死。」他再度提起酒罈，倒滿三十七碗酒，對著張禾墨再度微微一笑，照舊一碗一碗的喝下去。

張禾墨喝下一碗酒，眾人鴉雀無聲，看著唐儷辭喝下第二輪三十七碗酒，嵩山派的眾人駭然看著唐儷辭，僵硬地喝下自己那碗酒，有些量淺的人已快要吐了出來，唐儷辭卻仍是那副模樣，絲毫未變。

如此多的酒真不知道喝到他身體什麼地方去了，張禾墨提起自己的酒碗，本想說句什麼，但所有能說的敬酒詞都被唐儷辭說得差不多了，索性自斟自飲，一碗一碗的猛灌。喝到二十多碗，他將酒碗往地上一摔，哈哈大笑，「唐公子果然海量，在下甘拜下風，能喝下四壇青蛇醉之人，在下也是第一次看見。輸了輸了，中原劍會果然人才濟濟，連酒才都是天下無雙，吃菜吃菜！」

唐儷辭微微一笑，命童子撤下那些空碗，持起筷子，安靜吃菜。

孟輕雷幾人舒了口氣，當下酒宴氣氛鬆動，眾人開始細談風流店之事，唐儷辭喝下如此多的酒，卻依然言語溫雅，清醒理智，沒有絲毫醉意。

張禾墨是酒國老將，卻也很少看見有人能喝下這麼多酒依然一如平時，心裡不免有些佩服，那股傲氣不知不覺消散了許多，暗想唐儷辭果然是了不起。

夜裡二更，酒宴終於散場，等嵩山派眾人散去之後，余負人終是有機會和唐儷辭一談，

「儷辭，借一步說話。」

孟輕雷和成縕袍另有要事，對他點了點頭，一起離去，董狐筆嘻嘻一笑，「年輕人就是氣盛，喝酒喝得比水還多，到得老來你就知道好酒是要死的毛病，日後還是少喝點好。」

唐儷辭含笑稱謝，董狐筆自顧自往西去，余負人見四下無人，便道：「阿誰姑娘和玉團兒已經送到雞合山莊，路上平安，你可以放心。不過……」他淡淡一笑，「我看柳眼的臉色並不好，好像一點也不歡迎。」

「放心吧，」唐儷辭淺淺地笑，「他或許不歡迎，但他會安心。」他看了看滿桌的菜肴，「山上人馬眾多，風流店不可能沒有聽到風聲，如果我所料不差，很快……就會有變故。」

余負人一怔，「什麼變故？」

「有人……就要回來了。」唐儷辭和余負人站得甚近，余負人感覺得到他說話時那股含著酒意的溫熱氣息，彷彿是刻意說得字字醺然，要勾魂攝魄一般，「桃姑娘就要回來了。」

「桃姑娘要回來了？」余負人又是一怔，「那豈非很好？」

「很好。」唐儷辭柔聲地笑，揮了揮衣袖，「真的很好。」他也不告辭，施施然轉身，往他房間走去。

余負人知他脾氣，並未多問，心裡滿是疑惑，西方桃若要回到中原劍會，中原劍會聲勢更壯，有何不好？

唐儷辭回到房裡，順手關上房門，點亮了油燈。

他依然沒有睡，就坐在桌邊，靜靜地看著油燈。

燈火搖曳，光影飄忽，酒意漸漸上湧，他依稀在燈光裡看到許多人影，甚至隱隱約約聽到聲音，有方周的聲音、池雲的聲音、邵延屏的聲音……

大家都在說話。

只是說的每一句他都彷彿聽見了，卻又是聽不懂。

酒意仍然在上湧，青蛇醉是有毒的酒，他覺得頭昏腦脹，站起身來，「哇」的一聲將剛才喝的酒和吃下去的晚宴吐出來一大半，歇息片刻，又是吐了出來，未過多時，那四壇烈酒幾乎被他吐得乾乾淨淨。

怪異的酒氣蒸騰上來，將他醺醉又將他醺醒，他將地上的穢物清掃乾淨，又沐浴更衣，把屋裡的一切都收拾得毫無痕跡，坐下來休息的時候，他才想到他醉了。

今夜終於可以入眠。

因為他醉了。

不必再點著油燈，不用看油燈裡許許多多的人影；也不用怕黑暗，黑暗裡再多的鬼影他也看不見。

醉了就是醉了，醉了就不必勉強自己清楚的思考什麼，可以零碎片段的胡思亂想，也可以什麼都不想，可以將一些奇思怪想當作真的。

將阿誰送去雞合山莊，阿眼會高興嗎？他其實不知道，只是……再也沒有什麼可以給他的了，除了阿誰，他還能給他什麼呢？送她走，是因為自己終於厭倦了，還是為了九心丸的解藥？他其實分不清楚，很多時候他並不如表面上看起來那麼清醒冷靜。如果阿眼能移情玉團兒，那對誰都好，只可惜玉團兒那小丫頭……什麼也不懂。

唐儷辭眼神迷蒙地看著燈火，他記得柳眼當年的女伴，大多數人都和柳眼若即若離，卻都能相處得很好。那是柳眼的魅力，女人只希望能有他作陪，卻不敢奢望占有他，因為他美得不可思議。他也恍惚記得自己的情人和女伴，瑟琳、璧佳、伊莉莎白等等，究竟有過多少人連他自己都數不清，那時候除了傅主梅，誰的生活都亂得如一把稻草。

狂妄，縱情，頹廢，聲色迷亂。

那是誰也不能理解的吧？在這個世界裡，禁欲就是道德，而他的人生卻從來只有縱情聲色，金錢、權力、名望、女人、名車、好酒、香水、駿馬、黃金、珠寶……

怎麼在醉了的時候，覺得自己是如此的汙穢，染滿了怪異的顏色，無論怎樣對鏡微笑，都找不到半點感覺，像一隻畫皮的妖物。

他淺淺地笑了起來，頭痛欲裂，放縱的感覺真好，不必在誰的面前裝作若無其事，不必想過去未來，不必刻意做好或者做壞，只可惜沒有人陪。

陪他……是件很可怕的事，他承認自己會把人折磨死，失控的時候他不知輕重，而且他也從來不計後果。

想陪他的人很多。

敢陪他的人很少。

真心實意陪他的人沒有。

人人都離他而去。

因為他就是一隻畫皮的妖物。

「碰」的一聲悶響，他知道自己撞到了什麼東西，眼簾闔上，已懶得花心思去想，就這麼沉沉睡去。

雞合谷中。

藥房的爐火日日燒著，誰也不知柳眼在裡面弄什麼，唐儷辭在山莊裡存放著許多藥草，有些模樣古怪的果子和樹枝，柳眼便用那些東西在藥房裡折騰，一時冒出黑煙，一時冒出青煙，偶爾還有爆炸之聲。

這幾日玉團兒出乎尋常的高興，一會兒在樹林裡捉松雞，一會兒自己去溪邊釣魚，有日又下了大雪，她自己一人堆雪人，也玩得十分高興，有時候在積雪的樹林裡找到什麼古怪的東西，一一帶回來給柳眼看。

她像個孩子一樣高興，又彷彿要將這一生沒有玩過的東西一一玩過，每日清晨都看見她對鏡梳妝，挑上雞合山莊裡她最喜歡的衣服，畫好妝容，打扮得漂漂亮亮才會出來見人。因為她的朝氣和心情，她整個人似突然變美貌了許多，山莊內整日天真浪漫，宛若春天一般。

阿誰帶著鳳鳳，很少出門，鳳鳳會爬了，她藉口說要看著孩子將自己關在房裡。自和柳眼那夜談過，她就避開柳眼和玉團兒，只偶爾和方平齋說幾句話，看起來她還是一如既往，定時做一日三餐，但誰都知道，往日的阿誰不會如此孤僻。

也許她一直都是孤僻的，只不過連她自己都沒有發現，原來她可以孤僻得如此自然，完全可以裝作世上從來就沒有自己，不和任何人說話，一個人和鳳鳳默默地活下去。

柳眼將自己關在藥房裡，幾乎一個月沒有出門，每日他都會弄出一碗藥湯出來，讓玉團兒喝下去，玉團兒每日都高高興興地喝，喝完了自顧自的去玩。

一切看似很平靜。

方平齋學鼓已漸有心得，以他的聰明才智，又自行生出許多變化，正玩得有趣。阿誰閉門不見人，柳眼埋頭解藥也不見人，玉團兒滿山亂跑，他便也樂得清淨自由，對著山谷吼幾句曲子，敲他的大鼓。

各種各樣藥品的氣息充斥鼻間，柳眼看著桌上瓶瓶罐罐的藥物，他提煉出很多種抑制劑，但要試驗解毒，就要先讓玉團兒中毒。

要讓她服下九心丸嗎？

他左手握著一隻小狐狸，右手拿著藥丸，遲遲沒有往小狐狸的嘴裡塞下九心丸。

冬季的狐狸皮毛特別豐厚，這隻小狐狸身子很短，腿也很短，肚子卻囤積了不少脂肪，眼珠子烏溜溜地轉。柳眼僵硬了好一會兒，鬆手將狐狸放了，看著牠那雙眼睛，總會讓他想到某些人。人類要救自己的命，就先用狐狸的命來試驗，這隻狐狸又沒有做錯什麼，如果在自己手下喪命，豈不是很可憐？

雖然對他來說，這隻另界的狐狸早已死了一千多年，他和唐儷辭生活的界域在此界的千年之後，但此時活生生地握在手中，他終是下不了手。

小狐狸一溜煙地跑了，連頭也不回，就算是一頭牲畜也感覺到方才惡意的氣氛，日後嗅到人的氣味，再也不敢接近了吧？

他看了那顆藥丸很久，輕輕的將它放入今天的藥湯裡。換了是阿儷，根本不會在乎那隻狐狸的命，但他卻一直很喜歡小動物，從很小就很想養一隻狗，但那時候他住在唐家，他怕那條狗會死在阿儷手上，所以始終沒養。

剛才那隻小狐狸就很像一隻小狗。

「喂，吃飯了。」玉團兒笑吟吟的從門口探出頭來，「天氣變好了，山上有竹筍，我挖了兩個，阿誰姐姐做了竹筍雞湯，很好吃的。」她也沒期待柳眼會回答，瞧到桌上有藥湯，端起來就往嘴邊放，這一個月來她已喝得慣了。

柳眼冷冷地看著她。

她將藥碗放到嘴邊，瞧見柳眼的眼神，怔了怔，停下沒喝，「怎麼了？不能喝嗎？」她覺得那眼神像他在說「如果妳喝了就殺了妳」，凶得什麼似的。

柳眼還是不說話。

她對他吐了吐舌頭，乖乖放下那碗，「不是這碗也不說一聲，瞪啊瞪的，我要是不看你一下怎麼知道不給喝呢？怪人！」

「有毒的。」他冷冷地道。

玉團兒笑顏燦爛，「我知道啦，每碗都有毒的，就算是今天你準備好給我喝的那碗也是有毒的。」

「妳不怕嗎？」他淡淡地問。

「有時候怕，有時候不怕。」她道：「怎麼了？我說好了給你試藥的，不會後悔的。」

「真的不怕？」他又問。

她呆了呆，一時沒有回答。

他淡淡地看著她，像把她看得很透，「今天開始，不必喝了。藥已經試完了，妳也不用害怕得滿山亂跑，整天找事瞎忙，妳沒有中毒，還可以活很久。」

她的眼睛一下子亮了，「試完了？那你試出來沒有？我有沒有用？」

「有用。」他淡淡地道：「妳很有用。」

玉團兒大樂，一下把他從椅子上抱了起來，「那就太好了，我也沒有死呢！快走快走，我們去吃竹筍雞湯。」

「放我下來！」他掙扎著從她懷裡下地，「妳先去，我收拾好東西就去。」

「我給你盛飯，你快點來吃哦！」她蹦蹦跳跳地走了，不用猜就知道她要把好消息告訴阿誰和方平齋。

她的心思很容易猜，甚至根本不需要猜，只要看就能看透。

連他這種根本不會看人的人都能看得很透。

柳眼輕輕嘆了口氣，端起那碗藥湯，自己喝了下去。

好雲山上。

天色已亮，唐儷辭醒來的時候才知自己臥在地上，椅子側翻一邊，他站了起來，過了一會才想到昨夜是跌在地上，就這麼睡著了，幸好無人敢輕易接近他的房間，並沒有人發覺。

房裡濕氣濃重，冬寒入骨，在地上躺了一夜，腹內隱隱感覺到陣陣痠軟疼痛，他抬手按腹，腹中的怪物依然如故。如果這個腫瘤已經將方周的心吞噬殆盡，那麼他真的什麼都不曾留住，他也不知道該如何處理這個腫瘤，但仍不後悔。

即使事情重來一次，他依然會將方周的心臟埋入腹中，只是他會在唐府布下重兵，不讓任何人有搶走冰棺的機會。

「公子。」門外是紫雲的聲音，「孟大俠請公子大堂相見，說是風流店寄來一封書信。」

他推開房門，門外清寒的空氣撲面而來，「嗯。」他淡淡應了一聲，不看紫雲，徐步而去。

紫雲看著地上他的影子，她現在知道什麼叫做奢求，她只能看著唐儷辭的影子。如果她不低頭看著他的影子，她將連影子都看不到。

善鋒堂的大堂裡，孟輕雷拿著一封書信，成縕袍坐在一旁，臉色陰鬱，見他一走進來便站了起來，孟輕雷道：「風流店鬼牡丹寄來書信，說雪線子在他們手裡，若要雪線子的性命，要用中原劍會中一人的性命交換。」

「惡毒的奸計。」成縕袍森森地道：「用這封書信亂我軍心，消息傳揚出去，好雲山上人心惶惶，人人都在揣測劍會要用誰的性命去換，若是不換，旁人說涼薄，若是當真去換，旁人又說在劍會眼中，有些人命貴如黃金，有些人就是豬狗不如。」

唐儷辭微微一笑，「事實難道不是如此？的確有些人千金不換，有些人豬狗不如。」略略一頓，他溫和地道：「換命的事我會考慮，總有最適合的人選。除了這件事外，不知可有桃姑娘的消息？」

成縕袍詫異地看著他，半晌道：「你希望有她的消息？」

「我只是覺得應該有消息了。」他柔聲道，腹內的痠疼越來越重，他按腹輕揉，在椅上坐了下來，微微蹙眉，「她不可能不回來。」

孟輕雷卻很欣喜，「若是桃姑娘能安然回來，自是更好。」

成縕袍冷笑一聲，「她有什麼好？」

「桃姑娘冰雪聰明，武功也是不弱。」孟輕雷沉吟道：「何況山上有不少英雄豪傑本是衝著她來的，她若能回來，對士氣是一大支持。」他說得含蓄，的確好雲山上不少草莽之輩是衝著西方桃嬌美的容貌而來，色膽遠遠勝過道義之心。

「呸！」成縕袍撇過頭去，「你真是毫不懷疑。」

孟輕雷奇道：「懷疑什麼？」

成縕袍冰冷地看著孟輕雷身後的鏤花太師椅，西方桃在劍會之時，常常坐在那張椅上，「她在劍會，那殺人的黑衣人時常出現，來無影去無蹤。梅花山攻山的那天，池雲死的那日，她要我前往馮宜，未能出手相助。普珠方丈本來與劍會來往密切，自從與她同行，升任方丈之後便對江湖大事不聞不問。邵延屏身死那日，她雖然不在劍會，但事後得利最大的，難道不是她？麗人居一行，鬼牡丹意圖以柳眼挾持天下英豪，其心昭然若揭，她自己不去，指派我與董前輩前往，是何居心？你當真從頭到尾都沒有懷疑過？」

孟輕雷大吃一驚，「你是說她——她根本就是風流店的內應？」

成縕袍冷笑，「你是當真不知，還是也被她迷倒，裝作不知？」

孟輕雷定了定神，失聲道：「如果她真是風流店的奸細，那將她打下懸崖的人是誰？就是你麼？」

「不是我。」成縕袍冷冷地道。

「是我。」唐儷辭柔聲道，端起桌上擱著的茶水，淺呷了一口。

孟輕雷張口結舌地看著唐儷辭，成縕袍冷笑依然，唐儷辭眼色平靜，這等大事，這兩人居然瞞得密不透風。

「但……但……這事若是傳揚出去，山上形勢必然大亂，不必談攻打菩提谷，只怕劍會自身都難保。」

「不錯。」唐儷辭旋然而笑，「她已立下威信，要拔除絕非容易之事，不可輕舉妄動。」他又喝了一口茶，「也因為她已立下威信，所以不可能不回來。」

孟輕雷皺眉，「怪了，自從她摔下山崖，至今時間也已不短，若是別有居心，為何不早些回來？」

唐儷辭又是笑了笑，「他有回不來的苦衷。」

「苦衷？」孟輕雷大奇，「你知道她有苦衷？」

成縕袍也是詫異，其實西方桃十分可疑，這事他並未和唐儷辭當真討論過，方才說起，不過偶然，卻不知唐儷辭居然對她如此瞭解？

「他是個男人。」唐儷辭柔聲道：「男扮女裝，相貌俊美的男人。」

孟輕雷又是大吃一驚，「哎呀」一聲叫了起來，成縕袍也是愕然震驚，孟輕雷是料想不到如此美貌的女子竟是男人所扮，成縕袍卻想起那日在西方桃房中，唐儷辭與她熱烈擁吻，感覺說不出的古怪。

唐儷辭將玉箜篌化身「西方桃」，與薛桃和朱顏的糾葛簡略說了說，「他被朱顏所傷，一時半刻不能回來，但如今好雲山聲勢已壯，他若再不回來，就是坐以待斃。」

「原來如此，原來如此。」孟輕雷喃喃地道，心頭仍是一片混亂，「他竟是風流店之主，真是難以置信，唉，如今雪線子前輩落入敵手，他又將回來，我等要如何是好？」

唐儷辭以手支額，「此事不可傳揚，我原想在他回來之前能拿到九心丸的解藥，出兵菩提谷，可惜現今看來，不能如願。」

「九心丸的解藥？」孟輕雷張大了嘴巴，「難道柳眼……柳眼也在你手裡？」

唐儷辭的目光自他臉上掠過，淺淺地笑，「我並未這樣說。」

孟輕雷的震驚充滿了佩服之意，他從未見一個人能有如此的能耐，當真能隻手回天，操縱風雲一般。

成縕袍卻比他想深了一步，眉頭深蹙，「柳眼在你手上這件事事關重大，一旦洩漏出去，恐怕要引來整個江湖的敵意，絕不可外傳。」

孟輕雷點頭，「我明白。」

唐儷辭喝完了那杯茶，緩緩將茶杯放回桌上，那杯子距離桌面尚有一線之差，他手指顫動，「噹啷」一聲瓷杯落地，跌了個粉碎。

成縕袍和孟輕雷一呆，眼見他眉頭微蹙，手按在腹，「怎麼了？」

「沒……什麼。」唐儷辭低聲道，抬起按在腹上的右手捂住口，忍耐了好一會兒，仍是把剛才喝下去的茶吐了出來，「咳咳……咳咳咳……」吐完了茶水，他神色平靜的自袖裡取出絲帕抹拭，隨即站了起來，「我去換身衣裳。」

他並不留給成縕袍和孟輕雷發問的機會，徐徐而去，步履安然，甚至帶著幾分閒雅。

成縕袍深深皺起了眉頭，唐儷辭身上的舊傷恐怕有所惡化，近來看他氣色也不如往日，這是一大危機。

孟輕雷卻道：「唐公子已派出人手四下尋找岐陽、神歆、水多婆等名醫，根據消息回報，已有了太醫岐陽的消息，或許近期之內就能到達好雲山。」

成縕袍微略鬆了口氣，「既然岐陽有了消息，那與他交好的白髮、姑射、聿修等江湖名家不知可有消息？」

「這個只怕要等岐陽到達之後才能得知。」孟輕雷嘆了口氣，「其人隱退數年，要找到他的下落，真的非常不易。」

第四十六章　換命之人

汴梁，帝都繁華之地。

寒冬漸去，春梅盛開，一位身著淡綠衣裳的少女髮髻高挽，鬢插珠華，倚亭而坐，望著滿園春色，臉上盡是鬱鬱之色。

她手裡握著一封信件，信件是國丈府傳來的，上面寥寥數字，卻讓她心亂如麻。信是唐儷辭寫的，內容很簡略，說雪線子為風流店所擒，風流店開出條件，要有人前往以命換命。信上並未寫明唐儷辭要以誰交換雪線子，但至少是有意通知她，告訴她雪線子現在處境危殆。

鬢插珠華的少女正是鐘春髻，自跟著趙宗靖與趙宗盈回到汴梁，以公主之名享盡榮華富貴，她對江湖中事已漸漸少了興趣，只盼此後就此安然生活下去，將過往一切全悉忘記。但無論怎樣努力，她也不可能忘了唐儷辭。她人在宮城，來來往往，裡裡外外都能聽到唐國舅的傳聞軼事，他是如何溫雅風流，他如何神祕莫測，又是如何在宮裡救得妘妃和皇上。日日夜夜，都有人在談論唐儷辭，而她聽著聽著，神思恍惚之間，彷彿唐儷辭就在身邊，就離她不遠，只是她始終不曾遇見而已。

直到今日收到這封書信，雪線子遇險，唐儷辭的用意昭然若揭，他選定她去換命。她是雪線子的徒弟，從小被他帶大，無論從道義上或者倫理上，都沒有拒絕的理由。她……卻覺得委屈。

雪線子是她的師父，但從小到大，她從來不明白這位脾氣古怪的師父心裡在想什麼，師徒之間有恩情，但並不親近。

只因為是師徒，所以師父闖了禍，就必須叫徒弟抵命，她就必須放棄安逸奢華的生活，放棄青春年華，去一個猶如地獄的地方等死？她覺得委屈，她不甘願，但唐儷辭判定她必須去，她不敢不去。

可她真的不想去，如果唐儷辭不涉足江湖，如果他回到國丈府，她以公主之尊下嫁於他，就此在宮城之內雙宿雙飛，不問世事，那有多好？

她望著春梅，秀美的臉頰上湧出紅暈，將那種日子想像了一陣，心頭突然熱得難以想像，妄念一旦產生就無法克制。

她要去，但她不是去換雪線子之命，她要設法把唐儷辭帶回來，她是公主之尊，沒有什麼事是辦不到的。

「芳娟！」她低低喚了一聲，身邊一位紅衣女婢飄然而來，身法超然出群。

鐘春髻道：「我要帶五十名禁衛軍中的高手，去辦一件大事。」

紅衣女婢頗為意外，「五十名？」

鐘春髻點頭，「我要出門，高手越多越好，選些靠得住聽話的人手。」

紅衣女婢皺起眉頭，「要調動五十名禁衛軍，恐怕有些難度。」

鐘春髻臉色一變，「若是調派不到人手，我就自己一個人去。」

紅衣女婢吃了一驚，「千萬不可，這件事婢子必會全力安排。」

鐘春髻轉顏而笑，「下去吧。」

接到唐儷辭書信的不只鐘春髻一人。

慧淨山，明月樓。

水多婆面對著滿湖月色長吁短嘆，「唉」了一聲，過未多時又「唉」一聲。

隔牆有人平靜無波地問，「有煩惱？」

水多婆又「唉」了一聲，隔壁便寂靜無聲，不再說話。

夜空星月明朗，水澤倒映千點星月，璀璨閃爍，佳景如畫。

「唉——」

「撲通」一聲，水面上的魚一下子鑽到水底。

風流店傳到中原劍會的書信內容，雖然唐儷辭三人並未外傳，卻依然在江湖中引起軒然大波，好雲山上眾人更是無人不知無人不曉，對此議論紛紛。很顯然，好雲山上數百人之中必定有風流店的奸細，唐儷辭淡然處之，只說交換雪線子的人選早已選好，未收到他親筆信函的人便不是。山上眾人鬆了一口氣之餘，不免大為好奇，不住猜測那人究竟是誰？

風流店欲挑撥離間，唐儷辭四兩撥千斤，輕而易舉的應付了過去，並未讓好雲山上數百之眾引起騷亂，對此董狐筆甚是佩服，不過就連他這等老江湖也想不到收到唐儷辭書信的人究竟是誰。

就在形勢如此微妙之際，「西方桃」烏髮高挽，斜插玉簪，穿著薛桃喜歡的那身桃色衣裙，飄然而回。她是如此嬌美動人，一踏上善鋒堂就有不少草莽漢子直勾勾地瞪著她看，她一路微笑回應，姿態嫣然。

「桃姑娘平安歸來，當真是江湖大幸。」不少門派的掌門收過普珠的信函，說道西方桃雖是女流，卻為江湖甘冒奇險，臥底風流店，大智大勇，除魔道上希望各派掌門能助她一臂之力。正因為少林寺方丈普珠的面子，不少人對她印象頗佳，何況如此一位風華絕代的妙齡女子，總是能博得更多人的歡心，所以「西方桃」一回到中原劍會，好雲山便猶如開了鍋一般，人人都感興奮。

孟輕雷請西方桃入堂就坐，細問她跌下懸崖的始末。披著「西方桃」那身桃衣的玉箜篌對著唐儷辭一指，「那夜唐公子闖入我的房間，將我打下懸崖，使我受傷至今方癒，西方桃也是不解，為何那天晚上，唐公子要對我出手？」

他輕飄飄一句話，引來眾人大嘩，人人側目看著唐儷辭，心裡都是駭然：是唐公子將桃姑娘打下懸崖，他為何不說？

玉箜篌挑目淺笑，一雙秀目直往唐儷辭臉上瞟去，他要的就是這種懷疑，讓唐儷辭身敗名裂眾叛親離能給他莫大的樂趣，甚至勝過稱霸江湖。

唐儷辭坐在玉箜篌身旁，見他挑目瞟來，他流目回了一眼，「那日夜裡……」他輕咳一聲，「那日夜裡……」他顛過來倒過去說了幾次，眾人很少見他如此躊躇，心裡大奇，等了半日，唐儷辭慢慢地道：「事關桃姑娘名節，我想不說也罷，情急失手，十分慚愧。」

此言一出，眾皆大嘩，文秀師太諸人不免尷尬，暗想年輕男女果然不脫愛欲糾纏，這兩人年貌相當，也難怪會做出這等事來。

張禾墨之流卻哈哈大笑，就算是超凡脫俗如唐公子，也是男人，所想的和我也差不多，不愛美貌女子的男人算什麼真男人？倒是反添了幾分親近之心。

孟輕雷嚇了一跳，他沒想到唐儷辭竟然會說出這等話來，成縕袍不動聲色，冷靜如常。那日夜裡到底發生何事，眾人已不欲追問，心中自是千般幻想，唐儷辭眼簾微垂，似笑非笑，柔聲向玉箜篌道：「那日我不知輕重，唐突了姑娘，在此向桃姑娘致歉。」

玉箜篌滯了一滯，嘆了口氣，別過頭去。

孟輕雷肚裡忍不住好笑，此時他想必惱怒異常，卻又發作不出來，唐儷辭徒增輕薄之名，卻博了不少人的歡心。

西方桃回山之事便如此輕描淡寫的過去了，唐儷辭指導眾人日日操練，玉箜篌一旁看著，有時候兩人居然會談論幾句，各自指點一番。

成縕袍對玉箜篌抱著十二分戒心，時時盯梢，他不知為何唐儷辭按兵不動，但玉箜篌居然也按兵不動，這讓他更為不解。

「駕！」

一聲嬌喝，數十匹駿馬蛟龍一般奔上好雲山，一位紫衣少女一躍而下，腰懸佩劍，足踏金絲繡鞋，髮上珠釵華麗奪目，映襯著秀美的容顏，讓門口的幾人一時看花了眼。

「通報唐公子，說我來了。」紫衣少女自馬上一躍而下，落地輕盈，身法不弱。在門口看守的是南山門的幾位弟子，對著她又多看了幾眼，終有一人認了出來，「原來是鐘姑娘，許久不見，姑娘風采更勝往昔，在下幾乎認不出來了。」

鐘春髻瞧了那人一眼，她已忘了在什麼地方見過這人，也不在意，「唐公子在麼？」

那人是南山門下弟子宋林，見她忘了自己，不由嘆了口氣，昔年相見之時，她還是個單純善良的小姑娘，如今出落得如花似玉，卻也眼高於頂，不認故人了。

「唐公子在問劍亭。」南山門下弟子為她開門，鐘春髻牽著自己那匹白色駿馬，大步走了進去。她身後那一群面目陌生的隨從一起跟進，宋林本欲攔下，卻被人群衝開，愕然看著這一大幫不報姓名的人闖進善鋒堂內。

唐儷辭和古溪潭正在問劍亭中比劃，成縕袍一旁冷冰冰地看著，抱胸而立。古溪潭方才學了兩招劍招，唐儷辭陪他練劍，指點他劍法中的死角。正練到第三遍，古溪潭劍招刺出已脫生澀，突地有人叫了一聲，「古大哥，唐公子。」

古溪潭回過身來，眼見紫衣少女明眸皓齒，微微一怔，笑道：「鐘妹！別來無恙？」

鐘春髻看著唐儷辭，臉色仍然有些蒼白，她張了張嘴，心裡千思百轉，就是不敢開口。

唐儷辭卻沒有記她那一針之仇，對她微微一笑，「許久不見了。」

鐘春髻想及自己在菩提谷內刺他一針，害他散功，臉色忽紅忽白，「唐公子……」她低聲道：「我……我……上次是受歹人所騙，我不是有意害你。」

唐儷辭的目光從她鬢上珠花移到她足下的繡鞋，「我知道。」

古溪潭奇道：「發生過什麼事？妳幾時害了唐公子？」

鐘春髻滿臉通紅，「唐公子你……你難道沒有對人說過？」

唐儷辭淡淡一笑，看了古溪潭一眼，古溪潭知情識趣地退了下去，和成縕袍避得遠遠的。

「唐公子你待我真好。」鐘春髻輕輕地道，刺了唐儷辭一針之事一直是她一塊心病，卻不料唐儷辭根本沒有對任何人說。

唐儷辭不置可否，靜了一會兒，他慢慢地道：「刺我一針，是因為妳受人所欺，我心情好的時候，可以不怪妳。但是妳見死不救，又為隱瞞妳見死不救而提劍殺人……妳說做出這種事的女子，可會討人喜歡？」

鐘春髻的臉色一下子煞白，她根本已將刺了林逋一劍那事忘得乾乾淨淨，在她心中林逋沒有任何地位，她為針刺唐儷辭而愧疚，卻並不為殺林逋愧疚。但這件事她萬萬沒有想到會讓唐儷辭知道：「他……他……」

唐儷辭斜眼對她一瞟，眼神並不冷淡，充滿妖異地笑，「柳眼沒有死，林逋也沒有死，妳是不是很失望？」

她踉蹌了一下，退了一步，「我……我……我不是……有心的……」

唐儷辭對著她的眼色煞是好看，那種淺笑便如逮住了什麼的雪白狐狸，「我很清楚妳有心的是什麼，」他對她的耳際輕輕吹了口氣，「或許比妳自己還清楚。」

她手足冰涼，在她眼中看來，唐儷辭已不再俊雅風流，陡然間變得比妖獸還要可怕，「你想我……怎麼樣……」她出手殺林逋這件事若是傳揚出去，若是讓趙宗靖和趙宗盈知道，若是讓官府知情，或許在宮中她就再也站不住腳，那些舒適安寧的生活就會永遠離她而去，連身邊的芳娟都會嘲笑她，整個朝廷和整個江湖都會嘲笑她。

唐儷辭伸出手來，溫柔地摸了摸她的頭頂，柔聲道：「乖乖的去菩提谷，我不要求妳能將他換回來，只要妳去，堵住別人的嘴，僅此而已。」

鐘春髻目中的眼淚流了出來，「我……我要是死了呢？我……我……」

唐儷辭的聲音越發溫柔，「原來在妳心中，連妳師父也不如自己重要。」

她全身一震，他似笑非笑地看著她，那種眼神讓她受不了，「你別這樣看著我，我……我做的那些，都是不得已，都是……有時候是受人所騙，有時候是……是我一時糊塗，只是一時糊塗而已。」

她淚流滿面，低聲哀求，唐儷辭抬起她的下巴，吻了她的唇。

鐘春髻驀然呆住，只見他伸指擦去她的眼淚，唇邊越發充滿了妖笑，那種陰沉濃郁的妖氣映得他的唇彷彿化為黑色，就如一隻真正洞澈她所有欲望的妖魔一般。

他在說：他能給她所有她想要的，只要她聽話。

鳳鳴山，雞合谷。

近來花開了不少，漫山遍野，迎春鵝黃，春桃爛漫，一派欣欣向榮。玉團兒採了許多花，在山莊裡四處插，唐儷辭在屋裡擺了許多瓷瓶，於是屋內東一撮紫紅，西一撮鵝黃，不見春花之美，只見五色之亂。

「啊——鴨鴨鴨鴨——」一個穿著壽桃圖案棉襖的小傢伙從房裡爬了出來，不像其他孩童那般四肢亂蹬，鳳鳳爬得很認真，而且爬得很穩很快，看見玉團兒，他就坐下來指著她叫「鴨鴨鴨鴨……」也不知道玉團兒哪裡像鴨子了，阿誰糾正他許多次，說要叫「姨」，而且他分明一個多月前還管玉團兒叫「姨」，現在卻偏偏要叫她「鴨鴨鴨鴨」。

「哎呀！又跑出來了，你娘呢？」剛回來的玉團兒懷裡抱著一大捧鮮花，蹲下來看鳳鳳，「柳叔叔呢？方叔叔呢？」她剛在屋裡找了一圈，卻沒看到人。

「咿唔——喲——」鳳鳳笑著看著她，烏溜溜的眼睛睜得很大，粉嫩的嘴巴張成圓形，嘟了幾下，指了指門外。

「小壞蛋，凡是你說的都是騙人的，肯定在房裡對不對？」玉團兒捏住他的臉，這小傢伙剛剛過一歲，小心眼兒卻很壞，還不會說話就會指手畫腳的說謊了。

鳳鳳搖搖頭，仍是指門外。

「告訴我在哪裡，姨請你吃蜂蜜糖水。」玉團兒哄著，「你肯定看見了是不是？」

鳳鳳聽到「蜂蜜糖水」，一下別過頭去，連看也不看她一眼。

「杏仁奶子？」

鳳鳳堅定不移的將頭別過，一動不動。

「請你吃肉肉，真是的，牙沒長齊的小東西喜歡吃肉。」玉團兒抱怨，「快點說在哪裡？」

鳳鳳轉過頭來，指了指地板下面，「唔唔。」

「下面？」玉團兒奇道：「怎麼會在下面？」她在地上摸索了一陣，「下面有暗道？」

「唔唔。」

「怎麼會有暗道呢？」她大惑不解，在雞合山莊住了這麼久，從來沒有人對她說過這下面有暗道，阿誰最近不愛出門，怎麼會突然鑽進暗道裡去了？方平齋不是在擊鼓？怎麼也鑽進暗道裡去了？在她出門採花的短短時間裡發生了什麼事？

她突然變了臉色，「難道是——他出事了？他們在哪裡？快說他們在哪裡？」

鳳鳳爬到大廳一處高腳圓形花架下面，抬起小手一下一下拍著那花架，玉團兒一把將花架扭了過來，「咯咯咯」響，柳眼的房間裡發出機關沉悶的聲音，竟是打開了一條暗道。她身形一起，對著打開的暗道門衝了下去，誰知那暗道門一開即關，馬上又轟然合了起來，宛如從未開過。

偌大雞合山莊，地面上只剩下鳳鳳一個人在空蕩蕩的房間之間爬來爬去，一會兒搖搖這個，一會兒拉拉那個，誰都不在，他東張西望了一會兒，打了個小小的哈欠，往牆角花架下一縮，就窩在那裡睡了起來。

玉團兒衝入暗道，這下面充滿了藥味，有些藥味刺鼻至極，有些是一股香味，五味雜陳，嗅起來讓人更覺難受。下面並不是一條長長的隧道，而是一個偌大的房間，足有地面上雞合山莊三間房間那麼大，房間裡點著燈，到處彌散著粉塵一般的東西，周圍有什麼都看不清楚。

「喂？喂？你在哪裡？阿誰姐姐？方平齋？」玉團兒猛揮衣袖，想要搧開眼前的粉塵，「大家在哪裡？咳咳……這些都是什麼啊？」

「妹子。」房間遙遠的一端傳來阿誰的聲音，「妳就站在那裡，不要過來。」

「為什麼？」玉團兒漸漸習慣這下面昏暗的燈光，隱隱約約看見方平齋和阿誰站在房間的一端，另一端還有桌椅和櫃子，一個人倒在地上。

她大吃一驚，一掠而上，「怎麼了？」

倒在地上的人是柳眼。

昏燈之下，四周彌散著古怪的氣味，柳眼全身顫抖，躺在地上。玉團兒伸手要將他扶起來，「你們為什麼不理他？他怎麼樣了？」

阿誰一把將她拉住，「等等，別動他，現在不能動。」

玉團兒這才看清，柳眼全身上下泛起紅色的斑點，他全身顫抖，顯然非常痛苦。

「他服用了九心丸，」阿誰低聲道：「我想他……他服用的是九心丸裡面，包含劇毒的那部分，才會發作得這麼快。不能碰他，現在妳一碰他，就會被他傳染，變得和他一模一樣。」

玉團兒臉色刷的一下白了，「他為什麼要服毒？他說他已經煉好了，他說不用我幫他喝毒藥的，為什麼自己要服毒？」

阿誰咬唇搖了搖頭，玉團兒大聲道：「我說我給他試藥的！他為什麼還要自己喝毒藥？我說過的話算數的！絕對不會後悔的！他……他幹嘛要這樣？」

阿誰拉住她的手，「妹子。」她低聲道：「姐姐對不起妳。」

玉團兒正憤怒地看著柳眼，握起拳頭就要打下，聞言一怔，「什麼？」

阿誰緊緊抓住她的手，「我沒臉見妳。我對他說……我對他說……只要他說要我，我就跟他走。我答應過妳，絕不會和妳爭，但我不要臉，我……」

玉團兒呆住了，猛然轉過頭來，阿誰臉色慘白，「我對不起妳。」

玉團兒目中有傷心之色一掠而過，呆呆地看著她，「我很生氣。」

阿誰點了點頭，她卻搖了搖頭，「但是……但是他又不是我相公，妳想和他在一起，有什麼不對呢？」她傷心的眼色並不是對著阿誰，「雖然我是最想和他在一起的，可是他總是比較不喜歡我。」

阿誰眼中滿是淚水，閉上眼的時候眼淚流了下來，「我對他說，只要他要我，我就陪他一輩子。可是他不要我……」

玉團兒吃驚地張大嘴巴，「他很想妳的，喜歡妳的，幹嘛不要妳？」

「傻妹子。」阿誰淒然道：「他不要我，他不肯讓妳服毒，他自己服毒，妳難道還不明白？」

玉團兒張口結舌，阿誰苦笑，伸手掠了掠她額上的髮絲，「他在乎妳的，他不想妳受苦，寧願自己受苦，至少他當妳是很重要的人。」

玉團兒眼裡的淚水一下子湧了出來，「他……他幹嘛不說？他不說我又不知道。」她撲了下來，跪在柳眼身旁，「現在要怎麼辦？要怎麼救他？他是不是很難受？」

「退後。」方平齋的紅扇搭到她肩頭，「靠得太近很危險，讓我來。」

玉團兒被他一扇扳倒，方平齋給柳眼搧了搧風，「師父，你這間密室亂七八糟，通風不好，燈光昏暗，東西又被你推倒了一地，我實在不知道哪一瓶才是你煉出來的解藥。如果你神智還清楚，還能說話，就勉強說一下，要給你服用哪一瓶藥物才能解毒？」

柳眼渾身冷汗，雙目緊閉，也不知道聽到他說話沒有。

頓了頓，方平齋又道：「如果你不能說話，那就聽我說。那瓶解藥，是藥丸或是藥水？是藥丸你動一下手指，是藥水你就不要動。」

玉團兒爬了起來，柳眼僵硬了好一會兒，一動不動。

「很好，藥水裝在什麼樣的地方？在這個房間裡，你動一下手指，不在這個房間裡，你就不要動。」方平齋又道。

柳眼微微動了一下手指，玉團兒大喜，「在房裡在房裡。」

「是什麼顏色的瓶子？是花色你動，是全色你就不動。」

柳眼不動。

玉團兒跳了起來，「全色的藥瓶，裡面是藥水。」她開始在房裡翻箱倒櫃的找，阿誰匆匆站起，一起動手找解藥。不到片刻，兩人找出七八瓶全色、裝有藥水的瓶子，方平齋一瓶一瓶的詢問，卻竟然沒有一瓶是解藥。

三人相顧茫然，柳眼所說的解藥究竟在哪裡？

過了好一會兒，柳眼緩緩睜開眼睛，厭惡地看著身前的三人，毒發的時候被這三人團團圍住，他有一種難以言喻的尷尬。孤枝若雪的毒性已經過去，下一次發作要等到午夜，他坐了起來，渾身仍然一陣一陣抽搐，張了張嘴，牙齒仍然在打顫，一句話都說不出來。

「真的很奇怪，到底哪一瓶是解藥？你這間密室裡裡外外藥瓶少則數百，多則上千，好不容易找到這八瓶藥水，你卻都說不是，解藥究竟在哪裡？」方平齋搖扇看著柳眼，「還有你身上這些難看醜陋恐怖令人作嘔的斑點，什麼時候才退得下去？」

柳眼抬起手來，端起桌上一個茶碗，那茶碗中是暗褐色的液體。

方平齋張大嘴巴，「難道這就是解藥？」這茶碗放在桌上，碗裡的東西看起來很汙穢，半點看不出「解藥」的氣韻。

柳眼端起茶碗，拿起桌上一柄短刀，在腕上劃了一道傷口，玉團兒大吃一驚，「哎喲」一聲替他叫了出來，卻見柳眼將那碗暗褐色的液體塗抹在傷口上，塗抹了一遍，過了片刻又塗抹了一遍。

很快他手臂上的紅色斑點褪去，恢復雪白光潔的肌膚，這解藥似乎循血而上，隨著血液流轉就能遍布全身，解去奇毒。

方平齋大喜，「這是什麼東西？竟然有如此奇效？」

「這是唐儷辭的血。」柳眼淡淡地道。

三人本來面露喜色，這句話入耳都是驟然一呆，「唐儷辭的血？」

「這是唐儷辭的血，加入少許蛇毒，讓它不至於凝結。」柳眼低沉地道：「再加入丁香和桂皮，可以防腐。」

「難道唐儷辭的血就是解九心丸的奇藥？」方平齋奇道：「既然如此簡單，何必你冥思苦想？請唐公子坐下，每日收他三碗五碗血，加些蛇毒丁香，發給大家塗去，豈非很快便天下太平？」

玉團兒瞪了他一眼，「你幹嘛把人家說得像頭豬一樣？」

阿誰嘆了口氣，「應該沒有如此簡單吧？」

柳眼搖了搖頭，「能解毒性的藥物很多，珍珠綠魅、香蘭草、某些性子奇寒的劇毒，包括唐儷辭的血。」他看著手腕上的傷口，「但能解毒，卻不能解癮。」

阿誰低聲道：「也就是說，唐公子的血並不能真正解毒？」

柳眼道：「不能。」

「那究竟是什麼東西才能解毒？」玉團兒疑惑地看著他，「你不是說做了很多藥，也許可以解毒嗎？」

柳眼望著桌上許許多多藥瓶，「可以，這裡面有一種，吃下去會讓人昏睡，如果他能昏睡七個月，也許醒來的時候毒便解了。」隨即他苦笑，「但有人能昏睡七個月後依然活著麼？」

「另外的呢？」方平齋揮揮扇子，「剛才那種淘汰，換新方法。」

柳眼道：「還有一種，吃下去讓人思緒混亂，渾渾噩噩，如果他能七個月都渾渾噩噩，不想藥物，也許毒也會解。」

方平齋連連搖頭，「七個月渾渾噩噩，醒來的時候很可能變成傻子，放棄，淘汰。」

柳眼道：「還有一種，會讓人非常放鬆，會讓人感覺到無論發生什麼事都不要緊，包括戒斷九心丸產生的痛苦都不要緊。」

方平齋一拍手掌，「這種藥物不錯，但有什麼問題？」

「問題是停止服用這種藥物，人會突然變得狂躁，控制不住自己。」柳眼低沉地道：「所有解毒的方法只有這三條路，要讓人逃避對藥物的極度索求，只有催眠、鎮定或者以毅力硬撐。斑點和癢痛並不難消除，難消除的是人習慣了藥物帶來的好處，無法習慣失去藥物之後的現實。」

「那就把人綁起來，他想要吃藥，就把他用悶棍敲昏，或者上夾棍打屁股，總之讓他哭爹喊娘，沒有時間去想藥物。」方平齋一搖扇，「嗯，我感覺我這個方法不錯，又可以滿足不少人的虐待欲，冠以冠冕堂皇的名義。」

「把一個人綁起來七個月，每天這樣打他，我看七個月還沒到已經被打死啦！」玉團兒瞪眼，「你根本在胡說八道，專門出餿主意。」

阿誰皺起眉頭，說不出的心煩意亂，「難道當真沒有解毒之法？」

「敲昏……打死……」柳眼緩緩抬起眼看著方平齋，「也許……還有另一種方法。」

方平齋嚇了一跳，「難道你要先將人打死再救活？這個……萬一要是被你打死卻又救不活，那要如何是好？」

柳眼的眼睛突然煥發出晶亮耀目的光彩，「不，不是，是有一種方法或許可以不必花費七個月這麼漫長的時間。」

「什麼方法？」三人齊聲問道，柳眼道：「危險的方法，但可以一試，總比坐以待斃的好。」

正在密室四人全神貫注於解毒之法時，數道人影竄入雞合山莊。幾人都是蒙面，身法輕捷迅速，竄入之後先在山莊內大致搜索了一下，發現空無一人，頗為意外，「咦」了一聲。縮在屋角的鳳鳳微微動了一下，他聽到了聲音，但那幾個人卻沒瞧見趴在牆角花架下的鳳鳳。

「怪了，我跟蹤余負人數月之久，他分明數次來到此處，並且有一次駕馭一輛馬車前來。自從馬車在鳳鳴山出現，阿誰就從好雲山消失，很可能就是被送來此處。這個地方非常可疑，主子說也許藏匿著柳眼，但怎麼會一個人也沒有？」領頭的人身穿紫衣，輕功身法頗為高妙。

「大哥，灶臺有飯，茶水衣物都在，人肯定沒有走遠，怎麼辦？」身後一人壓低聲音道：「可要埋伏？」

領頭大哥沉吟，「方平齋很可能也在，其人武功高強，我們不是對手，只要能確定柳眼在這裡就好，不要和他們硬碰硬。」

「那現在？」

「我們避到屋外潛伏，一看到柳眼就撤走，通知主子。」

「是。」

當下那幾道人影猶如蝶花四散，悄然出屋上樹。

鳳鳳從花架下探出頭來，雙手拍在地上，對屋外看了一眼，慢吞吞地爬出來。他沿著屋角慢慢地爬，屋外眾人目光被窗戶所擋，看不到他。鳳鳳自廳堂慢慢爬入柳眼的藥房，東張西望了一陣，藥房裡沒有什麼古怪的東西，只有碩大的藥櫃和桌椅。他扶著太師椅慢慢站了起來，雙手推了那椅子一把，「碰」的一聲，那把太師椅倒了下來，壓在暗道的入口。

密室裡的四人驟然聽到頭頂「碰」的一聲巨響，都是吃了一驚，阿誰脫口驚呼，「鳳鳳……」方平齋凝神靜聽，一把捂住她的嘴，「噓，噤聲！有人！」

有人闖進雞合山莊，鳳鳳獨自留在上面，非常危險，但又不能讓人發現柳眼就在這裡，方平齋和柳眼萬萬不能出現。阿誰和玉團兒即使出去也應付不了闖莊的敵手，如何是好？

上面一共有幾人？要如何才能將這一群人一網打盡，不讓一個人回去報信？方平齋想來想去，一時之間竟然想不出半點辦法，而玉團兒對著機關猛力扳動，那機關受楠木太師椅壓住，竟然紋絲不動，他們四人被機關關在密室之中，除非發力打破地板，否則根本出不來。

四人一起看著上頭，阿誰全身發抖，鳳鳳在上面，被人發現了麼？他還在上面麼？還活著麼？或者是早已被人帶走？

鳳鳳的確還在上面，屋外眾人被突然發出的聲響嚇了一跳，嬰孩的呼吸微弱輕淺，耳力未至絕高的人難以分辨，在樹上面面相覷。未過多時，屋裡又發出「碰」的一聲聲響，領頭的紫衣人呸了一聲，「他媽的，什麼玩意兒！」他翻身落地，悄悄竄了進去，貓著腰往藥房走去。

雞合山莊依然看起來空空蕩蕩，什麼人也沒有，紫衣人跟蹤聲音傳來的方向，慢慢靠近藥房的大門。

藥房的門半開著，裡面光線幽暗，他走到門前，看到兩把太師椅翻到在地上，一把壓在另一把上邊。

除此之外，什麼都沒有。

一個人也沒有。

空空蕩蕩的桌子，空空蕩蕩的椅子，藥櫃上雖然擺了許多藥瓶，但顯然不可能有什麼東西躲在藥瓶裡頭。紫衣人滿懷疑惑地走了進來，地上有一灘潮濕的水漬，似乎是翻倒的茶水，他踩過水漬，把其中一張太師椅提了起來，掂了掂，這的確是張尋常的椅子，沒有絲毫機關在內，更不可能平白無故自己翻倒。

難道是屋外埋伏有絕頂高手，以掌力推倒了這兩張椅子？

紫衣人疑惑地看著窗戶，藥房的窗戶關得很嚴實，如果有人以劈空掌力來動手腳，窗戶必然會破損，難道世上竟然有一門隔山打牛的功夫能夠從數丈之外穿透窗戶推倒兩張椅子？

如果真有這等高手，花費如此大精力推倒這兩張椅子，有何居心？若是柳眼一路，早可以在不知不覺之間就將他們六人一起做了，何必裝神弄鬼？

「咿呀」一聲，他推開窗戶，窗外就是樹林，一抬頭便見伏在樹上的同伴。紫衣人怒目相視，揮手讓他躲得遠些，趴在窗外，方平齋又不是三腳貓，若是他回來了怎可能不發現？

外邊樹上的人影悄然退去，紫衣人回過身來，皺眉看著屋裡古怪的椅子，想了一陣不得要領，決意退出房間。剛剛轉身，突聽身後「咯」的一聲輕響，似乎有什麼東西翻倒滾開，他本能回頭，只見地上不知何時多了一個小小的瓷瓶，瓷瓶突然傾倒，在地上滾了幾下，瓶中無色的液體緩緩流了下來。

古怪！無風無人，瓷瓶又怎會自己翻倒？紫衣人驚疑至極，就在他疑惑不解的時候，自瓶中流出的水慢慢滲到地上那灘水漬裡，轉瞬之間，那滲入的清水變成了濃郁的血色，再過片刻，地上整灘水漬都變成了血。

紫衣人全身寒毛都豎了起來，不敢相信地揉了揉眼睛，地上那灘血仍然在，並不是他眼花或者做夢，他全身僵硬，一步一步倒退出房門。就在這時候，地下突然發出「咯咯」一連串異響，宛若僵屍出墳，紫衣人大叫一聲，轉身向外狂奔而去，「有鬼有鬼！」

「大哥！」外邊樹上的幾人紛紛追去，紫衣人狂呼大喊，「有鬼有鬼！有鬼啊——」

地下暗道門打開，方平齋幾人終於扳開機關，衝了出來，「鳳鳳……」

藥櫃靠近書桌的小櫃門打開，鳳鳳從裡頭爬了出來，笑得咯咯直響。阿誰把他抱了起來，一顆飽受驚嚇的心終於落地，方平齋莫名其妙地看著紫衣人遠去的方向，「怪了，我還沒開始殺人，他怎麼會說見鬼？」

玉團兒指著地上那灘血紅的水漬，「有血有血！」

方平齋看見那灘「血跡」，嚇了一跳，「哎喲！見鬼了見鬼了，哪裡出來一灘血？難道本宅有冤鬼？難道師父你在密室中偷偷殺人，遭到報應？難道是死鬼也好色，看上了師姑妳貌美如花青春年少，所以——」

「你閉嘴！」柳眼低沉地道，他扳開鳳鳳的手，看他手上並無藥水，稍微放了心，「帶孩子出去，給他洗個澡。」

阿誰雖不知何故，匆匆出去。柳眼看著地上那灘「血跡」，他當然知道那並不是血，只是酚酞遇上強鹼，變成了血紅色，這兩種東西都是他為了測試解藥配製的，但鳳鳳怎會知道將兩種東西混合就會變成紅色？他依稀記得，有次試藥的時候，玉團兒抱著鳳鳳進來過，難道只是看見了一眼，他就記得了？

一歲多的孩子，就算他記得會變色的藥水，卻怎麼能想出裝鬼嚇人的把戲，甚至將沉重的椅子推倒？

柳眼看著地上變色的酚酞，也許鳳鳳比尋常嬰孩聰慧許多，他並不覺得高興，而是深深地嘆了口氣。

比尋常孩子聰慧很多的孩子，他看了很多年，人要是太聰明，卻沒有足夠穩定的心性控制自己，越是聰明，就越是可怕。他凝視著鳳鳳，這會是另一個唐儷辭嗎？鳳鳳對著他拍手笑，臉頰上淺淺的酒窩純稚可愛，不時「唔唔」對著他瞪眼睛。

他不自覺微微笑了一下，不知道為什麼，他覺得阿儷小時候不會有這樣的表情。

因為他從來都是孤獨的，沒有人讓他撒嬌。

所以是不是能說……鳳鳳不會變成阿儷那樣，因為他並不孤獨？

就在九心丸的解藥有進一步進展的同時，鐘春髻帶領她的五十名護衛，從好雲山出發，前往鄂椿。

鄂椿是個人煙稀少的小鎮，鎮上幾家驛站，只是官道上供人來往休息的地，每月來到這裡客人從未超過十人。

但它地處數條要道中間，來去十分方便，四面平原，騎馬一日便可奔出百里。這也是風流店選擇在這裡交換雪線子的原因之一，在鄂椿換人，它可以從任何一條路來，也可以從任何一條路走，沒有人能從風流店的來路猜到它的老巢所在。

唐儷辭並沒有和鐘春髻同行，甚至一開始也沒有派遣任何人陪伴她前往鄂椿，但等鐘春髻一行到達鄂椿的時候，他已經在那裡了。

他在鄂椿唯一一家茶館裡喝茶，那茶館簡陋得可笑，只有茅草的頂棚和兩張長凳，他白衣如畫，錦鞋端麗，端著那杯劣茶的姿態都是如此的優雅怡然。看在鐘春髻眼裡，又怕又愛，這個人無時無刻不在散發著誘人的魅力，但卻那麼可怕，只要她一伸手就必定會被他傷得滿手是血。

她根本不想為了雪線子冒險，但她更不想和唐儷辭博弈，她沒有膽量不來。

她心中也有另一種想法：如果能在風流店出現之前生擒唐儷辭，直接將他帶回汴梁，那麼唐儷辭就沒有機會在江湖上揭穿她殺人滅口之事，她就能既得到人，又逃過與雪線子交換、被囚風流店的大劫。

然而這種想法也有弊端，如果她逃過換人這一關，江湖上必然要說她欺師滅祖，毫無人性；而唐儷辭神通廣大，即使被她生擒，汴京的皇親國戚與他關係密切，他要把她殺人滅口的消息傳揚出去也不是什麼難事。

她眼望唐儷辭，策馬慢慢走近，探手入懷握著一瓶冰涼的藥水，心中沉吟。

如果雪線子在換人之前已經死了，那是最好不過，她就不必冒任何險，也不必犯欺師滅祖的大罪。而唐儷辭如果變得什麼事都不記得，什麼也不知道，在世上只認得她琅邪公主一人，那就更是絕妙了。

她手裡握著一瓶藥，針刺唐儷辭之前柳眼給她的毒藥，據說能讓一個人失去記憶，變得什麼都不知道。從好雲山出發的時候，她身後的護衛有五十人，現在只剩三十三人，有十七人不見了。

唐儷辭坐在鄂椿茶館裡喝茶有一段時間了，鐘春髻率眾策馬而來，她神情的種種變化，以及身後護衛的微妙減少他都看在眼裡，輕輕嘆了口氣。

也許他該替雪線子一巴掌將這小丫頭打死。

大半年前，她還是個純真善良的丫頭，是什麼讓她變成這樣？

是因為他麼？

「唐公子。」鐘春髻策馬走近，翻身下馬，四處看了一眼，咬住唇，「他們還沒有來？」

唐儷辭放下茶杯，遞給茶館主人一粒明珠，「沒有。」

「他們會不會不來了？」她低聲問，手裡緊緊握著馬韁。

唐儷辭看了她攥緊的手掌一眼，淺淺一笑，「不會。」

她再度咬住唇，臉色蒼白，不知是緊張或是擔憂，又或者是很失望。

「什麼事都不會發生，該來的總會來。」唐儷辭柔聲道：「妳坐。」

鐘春髻在他身旁的長凳上坐了下來，仍是緊緊攥著馬韁，緊緊蹙著眉兒，他就在身前，而她怕得一動也不敢動。

第四十七章　為誰辛苦

日過三竿。

鄂椿道路的盡頭徐徐行來一行馬隊，人數不多，共約十人。馬隊緩緩行進，還未走得多近，唐儷辭和鐘春髻已嗅到一股濃郁的血腥味。

馬隊一步一步走近，坐在門外的茶館老闆突然大叫一聲，連滾帶爬地躲到屋後去了。那些馬匹上一滴一滴濺落著什麼，落地殷紅，依稀是血。

鐘春髻全身不可控制的發起抖來，每一匹……每一匹馬上都掛著人頭，有的掛著一個，有的掛著兩個，正是她派遣出去刺殺雪線子的下屬。

馬匹上帶頭的一人形容可怖，身材高大，是余泣鳳。他身後的馬匹上坐著紅蟬娘子和清虛子，三人之後乃是一輛白色馬車，不消說那就是風流店一貫的喜好，馬車裡裝著鐵籠子，鐵籠子關著人。白色馬車上一位白衣人策馬，不知是誰，馬車後另有六人白衣蒙面，靜靜等候。

鐘春髻心裡說不出的絕望，她明知道派人去殺雪線子十有八九不會成功，但絕沒有想到會是這樣的結果。風流店用以看守雪線子的人馬必定精強，但她沒有想到強到這種程度，這些人足以掃平江湖上任何一個不大不小的幫派。

唐儷辭的神色絲毫不變，對於風流店殺人而來，對於那些懸掛在馬匹身側的人頭，他似乎並不驚訝。眼見余泣鳳翻身下馬，他也站了起來，濃郁的血腥味令他微微蹙眉，「余劍王別來無恙。」

「嘿嘿！」余泣鳳冷笑一聲，「換人的人呢？」

唐儷辭目光一掠身旁的鐘春髻，「這位鐘姑娘，身為皇親國戚，又是雪線子的高徒，用以交換雪線子，應當足夠份量。」

鐘春髻聞言，全身更是瑟瑟發抖，臉色慘白，她身邊的隨從一直不知這位公主奔波來去究竟是在做什麼，突然聽到「換人」，各人面面相覷，芳娟立刻大聲喝道：「且慢！你要把公主拿去換什麼人？我大宋堂堂琅邪公主，豈容你如此放肆？」

余泣鳳馬鞭一捲，將馬匹上兩個人頭摔在地上，那兩個人頭便如西瓜般滾動，「琅邪公主？妳這位大宋公主派遣宮廷侍衛刺殺自己師父，果真是好個金枝玉葉，好個皇親國戚！我一生踏行善惡兩道，卻也自忖不如妳這位公主心腸惡毒。」他冷笑，「妳以為殺了雪線子，就能從唐儷辭手中逃脫一命？就可以不必落入風流店手中麼？天真！」

「公主……」芳娟眼見地上的人頭，臉色慘變，「妳難道當真……」

她只知公主派遣十七位好手前去辦事，卻不知竟然辦的是這等事。

鐘春髻臉色忽青忽白，手中按劍，只想一劍殺了芳娟，今日人人都聽到了她做的蠢事，要如何才能將身邊這些人一一殺死，維持她往日善良的模樣？她容顏慘澹，心裡卻想著種種殺人的可能。

「琅邪公主，外加朝廷禁衛三十三人，宮女一人。」唐儷辭淺笑，「風流店扣住公主，足以操縱風雲，比起雪線子，還是這位公主值錢得多，不是麼？」

「也許玉箜篌就是料準你會拿公主來換，所以才留下這老頭一條命。」余泣鳳揮了揮手，身後的白衣人撩起馬車的簾幕，露出其中的鐵籠。

唐儷辭和鐘春髻向鐵籠內看去，鐵籠內盤膝坐著一人，白髮盈頭，一身鬆散的白衣，和他尋常穿的繡字白衫全然不同。雪線子的容顏仍舊很俊秀，和余泣鳳口中的「老頭」混不相稱，但臉色憔悴，眉宇間浮動著一股黑氣。

鐘春髻看著雪線子，不知何故，心中突然一酸，眼淚奪眶而出，「師父……」

唐儷辭微微一笑，「妳且在風流店待上一段時間，放心，不必太長時間我會踏平風流店，救妳出來，然後將玉箜篌剝皮拆骨，碎屍萬段。」他輕輕撫摸著她的髮髻，將她往前一推，「去吧。」

鐘春髻慘白著臉，一步一步往那鐵籠走去。身後的芳娟追上前，「公主！公主！不可任歹人擺布！公主，我們即刻回汴京，千萬不可……」

鐘春髻心念電轉，「芳娟，妳說得對，我萬萬不可受人擺布，妳等護我衝出此地！」她拔出佩劍，擺出搏命的架勢。

唐儷辭微微一笑，余泣鳳連正眼也不瞧這些朝廷官兵，鐘春髻拔劍突圍，紅蟬娘子、清虛子和那些白衣蒙面人躍下馬來，只聽慘叫聲起，鮮血飛濺，三十三名禁衛剎那間橫屍在地。芳娟臉色慘白，鐘春髻長劍歸鞘，咬住嘴唇。

「妳……妳……」芳娟陡然醒悟，「妳……妳怕行刺妳師父的事傳揚出去，所以……借他人之手，殺人滅口……」她從未想過自己服侍的這位主子心腸如此惡毒，「妳怎能如此……」

鐘春髻心緒煩亂，聽她口口聲聲指責，怒從心起，「唰」的一劍向她刺去。

她是雪線子高徒，武功遠在芳娟之上，芳娟無可抵擋，閉目待死。

「啪」的一聲，鐘春髻那柄長劍被唐儷辭扣住，他點住她的穴道，將她提了起來丟向馬車，余泣鳳接住，隨即打開鐵籠，將雪線子抱了出來，放在地上，陰森森沙啞地道：「交易已成，那老頭就交給你了。」他將鐘春髻鎖進鐵牢，「不要說我沒有提醒你，玉箜篌將雪線子還你，當然不可能還你一個四肢健全毫髮無損的雪線子。」

「我明白。」唐儷辭微笑，余泣鳳掉轉馬頭，正待帶隊而去，他突然微笑道：「其實——玉箜篌難道沒有想過，可以借你等人勢之眾，在這裡設伏殺我麼？」

余泣鳳頭也不回，冷冰冰地道：「和你起衝突，我等未必有利。」

「劍王忒謙了。」唐儷辭柔聲道：「就此別過。」

「後會有期。」余泣鳳策馬而去，紅蟬娘子和清虛子一言不發，顯然經過玉箜篌的刻意交代，以防唐儷辭挑撥刺探，一行人便如來時一般，俐落而去。

地上只餘兩個人頭，以及一地屍首。

唐儷辭回過頭來，芳娟站在他身後看著那兩個人頭，呼吸急促，臉色仍是說不出的蒼白。鐘春髻方才提劍要殺她，她雖然不喜歡這個公主，卻對她忠心耿耿，到頭來的下場是公主提劍要殺她。

「芳娟。」唐儷辭微笑道：「受驚了麼？」

芳娟猛地抬起頭來，她認得這位秀雅風流的唐公子，「唐……國舅爺……」

唐儷辭點了點頭，「妳是二公主的婢女？」

芳娟應道：「是，但我被二公主賜給了……賜給了琅邪公主……」說到鐘春髻，她情不自禁的露出了驚恐之色，「我沒有想到公主她年少美麗，竟然……竟然如此可怕。」

「二公主有沒有說起過，當年失蹤的三公主，這位琅邪公主身上，可有什麼可供確認的印記？」唐儷辭微笑，「或者有什麼可以相認的信物呢？」

芳娟怔了一怔，「信物？」她用心思索，「並沒有什麼信物，公主和二公主長得很像，也是在當年收養公主的地方找到的，難道有假？」

「長相有時候只是偶然，」唐儷辭道：「當年琅邪公主被葬下墳墓，身上應該攜帶有陪葬之物，或許她長大成人之後，手上仍然留有這些東西。如果鐘姑娘手中有信物，身為公主就毋庸置疑。」

他的說法很奇怪，芳娟在宮內多年，心知他話外有話，弦外之音就是鐘春髻有可能並非公主。她對這位公主徹底寒了心，真心期盼她並非公主，腦中突然靈光一閃，「當年公主下葬，宮內必有記載，陪葬了什麼東西必定一一登記在冊，我若能回宮，也許能查的出來。」

「很好。」唐儷辭微笑，「但公主失蹤，妳卻安然返回，只怕二公主會降罪。這樣吧……」他在她身上輕輕拍了一掌，「回到宮中，即刻請太醫為妳診治，這一掌掌力傷及心肺，雖然此時妳不覺痛苦，卻是致命之傷。」他柔聲道：「妳馬上回去，太醫會判斷妳受了重傷，但這種傷勢只需將鬱結心肺的真氣散出就可無事，絕不痛苦，也很容易治療。妳帶重傷而回，二公主應當不至於怪妳。」

芳娟盈盈下拜，「謝過國舅爺。」

唐儷辭自懷裡取出一錠金子，外加一瓶藥物，「這是保元順氣的藥丸，若覺不適，可以隨意服用。」

芳娟接過金子和藥丸，「公主之事，芳娟一旦查明，必將設法通知國舅爺。」

唐儷辭柔聲道：「我若需要，自會前往問妳，此事暫時莫讓二公主知情，她姐妹情深，只怕失望。」

芳娟點頭道：「婢子知道。」

唐儷辭抱起盤膝而坐，猶如老僧入定的雪線子，在驛站買了兩輛馬車，一輛送芳娟回汴京，另一輛送他回好雲山。

另一條路上，幾輛馬車也正緩緩向好雲山而來，這些馬車懸掛碧紗玉鈴，清雅絕俗，正是碧落宮的馬車。

馬車裡坐的是碧漣漪和紅姑娘，鐵靜帶著碧落宮「天」組十三人護送他們上好雲山。經過兩月治療，碧漣漪的傷勢大有好轉，其中自然免不了紅姑娘的細心照料。宛郁月旦在此時將兩人送上好雲山，用心頗多，但主要是對戰風流店之前，唐儷辭希望從紅姑娘那裡得知風流店飄零眉苑更多的細節。至於碧漣漪會同行，一則是他重傷之後，宛郁月旦有意讓他四處走走，二則是他與紅姑娘之間的關係正有轉機，任何人都不希望他們分開。

馬車之中，碧漣漪閉目靜坐，沉靜不語。紅姑娘支頷望著窗外，馬車外山清水秀，春意盎然，已不復冬日的霜冷。她在碧落宮住了大半年，去的時候抱著必死之心，此時從碧落宮出來，心境卻全然不同了。

答應幫助唐儷辭的原因，是他答應讓她見柳眼一面。

她並不奇怪柳眼會在唐儷辭手裡，江湖上想得到柳眼的人成千上萬，但要說真的能攥在手心裡的，除了唐儷辭還能有誰呢？

她要見柳眼，然後隨他而去，無論是復興霸業也好，是淡出江湖也罷，總之都是好的。從前這樣想的時候熱血沸騰，現在這樣想的時候卻覺得很平淡，她分不清楚執著著要隨柳眼而去，那究竟是她的心願，還是逃避？

碧漣漪沉穩的呼吸在身邊，她儘量不看他。他的傷還沒有全好，偶然呼吸一亂，她便會跟著心煩意亂。但無論是怎樣的痛苦，他從來都不說，無論是當初傷情危殆的時候，還是現在漸漸痊癒的時候，他都說自己沒事。從來都說沒事的男人非常討厭，她狠下心相信他沒事，卻經常管不住自己留意他的表情和呼吸。

窗外的風掠簾而入，非常清涼。紅姑娘默默望著窗外，此時此刻，柳眼究竟在做什麼？還記得她嗎？一想到柳眼或者早已不記得她，她的眼淚就奪眶而出。

她覺得自己吃了很多很多苦，雖然實際上……實際上她沒有受到任何傷害，實際上這半年她在碧落宮胡作非為，受傷害的都是別人，但她就是覺得自己吃了很多很多苦……而他……很可能早已不記得她了。

一塊方巾遞到她臉側，紅姑娘接了過去，默默地拭去了眼淚。碧漣漪收回方巾，仍舊閉目端坐，彷佛方才什麼事也沒有發生。

碧落宮的馬車漸漸行入好雲山範圍之內，突然馬蹄聲驟響，一匹快馬超越馬車，徑直往山頭奔去，鐵靜微微一怔，那馬上的人身子婀娜，是個妙齡少女。看她騎馬的姿態，不但騎術不佳，武功也只在二三流之間，如此稚嫩的少女，怎會孤身出行，奔上好雲山呢？

快馬疾掠而過，鐵靜突地手按劍柄，揮手示意停車。碧落宮諸人停下馬車，均手按劍柄，凝神戒備。碧漣漪人在車內，卻聽得十分分明，有數匹快馬跟蹤那少女，與她一同快馬奔來，卻在發現碧落宮馬車之後驟然停了下來，在樹林中隱藏形跡。

是誰跟蹤那少女？來者何人？

鐵靜按劍戒備，過了片刻，發現跟蹤之人對碧落宮並無敵意，示意繼續向前。碧落宮眾人在一片寂靜中默然前行，馬車中的紅姑娘沉默了一會兒，低聲道：「是風流店的人。」

碧漣漪睜開眼睛，「妳怎確定？」

紅姑娘道：「這樣跟蹤潛伏是我教的路子，你嗅到一股淡淡的香味沒有？那是引弦攝命術藥水的氣味。」

碧漣漪仔細辨別，他的鼻子沒有紅姑娘靈敏，注意了好一會兒也沒嗅到什麼淡淡的香味，「也就是說，如果妳有琴在手，就可以控制身後這些人的行動？」

紅姑娘緩緩點頭，咬了咬唇，「但我沒有尊主控制得好。」

「妳願意幫助碧落宮嗎？」碧漣漪問。

她不答，過了一會兒緩緩地道：「你怎麼不問我願不願意幫助你？」

碧漣漪靜靜地答，「幫助碧落宮，就是幫助我。」

紅姑娘舉起手來，微略挽了下被風吹亂的髮絲，「你求我嗎？」

碧漣漪道：「碧落宮弟子從不求人。」

紅姑娘目中惱怒之色一閃而過，隨後嘆了口氣，閉上眼睛，「即使我願意幫你，我也沒有琴。」

碧漣漪揭開馬車坐褥上的一塊錦緞，紅姑娘大吃一驚，那她一直以為是靠墊的東西竟是一具瑤琴。那琴並不大，比之尋常瑤琴短了三分之一，也是七弦，木質圓潤柔滑，琴弦錚然發亮，竟是一張前所未見的琴。

「這是……」

「這張琴，叫做『流璞』。」碧漣漪的眼神很平靜，「雖然琴身不長，但音質很好。」

「流璞飛瀧，是棲梧世家五十年來所製的最好的琴，價值千金。」紅姑娘低聲問，「你買的？」

碧漣漪將琴橫抱起來，放在膝上，扣指一撥，「流璞飛瀧」發出一聲悠長的鳴響，「喜歡嗎？」

紅姑娘的眼神變得柔和，怔怔看著那琴，「你什麼時候買的？」

碧漣漪道：「妳摔了玉佩的隔日。」

紅姑娘默然不語，抱過瑤琴，「你想要後面的人如何？」

「束手就擒，讓我們能問他幾句話。」碧漣漪道：「我並非為了碧落宮贈妳瑤琴。」

紅姑娘幽幽一嘆，「我知道。」

她十指如蔥，在流璞飛瀧上彈出一段幽和的旋律，未過多時，只聽馬蹄聲響，有五匹馬一步一步走入碧落宮戒備範圍之內，鐵靜一聲大喝，只聽「叮噹」兵刃落地之聲，外面五人毫不抵擋，束手就擒。

碧漣漪撩起窗簾，鐵靜架住其中一人，「這些人眼神渙散，可是被紅姑娘琴音所制？」他聽到馬車中琴聲響起，這些人便做夢一般前來，猜知一二。

碧漣漪看了被鐵靜制住的那人一眼，該人形貌陌生，並不認識，「你們可是在跟蹤方才那位姑娘？」

那人身著紫衣，眼神茫然，「是……」

「為什麼要跟蹤那位姑娘？」

「她從鳳鳴山出來，那座山裡……有鬼……有鬼……」紫衣人喃喃地道：「她是玉團兒，她一直和柳眼在一起，我想找柳眼的下落……」他突然激動起來，「但那座山裡有鬼，有水會變成血，一下子，滿地的水就變成紅紅的血，地下還有僵屍，有怪物，嗚嗚嗚，咦咦咦的叫……」

鐵靜和碧漣漪皺起眉頭，面面相覷。雖然不知這人在說什麼，但他在跟蹤的那名少女和柳眼有莫大關係，他追蹤那名少女的目的是為了找柳眼的下落，這些還是聽得懂的。

「柳眼……他……他還活著嗎？還好嗎？」馬車窗簾一揭，紅姑娘顫聲問。

「他在做九心丸的解藥，主子說……不能讓他做解藥，要抓住他，要殺了他，嘻嘻嘻……抓住他就能一統江湖，誰抓住他誰就能一統江湖……」紫衣人顛三倒四地道，心思顯然還沉浸在「有鬼」之中，「鬼抓住他了，鬼把他變成了一灘血，哈哈哈……」

「解藥？」紅姑娘咬牙道：「那位姑娘知道他在哪裡是不是？她……她一直和他在一

起？她一直和他在一起？她是誰？她是誰啊？」

「她是玉團兒、是玉團兒、是玉團兒……」紫衣人道。

紅姑娘看著碧漣漪，碧漣漪默然，鐵靜亦是沉默不語，人人都很安靜，看著她的目光除了歉然，還有同情。她倒抽了一口涼氣，「你們……你們早就知道……早就知道他和別的姑娘在一起，早就知道……全都知道……卻只瞞著我一個人？」

「不是，紅姑娘，碧落宮不是有意欺瞞，只是這等事，我們……我們都沒想到應當說給姑娘知曉。」駕馭馬車的碧落宮弟子道：「柳眼和誰家姑娘在一起，我等都以為那是不值一提的小事……」

「不要說了！」紅姑娘胸口起伏，「是不值一提的小事，是碧落宮光明磊落，從不搬弄是非，是你——」她看著碧漣漪，「是你胸懷廣闊，從不用這等事來逼我變心，你們……你們誰也沒有錯。」她頹然坐倒，「從頭到尾，執迷不悟的都是我，一廂情願的也是我，是我錯了，是我錯了……」

「加快行程。」碧漣漪沒說什麼，鐵靜點了點頭，碧落宮的一行將那癡癡呆呆的五人綁住，快馬向好雲山奔去。

好雲山上。

一匹快馬疾奔而入，大門口南山門眾人正在看守，猛見快馬上來，宋林喝道：「來者何人？」

馬上之人一聲大喝，越發縱馬，那匹馬長嘶一聲，在門前人立而起，馬上之人飛身而起，借力越過高牆進了善鋒堂。

宋林瞠目結舌，眾人攔之不及，呆了半日之後，有人喃喃地道：「我看大門之前要設絆馬索，否則人人這般闖來，我等哪裡阻攔得住……」

善鋒堂內，古溪潭正按劍巡查，突見一人飛身而入，喝問道：「誰？」

玉團兒飛身落地，往前便闖，也瞪眼喝道：「讓開！」

古溪潭不識得玉團兒，「唰」的一聲拔出長劍，「哪家姑娘，報上名來！」

玉團兒左右看了一眼，不見認識的熟人，「你是誰？報上名來！」

古溪潭哭笑不得，「姑娘再不報上姓名，恕古某無禮了。」

「且慢！」成縕袍聽到喧嘩，快步而來，「這位是玉姑娘。」

古溪潭訝然，「玉姑娘？」

玉團兒不理他，對著成縕袍大叫，「唐儷辭呢？我要見唐儷辭！」

成縕袍淡淡地道：「唐公子外出未歸，姑娘有什麼事告訴我也是一樣。」

玉團兒怒目看著他，「我不要告訴你！」

成縕袍一怔，古溪潭道：「姑娘有話好說，究竟是什麼急事？」

玉團兒跺足道：「我不管，我要見唐儷辭，馬上就要見！」

古溪潭沒得來了火氣，「妳這位姑娘蠻不講理，唐公子不在山上，妳要怎麼見？」

玉團兒怒道：「那你就快點去找啊！我有重要的事給他說，馬上就要說！馬上馬上就要說！」

古溪潭張口結舌，哭笑不得，成縕袍袖袍一拂，將玉團兒的穴道點住，「把她送回房裡休息，一切等唐公子回來再說。」

就在玉團兒穴道被點之際，宋林急急奔來，說碧落宮諸人已經到了門口。

成縕袍迎上相接，碧漣漪一身碧衣，站得挺拔，鐵靜對成縕袍拱手一禮，碧漣漪也頷首示意，他們雖然是碧落宮的下屬，對待外人卻從不自居奴僕。

幾人都不善寒暄，彼此點頭過後，碧漣漪問道：「這位姑娘是？」

玉團兒還在古溪潭手中，成縕袍淡淡地道：「不知天高地厚的小丫頭。」

他看了站在碧漣漪身後的紅姑娘一眼，「這位就是紅姑娘了？姑娘在風流店運籌帷幄，害死了不少人。」

紅姑娘冷冷地看了他一眼，並不理睬，目光只在玉團兒身上。

碧漣漪道：「我等應邀而來，不知唐公子人在何處？」

「唐公子外出未歸，莫約明日此時會回山，各位且坐稍等。」成縕袍請碧落宮諸人裡頭休息。

碧漣漪走在前頭，紅姑娘卻站著不動，目不轉睛地看著玉團兒，「成大俠，」她低聲道：「我要和這位姑娘一起住。」成縕袍一怔，紅姑娘看著玉團兒，又道：「你放心，我絕不會害死她。」

成縕袍沉吟了一會兒，「也可。」

過了一陣，碧漣漪和鐵靜諸人與成縕袍等人去詳談要事，紅姑娘緩緩走進玉團兒的房間，坐在床邊，看著她那張臉。

這個小姑娘遠沒有自己美貌，為什麼卻可以跟在他的身旁？他不會厭煩嗎？不會趕她走？為什麼沒有殺了她？

玉團兒被點了穴道，過了好一會兒，她緩緩從懷裡拔出一支金針，在玉團兒三處穴道上各刺了一下。玉團兒睜開眼睛，愕然看著眼前出現的美貌女子，「妳是誰？」

紅姑娘冷冰冰地看著她，她黛眉秀目，即使是做出冷若冰霜的姿態，也有一股憂鬱之氣。玉團兒生性愛美，看她長得又是另一番美貌的模樣，立刻笑了出來，「妳是誰？妳好漂亮。」紅姑娘不答，過了一會兒，玉團兒好奇地看著她，又問，「誰欺負妳了？」

「沒有人欺負我。」她低聲道，看著眼前這位姑娘，她真的很想一針刺下去，刺瞎她的眼睛，但如果刺瞎了玉團兒，碧漣漪想必很生氣。

玉團兒道：「沒有人欺負妳，妳幹嘛要哭呢？」

紅姑娘悚然一驚，「我沒有哭。」

玉團兒又笑了起來，她只能說話，紅姑娘不會武功，金針之力不能讓她起身行動，否則她就要拍手笑了，「妳就是心情差得在怨恨為什麼天上沒有一塊大石頭掉下來將妳砸死的那種表情，別哭嘛，妳認識我嗎？為什麼要救我？」

救妳？紅姑娘手裡握著那支長長的金針，我隨時可以殺了妳。

她的眼睫顫動了一下，「妳認識柳眼？」玉團兒點了點頭。紅姑娘低聲問，「你們很好嗎？」

玉團兒睜大眼睛，「啊」了一聲，「我明白了，妳也喜歡他！」

紅姑娘滿臉飛霞，「胡說！我只是……隨便問問。」

玉團兒白了她一眼，「喜歡就喜歡嘛，妳不告訴他他怎麼會知道？我天天說想和他在一起他都不理我呢，妳要是喜歡他又不說，他就更不理妳啦！」

紅姑娘咬住嘴唇，「妳……妳……天天都說想和他在一起嗎？那他……他為什麼不理妳？」

玉團兒鼓起嘴巴，嘟了一會兒，「我不知道，我以前覺得他想和阿誰姐姐在一起，不過後來好像又不是那麼回事。」

紅姑娘低聲問，「他……他很迷戀阿誰的。」

玉團兒道：「我不知道。」她想了想，「我想他是不敢要求和阿誰姐姐永遠在一起，就和妳一樣，說出來就會臉紅，就會覺得自己有錯一樣。」

紅姑娘咬住的嘴唇在顫抖，「我是因為……因為知道他不喜歡我，所以才不能說，愛一個人就不該強求，應該讓他高興，不是嗎？」

玉團兒順理成章地道：「他也是這樣想的啊，所以他不會說要和阿誰姐姐在一起，因為阿誰姐姐不喜歡他。」

「他會因為阿誰不愛他而放棄她嗎？」紅姑娘淒然道：「他是這樣善解人意的人嗎？」

玉團兒道：「當然啦！他連隻小狐狸都不敢打死，我抓來給他試藥，結果他把牠放跑了，把我氣得半死。有時候我賴皮說要留在他藥房裡比較暖和，其實我不怕冷的，他雖然不理我，但是也怕我真的冷不敢趕我出去。小方最無賴了，老是欺負他，叫他去釣魚，他釣了又放走釣了又放走，永遠也釣不回來；叫他去抓松雞，他就坐在那裡看公松雞和母松雞飛來飛去，有時候狐狸來吃，他還打狐狸呢！」

紅姑娘放開下唇，唇上已見了血，「是……是嗎……他……他……」

玉團兒「撲哧」一聲笑出來，「他是不是很好笑？」

紅姑娘看著她的笑，整顆心都動搖起來，「他不殺狐狸，為什麼卻殺人呢？如果他真有這麼好，為什麼要殺人呢？」

「妳是說他做了那種藥害死了千千萬萬的人嗎？」玉團兒道：「他也有後悔的，不過不肯說罷了。妳也怪他害死這麼多人嗎？其實我覺得他做錯的只是聽了壞人的話，做出了害人的藥而已，他只是笨，但不壞的。」

紅姑娘不敢置信地看著她，她說柳眼「笨」，那和她心中記住的柳眼相差太遠了，她們談論的當真是同一個人嗎？「笨？」她輕聲問。

「當然笨啦，哪有人別人說什麼就信什麼的？哪有人別人叫他幹什麼叫幹什麼的？他到現在也是這樣，妳只要對他說一樣的話說上十遍，他一定聽妳的，不管他臉上看起來多不高興，脾氣有多壞，他肯定會信妳的。」玉團兒道：「妳以前是不是很怕他，所以不敢纏著他？」

「我……我……」紅姑娘低聲道：「我以為他想要天下，所以我要為他奪天下，我不在乎殺人，因為他不在乎殺人，既然他可以背負這世上最重最深的罪孽，那麼我也可以。」她抿了一下受傷的唇，低低地道：「我一直……都是這麼相信的。什麼事對他有利，我就做什麼事，我不在乎殺人放火，不在乎害死誰，只要他能得利，我可以為婢為奴，可以做任何事，可以不要他知道我愛他，只要他能成功。」

「天下？什麼天下？」玉團兒驚奇地看著她，「他只是討厭唐儷辭而已。」

「是嗎？他只是……只是討厭唐儷辭而已。」紅姑娘喃喃地道：「那我所做的一切，又是為了什麼？」

「妳很傷心嗎？」玉團兒問，「別傷心，妳只是弄錯了而已，是他不好，他沒有好好和人說他到底在想什麼，所以妳才誤會了。」

「只是弄錯了而已？」她目中的淚水奪眶而出，「他只是聽信旁人的話，只是討厭唐儷辭而已，他沒有想要天下，那……那他害死的人，我害死的人，那些成千上萬，不計其數的冤魂，又是為了什麼？他背負了不可饒恕的罪，我變成陰險毒辣的小人，所謂的犧牲其實……根本沒有任何意義？」

紅姑娘搖了搖頭，怔怔地看著玉團兒，「這些日子，妳一直陪著他？」

「嗯。」

「意義？」玉團兒眨了眨眼睛，「什麼意義？」

「我現在明白，他為什麼沒有趕妳走。」她低聲道：「只有妳……妳才是真的喜歡他，我……不過在做夢，一直都在做夢。」

「啊！」玉團兒突然大叫一聲，「唐儷辭呢？我有件事要告訴他！很重要的事！」

紅姑娘悚然一驚，抬起頭來，「妳別急，我知道是什麼事，我這就去找。」她匆匆起身，擦去眼淚，推開門奔了出去。

門外不遠，碧漣漪站在花園之中，她怔了怔，往他那裡奔了兩步。碧漣漪站得遠了，聽不到她們的對話，但她奔了兩步，他就張開雙臂，於是她什麼也沒想，徑直奔入他懷裡，開始只是緊緊拽著他的衣袖，他輕輕撫摸著她的頭，她再也忍耐不住，放聲慟哭了起來。

碧漣漪什麼也沒問，什麼也沒說，只是一直輕撫著她的頭，擦去她的眼淚。

一場大哭，足足哭濕了碧漣漪半個前襟，紅姑娘抬起頭來，緊緊攬住碧漣漪的腰，「你為什麼對我這麼好？我其實根本就不好，我是個歹毒的女人，心裡從來就沒有什麼公道正義，真的從來就沒有。」

「我不知道妳是好還是不好，」碧漣漪摟住她的頭，抱在懷裡，「妳好也好，壞也好，對我來說都一樣。」

紅姑娘牢牢地抓住他的手，與他十指交纏，彷彿不抓得緊一些，不用力一些，她就會碎掉，就會死掉。

「別哭。」碧漣漪抱了她一會兒，將她放開，「剛才妳從屋裡出來，可是有急事？」

紅姑娘驀地一驚，「是，那位姑娘有重要的事要找唐儷辭，我猜——」她將聲音壓得極低，「是關於九心丸的解藥。」

碧漣漪微微一震，抓起她的手，「唐儷辭應當回來了。」

「且慢！」紅姑娘心念轉得極快，「把那位姑娘一起帶走，留她一人在屋裡，恐怕會有意外。」

碧漣漪一點頭，一手抓著紅姑娘不放，折回房裡拍開玉團兒的穴道，玉團兒一躍而起，三人快步向大堂而去。

屋後不遠處一人探身而出，桃色衣裙，正是玉箜篌。眼見玉團兒被碧漣漪帶走，他目望紅姑娘，掠起一抹殺機。他有心要殺玉團兒，在這種微妙時機，玉團兒飛馬上山，所為何事，聰明人都猜得八九不離十。古溪潭將玉團兒放在廂房，他已跟蹤在後，不料紅姑娘隨即進來，她一進來，碧漣漪就站在屋外，讓他失去下手之機。雖然說以玉筮篌之能，要殺玉團兒、紅姑娘、碧漣漪並非難事，但一旦驚動了他人，得不償失。而紅姑娘叫碧漣漪將玉團兒帶走，讓他第二次失去下手的機會，這丫頭移情碧漣漪，心思細密，不可不除。

第四十八章　解藥現世

大堂之內，成縕袍幾人已將風流店的五人審問了一遍。紅姑娘解開引弦攝命之術，那五人卻只知他們根據風流店的指使跟蹤余負人，跟蹤數次之後，發現余負人總是在鳳鳴山左近失去蹤跡，於是他們轉而監視鳳鳴山。有次潛入鳳鳴山，發現山谷內有一處偌大的莊園，進入莊園之時看到種種古怪景象，卻沒有看到人。這幾人不敢再次潛入山莊，依然在山外等候，瞧見玉團兒飛騎而出，就一路跟了上來。他們本來共有六人，現在一人已經回程向鬼牡丹稟報，剩餘的五人全在這裡。

「這些都是些爪牙，對風流店的內情渾然不知，但至少他們知道鬼牡丹在何處。」孟輕雷道：「知道鬼牡丹在何處，也就是知道風流店的老巢在何處。」

幾人點頭，心中都感振奮，幾個月來，終是知曉了敵人的所在，山上練兵再不是無的放矢。

紅姑娘將那幾人反覆再問過幾遍，沉吟了一陣，「他們說鬼牡丹在飄零眉苑，也就是說，風流店並未去向它處，而是返回菩提谷飄零眉苑。飄零眉苑地形複雜，位於深山之中，瘴毒怪蟲密布，幾條必經之路易設埋伏，我等人數眾多，要是貿然前往，只怕十分不利。若要對飄零眉苑出兵，最好在附近紮下營地，將地形摸熟，安排好破敵之法，才一舉進攻。」

成縕袍皺起眉頭，「但若不能奇襲，恐怕風流店不會讓我等如此輕易在左近紮營，必定全力阻擾。」

紅姑娘目光流轉，「我們可將人力分為兩批，一批專管紮營和護送人馬，另一批專門滋擾飄零眉苑，讓它自顧不暇，它就沒有時間和精力來針對我們。但滋擾飄零眉苑的人手，必須是絕頂高手，否則一旦遇險，就是性命之憂。」

成縕袍點了點頭，「言之有理。」

「聽說幾位擒獲了幾名風流店的爪牙，不知問的結果如何？」幾人正在商談之際，門外有人盈盈含笑，緩步走了進來，秋波流轉，玉靨生春，正是玉箜篌。

成縕袍和孟輕雷都是一凜，紅姑娘轉過身來，冷冰冰的眼神在玉箜篌臉上一掃，欠身行了一禮，「桃姑娘。」

玉箜篌並非孤身而來，他身後跟著張禾墨、天尋子、柳鴻飛等人，各人臉上均有不悅之色，暗想碧落宮生擒了風流店的爪牙，卻隱瞞不說，沒有邀請我等參會，中原劍會是何居心？

「剛剛問過一遍，尚未有什麼結果。」成縕袍淡淡地道。

玉箜篌柔聲道：「既然抓到人，至少知道他從何處來，那麼風流店所在之處昭然若揭，我等即日就可出兵。」

成縕袍皺起眉頭，勉強頷首。

張禾墨等人哈哈大笑，意興飛揚，笑道在山上憋了如此久，終於可以一吐悶氣，掃蕩魑魅魍魎，踏平風流店了。

玉箜篌笑意盈盈，站在一旁看著地上五人，嬌美得就如一朵鮮花冉冉而開。

玉團兒在人群中看著玉箜篌，她一反常態的沉默不語，悄悄躲在成縕袍身後，玉箜篌的目光偶一掠過她的身影，便是一股陰森的殺氣一閃而逝。她雖然一向有話就說，也明知玉箜篌就是風流店裡最壞的那個人，但這一次她卻知道自己任務重大，絕不能死。玉箜篌要殺她，用心昭然若揭，她絕不能死。

柳眼交代她的事還沒完成，在這裡說出玉箜篌是個男人，還是風流店最大的壞蛋，肯定沒有人相信她，她要先保護自己。

就在這個時候，有人溫言道：「今日很熱鬧。」

成縕袍臉色一喜，玉團兒連忙快步奔了過去，躲在來人身後，玉箜篌眸色微微一變，眾人紛紛向他看去。

來人白衣雲履，一頭灰髮以玉帶束起，正是唐儷辭。

「喂。」玉團兒扯住他的衣袖，悄悄地道：「我有重要的事和你說。」

唐儷辭點了點頭，對眾人微笑，「雪線子前輩安然返回，我已為他備下房間，但前輩傷勢未癒，這段時間還請眾人切勿前往打擾。」

張禾墨精神一振，「換人已經成功？」

唐儷辭頷首。

張禾墨又問，「究竟是以何人交換？」

鐘春髻率眾而來，不過停留了短短一日，也不和各門派來往，故而眾人並不知曉她就是換人的人選。

「前往換人的是雪線子的高徒鐘春髻鐘姑娘。」唐儷辭道：「鐘姑娘為雪線子犧牲自我，被風流店帶回，高風亮節，應為江湖眾人效仿。」

張禾墨大為讚嘆，天尋子等人也紛紛點頭。唐儷辭柔聲道：「鐘姑娘身分特殊，風流店不會傷她性命，待我等攻破風流店就可救她出來，大家不必擔心。」言下他對著玉箜篌微微一笑。

玉箜篌柔聲道：「你不怕風流店對鐘姑娘不利？」

唐儷辭又是微微一笑，「鐘姑娘是當朝公主，風流店應不至於冒犯上作亂的大罪，對公主不利。」

玉箜篌道：「如果她不是公主呢？」

唐儷辭眼睛也不眨一下，「她若不是公主，豈不是更好？不是公主而冒充公主，如此天大把柄握在風流店手中，還怕鐘姑娘不俯首貼耳，乖乖聽話？更不可能對她不利。」

玉箜篌輕輕一笑，「你倒是盤算得滴水不漏。」

唐儷辭道：「在桃姑娘面前，豈敢說滴水不漏……」他向後退了一步，將玉團兒擋在身後，「明日我有要事向大家說明，自現在到明日午時，任何人不許下山，飛鴿、信件、信物一律不許外傳，若有人違反禁令，莫怪我要將之列為風流店的黨羽，當場格殺。」

張禾墨愣了愣，「明日就要出兵麼？」

唐儷辭微笑，「我並未這麼說。」

天尋子皺眉，「若是明日不出兵，只怕風流店的防備越來越森嚴，越來越不可攻破。」

唐儷辭仍是微笑，「我也並未這麼說。」他握住玉團兒的右手，舉目向紅姑娘望去，「紅姑娘，借一步說話。」

紅姑娘應聲向他奔去，唐儷辭帶著兩位如花似玉的姑娘，徑直自大堂中離去。

眾人的目光一下轉到玉箜篌臉上，心中均在暗想唐儷辭拈花惹草，喜新厭舊，桃姑娘如此美貌，他一夜調戲不成，就換了新人，真是暴殄天物，萬分可惜。但說起來，紅姑娘有幽蘭之色，倒也不遜色於嬌美絕倫的桃姑娘。

玉箜篌面色不悅，卻不是為了唐儷辭喜新厭舊，而是他把紅姑娘、玉團兒帶在身邊，要殺這兩人不免多費一番手腳。

柳眼必定在鳳鳴山，他不必接探子回報，看玉團兒和唐儷辭的反應就知柳眼不但就在鳳鳴山，而且必定已經尋出解毒之法。他雖然不知柳眼如何與唐儷辭化敵為友，也對此深感詫異，但唐儷辭與柳眼交好，就是他的一大危機，柳眼所結下的千萬仇怨，輕易就能轉移到唐儷辭身上。中原劍會得了九心丸的解藥之後，必會出兵飄零眉苑，而在此之前正是大作手腳的好時機。

唐儷辭帶著玉團兒、紅姑娘，進了自己的房間。

紅姑娘入目所見，床榻上雪線子垂眉閉目，盤膝而坐，紅姑娘低聲道：「他被人下了藥。」

唐儷辭頷首，放開了玉團兒的手，「玉團兒，妳要和我說什麼？」

「解藥。」玉團兒反而一把抓住他的手，「他說解藥能做出來了，有兩種法子。」

唐儷辭微微一怔，「兩種？」

玉團兒從懷裡摸出一個小包，打開包裹的巾帕，裡面是數十枚長長的玉針，「這是其中一種，他說金針銀針太軟，必須用玉針，將玉針刺入大腦，損傷特定區域，就能去除九心丸的心癮。這種法子見效很快，但很危險，不是絕頂高手不可向人施針。還有一種……」她取出一瓶藥物，「這是藥丸，這種藥丸服下之後，可以控制九心丸的毒性發作，但需服藥七個月以上，並且要嚴格用藥，在用藥第四個月就開始慢慢減少藥量，七個月過後，要再服用另外一種藥……」她手忙腳亂的從身上再翻出另外一瓶藥，「這種，這種藥要連續服用半年。」

紅姑娘睜大眼睛，她從未聽說過如此複雜的解毒法子，「行得通嗎？」

玉團兒連連點頭，「行得通的，他在自己身上試過了。」

唐儷辭眸色微微一閃，「他在自己身上試過了？他服藥了？」

玉團兒按住胸口，她的心仍然在怦怦直跳，「他吃了九心丸裡最毒的那部分，那種什麼……什麼花的，毒發的時候渾身長斑點，很嚇人。每天都會毒發兩次，有時候忍不住想吃藥，然後他就把輪椅扔掉，拐杖扔掉，把他自己和椅子綁在一起，試驗他那些各種各樣的藥……」

唐儷辭微微蹙眉，「最後是誰給他做玉針刺腦？是他自己，還是方平齋？」

「當然是小方啊！」玉團兒道：「那時候他已經吃藥吃得有些傻裡傻氣的啦！但他有事先留下信件，說在他控制不了自己的時候，叫小方從哪裡下手，玉針刺下多少，刺什麼方向。原來針頭上還塗了毒藥的，但塗了毒藥的玉針太傷人了，小方刺了他一針，他在床上昏迷了好幾天才醒來，我差點以為他要死了。」說到這裡，她也忍不住眼眶一紅，「真的很可怕，說好了我給他試藥的，但他偷偷拿自己去試，我們都很傷心……」

「玉針刺腦是非常危險的方法。」唐儷辭道：「九心丸的毒性果然很頑固。」他沉吟了一會，「藥物解毒所需的時間太長，玉針刺腦太有風險，但除此之外也別無他法，我們要即刻宣揚九心丸並非無藥可解，如此人心方定。」

紅姑娘頷首，「此後你必須馬上把柳眼藏匿起來，不讓任何人找到他的行蹤。解藥現世，他已無價值，人人都想要他的命，誰要救他的命，誰就是在和公道正義為敵。」

唐儷辭微微一笑，「我不擔心有人要殺他，方平齋在他身邊，能殺柳眼者有幾人？我擔心的是……」

紅姑娘柳眉微蹙，「什麼？」

「我擔心……」唐儷辭柔聲道：「方平齋是如此重要的角色，他陪伴柳眼身邊，他要殺朱顏，他掌握玉針刺腦之法，若我是玉箜篌，必定策反方平齋。一旦策反成功，一舉可數得，甚至抵得過平白送我半個江湖。」

紅姑娘一怔，「他要殺朱顏？」

唐儷辭的聲音越發柔和，「不錯，練到他這等武功之人，身上的殺氣掩蓋不住的時候，心裡的殺意必是堅定不移。我雖不知道他為何要殺朱顏，但朱顏在玉箜篌手中，方平齋又是性情中人，重情重義，要拿住他的把柄逼他就範，並不太難。」

「原來如此，你在好雲山造勢，大張旗鼓要出兵菩提谷，也是打算將玉箜篌拖在好雲山，讓他沒有時間打方平齋的主意。」紅姑娘何等聰明，一點即透，「但現在解藥已出，你的緩兵之計拖不了多久，如果方平齋一反，柳眼就落入風流店手中。」

唐儷辭微微一笑，「解藥已出，柳眼落入誰的手中對大局來說已無關緊要，但若我是玉箜篌，掌握方平齋之後，必定要設法做一件事。」

「什麼事？」玉團兒聽得半懂不懂，「小方不會背叛我們的，他是很好的人。」

唐儷辭聽而不聞，微笑道：「我要方平齋立下證據，以風流店疊瓣重華之名、柳眼之徒的身分說唐儷辭和柳眼私相串通，其實唐儷辭方是風流店之王、鬼牡丹之主，否則他如何能夠這麼快取得九心丸的解藥？柳眼為何要為他製作解藥？只因他手握解藥，就能以正義之名掌控江湖。他將眾人召集在好雲山，遲遲不出兵，就是為風流店製造機會，這番前去，就是要讓有意與風流店為敵的江湖豪傑去送死。他之所以能料敵先知，並非因為唐儷辭神機妙算，而是因為他本來就是風流店的內奸。」

紅姑娘吃了一驚，「這個……」

「要立下證據很容易，唐儷辭為何要夜襲桃姑娘？池雲為何會死？邵延屏為何會死？一切都是因為他們發現唐儷辭的陰謀，故而招來陷阱和殺機。」唐儷辭道：「外加少林寺普珠方丈書信一封，或者親身來到，現身說法，力證有罪，天下何人不信？或者好雲山人馬攻到菩提谷，鬼牡丹突然率眾向我跪下，口稱主人，世上相信唐儷辭的有幾人？」

「桃姑娘在好雲山日久，必定已經設法留下不少嫁禍於你的線索。」紅姑娘變色，「這果然是一招毒計，不可不防。」

「紅姑娘。」唐儷辭唇角微勾，「我防不了……要證明唐儷辭乃是清白之身，並非風流店之主，更與邪魔柳眼毫無關係，玉箜篌必會叫我當眾殺了柳眼。」

玉團兒大吃一驚，紅姑娘臉色慘白，唐儷辭紅唇微抿，「而我殺不了。」

玉團兒鬆了口氣，紅姑娘的臉色越發慘白，「若我是玉箜篌，這條毒計無論多麼困難，非行不可，因為你全無還手之力。」

唐儷辭微笑，「不錯。」

「那你的對策呢？你絕不會就此坐以待斃吧……」紅姑娘低聲道：「方平齋當真如此容易策反？」

唐儷辭柔聲道：「玉箜篌有心於方平齋也非一日兩日了，方平齋身上必定有其他機密讓玉箜篌勢在必得。但他是性情中人，即使被玉箜篌策反，也不會對柳眼不利。」

紅姑娘咬唇道：「這點我明白，你呢？你的對策呢？」

唐儷辭看著她，眼神很平靜，「我的對策，就是妳。」

「我？」紅姑娘心中念頭一閃而過，讓她幾乎不敢相信自己的想法，「你想將計就計……」

唐儷辭頷首，「解藥現世，好雲山士氣已鼓，箭在弦上不得不發，再拖下去，玉箜篌在中原正道扎根越深，越來越難以拔除，菩提谷一戰勢在必行。無論我屆時仍否留在中原劍會，這一戰的重任泰半要交托給妳了。」

紅姑娘臉色蒼白，眼眸烏黑，「我？我怎有資格指揮群豪？」

「妳當然有。」唐儷辭目中瞬過一絲極度犀利的光彩，「妳是碧漣漪之妻，宛郁月旦委以重任之人，這件事他在寫給我的信函裡面已經交代清楚。那封信由鐵靜代筆，蓋有碧落宮的印信，現在也在鐵靜身上。除此之外，紅姑娘，我希望妳能向大家說明——」

紅姑娘退了一步，唐儷辭平靜地道：「妳才是琅邪公主。」

紅姑娘呆若木雞地站著，「公主……我早已忘了什麼公主，小紅只是小紅。」

唐儷辭道：「我明白妳無心公主之位，但妳要指揮群豪，妳要逼得玉箜篌全無插手的餘地，妳必須有冠絕群倫的資格，公主，就是很好的資格。」

紅姑娘道：「我砸碎了信物，我也沒有證據證明我是公主。聽說皇上已認了鐘春髻鐘姑娘是公主，我此時再爭，豈非徒然？」

唐儷辭道：「非爭不可，妳若不是公主，妳就無法和玉箜篌抗衡。」

「我若爭勝，豈非逼死了鐘姑娘？」紅姑娘低聲道：「甚至連累自己的長兄二姐。」

唐儷辭唇角微勾，「姓鐘的小丫頭自私歹毒，死不足惜，逼死了便逼死了，妳是優柔寡斷、有婦人之仁的女人麼？」

紅姑娘淒然一笑，「我不是。」

唐儷辭道：「公主之事，我會讓楊桂華、焦士橋前來查證，該安排之事泰半就緒，妳不必擔心。玉箜篌此時尚無精力來顧及真假公主，這是妳我的機會。」

「等我身為公主，倚仗碧落宮之威號令群雄，你就可以安然離去了麼？」紅姑娘低聲道：「你日後要怎麼辦？」

唐儷辭柔聲道：「我將受的痛苦，我會讓玉箜篌十倍償還，不必擔心。」

紅姑娘抬起頭來，「我……我也曾是風流店的人……」

唐儷辭打斷她的話，「所以——妳要補償，玉箜篌一定會以此為難妳，不過以妳的為人，格殺幾個風流店的爪牙證明妳改過向善的決心，也非難事。」

「是。」她低聲應，心志突然堅決起來，一股勇氣油然而生，「我會把一切辦好。」她一字一字地道：「風流店中，尚有我的心腹，我絕不會讓桃姑娘隨心所欲。菩提谷一戰，即使不能覆滅風流店，我也要讓桃姑娘步步失算，種種預謀一一落空。」

「很好。」唐儷辭柔聲道：「妳要保重，菩提谷一戰即使不能勝，也絕不能敗，宛郁月旦會另外設法助妳，妳絕非孤身一人。」

紅姑娘頷首，「唐公子，他……他的安危，小紅就拜託你了。」她對著唐儷辭盈盈下拜，「小紅生不能隨侍左右，但望他此後平安無事，遠離江湖。」

唐儷辭微微一笑，「我說過，只要他改過，不管他害死多少條人命，我都能擔保沒人能動他一根寒毛。」

玉團兒聽了好一會兒，仍然堅持道：「小方不會變壞的。」

唐儷辭道：「他不會變壞，他只是一直都是他自己。」

玉團兒又道：「你為什麼對他這麼好？」

唐儷辭微微一怔，「什麼？」

玉團兒鼓起腮幫，「你說因為你不能殺他，所以只好被壞人陷害，你為什麼要對他這麼好，連自己被陷害都不怕？」

唐儷辭對著她笑了笑，「我對他好，是因為他一直對我很好。」

玉團兒搖頭，「他什麼時候對你好過？」

唐儷辭唇角越發上勾了，抿著的是一絲耐人尋味的笑紋，「小丫頭，妳是在吃醋麼？」

玉團兒斜著眼睛看他，「只許我一個人對他很好，不許你對他太好。」

唐儷辭柔聲道：「我偏偏要對他溫柔體貼，有求必應。」

玉團兒滿臉通紅，懊惱之極，「你就是大壞蛋！壞人！不許你對他這麼好！」

紅姑娘一旁聽著，越聽越覺得玉團兒居然是認真的，「撲哧」一聲笑了出來，「妳可以對他更好啊。」

「我想不出什麼辦法對他更好了。」玉團兒沮喪地道：「他冷冷的對我，我就要生氣，就想打人，我不會溫柔體貼。」

紅姑娘忍住笑意，「那妳也冷冷的對他啊，說不定他就會發現妳很重要。」

玉團兒搖頭，用力的搖頭，「不對不對，我要是冷冷的對他，他就更不理我了，我才不要！」

唐儷辭柔聲道：「我教妳一個法子，以前我常常用，很靈的。」

玉團兒大喜，「什麼法子？」

唐儷辭抓起桌上茶盤裡的茶刀，左手五指張開按在桌上，右手持刀向下「奪」的一刀扎入指縫間，他行動如風，剎那間刀已入桌。玉團兒和紅姑娘一起失聲驚呼，都以為他把刀扎入自己手背，唐儷辭淺淺一笑，「他不理妳，妳就在自己身上刺一刀，再不理妳，妳就再刺一刀。」

「天啊！這是什麼法子？」玉團兒怒道：「你從前就這樣嚇他？你壞死了！你是有毛病的瘋子！再也不要你和他在一起了！壞死！不許用這種法子嚇人，以後也不許再教別人這種法子！」

唐儷辭微笑，「這是好方法……」微微一頓，他溫文爾雅地道：「碧漣漪在門外站了很久了，紅姑娘，接下來的日子妳要和碧漣漪、鐵靜等人形影不離，絕不能給玉箜篌下手的機會。」

玉團兒眨了眨眼，「我要回鳳鳴山。」

唐儷辭道：「鳳鳴山已是危險之地，妳不能去，我會讓沈郎魂暗中將妳送去一處安全的地方，不必擔心。」他隨即看了雪線子一眼，「至於這位，我會看好，以防不測。」

「我不要！」玉團兒又道：「我要回去找他。」

唐儷辭皺起眉頭，「他或許已經不在鳳鳴山。」

玉團兒堅持道：「那我也要回去找他！我不要自己一個去別的地方！」

唐儷辭一掌拍出，在她額頭輕輕一震，玉團兒應手而倒，他把她放到椅上。

紅姑娘幽幽一嘆，「你這樣對她，她會恨你。」

唐儷辭淺淺地笑，「我不在乎。」他拍了拍手掌，屋梁上沈郎魂飄然而下，紅姑娘微微一怔，沈郎魂潛伏在屋頂這麼久，她竟然一無所知。

「把這什麼都不懂的小丫頭送走，日後之事，我會和你再聯絡。」唐儷辭取出一錠黃金，「路上小心留意，別讓她逃了。」

沈郎魂嘿嘿一笑，「玉箜篌要策反方平齋，你難道不能設法穩住方平齋麼？」他潛伏在屋梁上，將剛才所說的都聽見了。

「我穩不住。」唐儷辭幽幽一嘆，「我分身乏術，何況對於方平齋所隱藏的機密，玉箜篌清楚，我卻並不清楚。」

紅姑娘目光一閃，「方平齋的機密？」她沉吟了一會兒，「桃姑娘對我處處防範，當年我在風流店之時也不知道她其實就是風流店真正的主人。但對於七花雲行客的傳說，我卻仍有耳聞，聽說疊瓣重華出身白雲溝，那是一處山清水秀的地方，自古以來就出將才。」

「將才？」唐儷辭目光流轉，「征戰沙場的將軍之才？」

紅姑娘頷首，「白雲溝傳說是大漢幾位將軍之後，家家戶戶都有兵書，就算在當今朝廷之中也有不少出身白雲溝的兵士將領。」

唐儷辭蹙眉，「難道說鬼牡丹和玉箜篌對方平齋百般用心，是為了他的兵書？或者因為方平齋具有將軍之才？」

紅姑娘搖了搖頭，「難以想像。」

就看方平齋滿口囉嗦吊兒郎當的樣子，無法將他想像為一位如何具有才能的將軍。

「將才之事，我會留心。如果玉箜篌有心於將才，那就是說他有上戰場的雄心，此時此刻，難道他要對遼國開戰？」唐儷辭微微闔眼，「因為大宋此時陣前失利？難道說玉箜篌和鬼牡丹的野心遠不只得到江湖，而是另有雄心？他要幹出一番青史留名的事業？但這是絕然不可能的……」

「一切都是你我妄自猜測而已，」紅姑娘搖了搖頭，「唐公子切莫想得太遠，憂能傷人，自己保重。」她對唐儷辭行了一禮，開門而去。

沈郎魂笑了出來，「方平齋會領兵打仗？將才這種事，可不是說老子有種，兒子就有能耐，沒上過戰場的人哪會領兵？」

唐儷辭輕咳一聲，在椅子上坐了下來，「這件事很古怪，內情想必非常複雜，此時暫且放過。」

沈郎魂看他神色略有幾分憔悴，「我聽說岐陽已經來到山上，可要他為雪線子一診脈息？」

唐儷辭精神一振，「請他過來，我不在山上，怠慢了客人。」

第四十九章 如約而至

岐陽已經到了好雲山兩天了，兩天以來他都在喝茶閒坐，與他剛來的時候以為十萬火急天崩地裂的狀態差太多。他也有幾年不在江湖走動，江湖上識得他的人本來就少，所謂江山代有才人出，時到如今他幾乎是一個也不認識了，旁人看著他宛如陌路，他看著別人也宛如陌路，所謂小狗看小貓，莫名其妙。

他是在汴京輾轉收到中原劍會的信函，說雪線子被煉為藥人，想請他醫治，一時好奇孤身快馬奔上好雲山，結果上山之後，他既不認得別人別人也不認得他，被當作閒雜人等安排在廂房。他本要解釋他是岐陽，但卻連成縕袍、孟輕雷都見不到，只好躺在屋裡睡覺。

這一次回汴梁，他不是回來遊山玩水，只是特地回來拿樣東西，取得信函也屬偶然，無聊了兩天之後他就想回去了，但看門的卻說唐公子有令任何人不許下山，否則就是風流店的奸細，讓他百口莫辯。幸好今日董狐筆撞見他一面，把他認了出來，否則還不知道要在山上被禁閉多久。

岐陽本來除了認識聖香、容隱、聿修等等之外，對江湖中人基本不熟，在好雲山上閒了兩日，已經知道如今江湖唐儷辭如日中天，猶如神仙下凡觀音在世，是風流俊雅才智無雙，更重要的是家財萬貫通達權貴，一句話總結就是這世上數得上的優點和好處他一個人全都占了。他對「猶如神仙下凡、風流俊雅才智無雙」的俊才還有相當興趣，但對「猶如神仙下凡、風流俊雅才智無雙」外加「是皇親國戚家財萬貫」，再加「身邊美女如雲個個對他死心塌地」的這種仙人，實在懷著一股說不出的抗拒感。

他自認是個性格不錯的人，一輩子討厭的人沒幾個，讓他有這種不好的感覺的，也有一個。一個和唐儷辭一樣，血統優良，家世顯赫，外表出眾，脾氣溫柔，彷彿從頭到腳沒有缺憾，被女人們冠以「閃爍著天使之光的藍寶石」，或者什麼「維娜斯森林王子」之類變態頭銜的男人。

這樣的人，未免活得太假了。岐陽無聊地喝著好雲山上的茶，這茶聽說是萬竅齋從京城運過來的，好不好反正他也喝不出來，只懷著盡情糟蹋的心興致盎然地喝著。

「岐陽公子。」一位紫衣女婢來敲門，低著頭道：「唐公子請你到他房裡查看雪線子前輩的毒傷。」

「我馬上過去。」岐陽對她笑了笑，那女婢不知為何神色黯然，也沒在看他，就這麼退了出去。他打賭這女婢十有八九被那猶如神仙下凡的唐公子玩弄了感情，說不定這山頭上大部分的女子，只要年齡在十六以上四十以下，無一倖免。一邊胡思亂想，他一邊跳下椅子快步跟著那失魂落魄的女婢向另一處庭院走去，要是跟丟了迷路還要再給人解釋一次為什麼他不是風流店的奸細，他寧願一頭撞死。

白霧飄渺，徐徐如海。

岐陽知道好雲山地處潮濕之地，所以霧氣濃重，這位「唐公子」故意要住在這等虛無縹緲的地方，難道是專門要顯示自己仙風道骨，更加的「猶如神仙下凡」麼？他在心裡嘆了口氣，真是變態年年有，今年特別多，縱橫古今，穿越千年，都是一樣讓人討厭。

紫衣女婢輕輕敲了敲唐儷辭的房門，低聲道：「唐公子，岐陽公子到。」

屋裡傳來溫雅柔和的聲音，「請進。」

那紫衣女婢打開房門，請岐陽進去，她自己卻不進去。岐陽踏入房門，屋裡有兩人一坐一站，站著的那人臉上刺著一條紅蛇，紅蛇上還有一道長長的疤痕，他看得呆了呆，原來這種年代的大俠也喜歡刺青，刺在臉上，尤其是眼睛下薄薄的皮膚上可是很痛的，對這位大俠的忍耐力他真是佩服、佩服。

身邊有童子端上茶盞，他咳嗽一聲，也坐了下來，做出一副「猶如神仙下凡」的神醫狀，端起來喝了一口，氣定神閒的向那「唐公子」望去。

坐在桌邊的人白衣灰髮，一般來說，喜歡穿白衣，在別人站著的時候坐著的，都是主角……岐陽要把那口茶咽下去的時候正是這樣想的。

正在他氣定神閒的向唐儷辭望去的時候，唐儷辭側過臉來，對他微微一笑。

「噗——」岐陽一口茶立刻噴了出去，「咳咳咳……咳咳咳……」

沈郎魂奇怪地看著他，這位江湖傳說極盛的名醫難道認識唐儷辭？

果不其然，岐陽嗆了那一口茶之後，指著唐儷辭的鼻子，「你……你……」

唐儷辭溫雅微笑，「我什麼？」

岐陽仍然指著他的鼻子，過了好一會兒，他拍了拍自己的頭，「你……」他從來不是啞口無言的人，此時此刻瞪著唐儷辭，居然一句話都說不出來。

唐儷辭揮了揮手，沈郎魂抱著玉團兒飄身而去，岐陽才乾笑一聲，「你給我簽個名好嗎？」

眼前這人膚色白皙溫雅秀麗，眼熟得很，原來具有如此優勢的變態真的只有一個，不管是千年前還是千年後，不管是越界前還是越界後，都依然只有這一個。這個人就是唐家赫赫有名的名流少爺，即使在三年多前神祕失蹤，各大家族卻對他的事情窮追不捨，各種「情殺說」、「仇殺說」、「隱退說」、「陰謀說」甚囂塵上，至今依然是流言蜚語的主角。最糟糕的不是這人是個名人中的名人，而是這人還是他現在任職的祇手綜合醫院的代理院長，整個祇手綜合醫院的運作資金有五分之三是來自於唐氏的捐贈。

他一直對這個人有種說不出的反感，雖然說這個人每年都按時簽字支付醫院的資金，也會按時到醫院視察，但在他感覺那都不過是一種形象工程。這個掛著慈善家外表的名流少爺對醫院的病人並沒有多少關心，至少絕不會有如他表現的那麼多。這種感覺，無論在他失蹤前或者失蹤後都一樣存在，在他失蹤後，唐氏集團並沒有更換代理院長，仍然每年以「唐少爺」的名義為祇手綜合醫院支付資金，這讓他對這個人更加有抗拒感，彷彿無論生前死後，醫院都無法擺脫這種控制一樣。

但他有一個無法抗拒這個人的理由，這個理由同樣束縛住了容隱、聿修甚至通微等等。

聖香在祇手綜合醫院進行治療，他的准入是這個人特許的，治療所需要的技術支援和費用，全部都由這個人的個人帳戶支付，直到如今，那個帳戶依然在支付。

聖香的治療是一個極其複雜的過程，每一天都必須花費不少資金，除了揮金如土的唐氏，任何人都承擔不起這樣的耗費。所以說，雖然這個人很令人反感，但他救了聖香的命，而且一直在救。

他從來沒有想過這個人會失蹤到這裡來，這是跨越了千年的界域跳躍，如果沒有經歷一個穩定的「界門」，隨機越界是非常危險的。這其中一定有非常奇怪的原因，但這個人即使到了這裡也能把自己弄成在唐氏的那種德行——簡直就像他不在那種眾星捧月般的地位裡就活不下去。

他沒見過有誰比眼前這個人更加心理變態。

而他居然還不能得罪他。

「哦……我會考慮。」唐儷辭聽到岐陽說了那句「你給我簽個名好嗎？」，只是微微一笑，「原來你就是岐陽。」

岐陽乾笑一聲，「我一直是岐陽。」

唐儷辭眉梢微揚，「我一直以為你只是『齊醫生』。」

岐陽苦笑，「就像我一直以為你叫做『Lazarus』。」

唐儷辭唇線微抿，溫文爾雅的含笑，「你能來，我很高興。」

說完了這句話，他就淺淺喝了口茶，不再說話了。岐陽托腮看著他，他知道這個人一向裝模作樣，會在這裡待上三年，一定是不知道回去的方法，而現在看到他，他心裡一定很在意那能夠穿越千年的界門在哪裡，卻偏偏不問。

他不問，他就偏偏不說。

唐儷辭那口茶喝了很久，過了好一會兒，他指了指床上盤膝而坐的雪線子，「這個人被下了奇怪的藥，據說能控制人的思考和行動，既然是你來了，我想去除這種藥性應該不成問題。」

岐陽要等他問那通道等了半天，聽他居然心平氣和地說出這句話來，自己忍無可忍，「你難道不想回去嗎？」

唐儷辭慢慢放下杯子，神態很從容，「不想。」

岐陽奇怪地看著他，「為什麼？」

這個人明明能呼風喚雨，是含著金湯匙出世的天之驕子，為什麼要留在這裡，難道他有大俠癖，喜歡在古代做大俠？還做上癮了？

不是他嫌棄這裡，住在這什麼也沒的地方有什麼好？

「我和你……似乎還沒有交情好到能談心的程度。」唐儷辭柔聲道，他指了指雪線子，眼簾微闔，不再說話。

岐陽摸了摸鼻子，心不甘情不願地站起來給雪線子檢查，果然還是裝模作樣，這種裝模作樣端著架子想要全世界都圍著他轉的王子樣變態真是讓人討厭得恨不能一把火燒掉他所有的家產。

他一邊詛咒唐儷辭破產，一邊解開雪線子的衣襟，開始觸診。唐儷辭微闔著眼睛，他並沒有看岐陽是如何檢查的。這個人是祇手綜合醫院著名的醫生，之前他只見過他兩面，可以感受得到他心中散發的排斥感，不知基於什麼原因。他微微吐出一口氣，如果是在三年前，見到同樣越界而來的岐陽，他會想盡一切辦法讓他說出回去的通道所在。但現在方周死了、柳眼毀容殘廢，罪孽滿身，自己……再回去……有什麼意義呢？

最期待回去的是傅主梅吧？他睜開眼睛握住茶杯，方周死了，柳眼毀容，他絕對不會讓傅主梅回去，憑什麼大家都失去的夢想，只有他一個人能夠得到？方周得不到的東西、柳眼得不到的東西、自己得不到的東西，絕對不會讓傅主梅得到……

要毀滅的話，大家一起毀滅。

畢竟還是兄弟嘛……

他淺淺地笑了起來。

「這個人到底幾歲了？」岐陽在雪線子身上檢查了一下，大惑不解，「他是老人還是年輕人？」

唐儷辭微微一笑，「老人。」

岐陽嘖嘖稱奇，「這還真是彪悍的青春啊……他身上有很多外傷，表層已經好了，但深層還沒有癒合，這些是小事，不會影響到思考和行動。要查明他怎麼被人控制思考和行動，這裡沒有儀器，我不是診斷學的大師，可能一時查不出來，除非你讓我把他帶回醫院去檢查。」

唐儷辭搖了搖頭，「不能帶走。」

雪線子武藝絕倫，此時只是被封住幾處穴道，一旦發作起來，有幾人抵擋得住？

岐陽喃喃自語，「不能做檢查啊……」他在雪線子鼻腔處聞了聞，發現一股極淡極淡的腥臭味，心中一動，從衣袋裡摸出一面鏡子，映著光亮處對著他鼻子照了進去。

唐儷辭坐在椅上，以手支額，岐陽在他身後忙碌，他喝了那口茶之後略顯疲憊之色，閉目養神。

「篤篤篤」三聲，門外有人敲門。

唐儷辭眼睫微抬，「進來。」

門外人推門而入，黑衣黑劍，正是成縕袍，低聲道：「天尋子受人襲擊，傷重而亡。」

唐儷辭驀地睜眼，怒色一閃而過，「他下的手？」

成縕袍淡淡地道：「天尋子武功不弱，要殺他並非易事，一擊致命，應當是他下的手。但是……」他微微一頓，「天尋子手中握著一塊小小的玉佩，那玉佩玉質精潤，價值不菲。」

唐儷辭的怒色一閃即過，隨即淡淡一笑，「原來如此。」

成縕袍點了點頭，「人人皆知，身上帶有價值不菲的珠寶是你的習慣，天尋子之死引來議論紛紛，雖然現在不至於有人會疑心你，但要是這種襲擊接連發生，恐怕形勢不妙。」

唐儷辭以手指輕撫額頭，「我知他必然留有殺招，卻不料他這樣公然嫁禍……要大家小心謹慎，輕易不要落單行動，以防玉箜篌再度殺人。」

成縕袍冷冷地道：「就這樣？」

唐儷辭淺淺一笑，「是啊，就這樣。」

成縕袍再問，「你沒有任何反擊之法？」

唐儷辭手指支額，眼簾微闔，「我會思考，你出去之後也要小心謹慎，玉箜篌殺戮既開，山上危機四伏，不可倚仗武功不弱獨自行動。」

成縕袍冷眉緊皺，唐儷辭素來凌厲，這一次居然如此消沉以對，難道是發生了什麼事？他正在沉吟，唐儷辭手指一彈，一枚紮得精細的紙球穿入他袖中，成縕袍一怔，立刻退了出去。

岐陽趴在床上，對著雪線子的鼻腔看了很久，突然道：「我想他是被人從鼻腔放進一種線蟲，這種線蟲爬到他腦中潛伏，受到特定因素的刺激線蟲會活動，導致整個人發狂。」

唐儷辭手指支額，眉頭微蹙，「那就是說……用驅蟲劑就可以治好？」

岐陽嘆了口氣，「一般來說可以，但我不能確診也就沒辦法給你確定的答案。」

唐儷辭蹙眉，沉吟了一會兒，「你能留下來麼？」

岐陽很抱歉的一攤手，「實話說不能，我有幾臺緊急的手術。」

唐儷辭目光流轉，「容隱、聿修、六音、通微、上玄等等，也都不能前來？」

岐陽點了點頭。

唐儷辭闔上眼睛，「他的情況怎麼樣？」

「不好。」岐陽的臉色變得有些沉重，「很複雜，再下去要做心肺移植，但……」

唐儷辭吁了口氣，「是找不到配型嗎？」

岐陽點頭，又搖了搖頭，「配型是一回事，從去年到今年他都處於深度昏迷，基本在植物人的狀態，血壓的情況也非常不好，就算有了配型，能不能做移植也是問題。」

唐儷辭手指輕敲桌面，「什麼時候發生深度昏迷？之前的狀態不是一直還行？」

岐陽嘆了口氣，「有一次大發作，心臟驟停，血壓降到零，那種狀態維持了十幾分鐘，之後就沒再清醒過。」微微一頓，他又嘆了口氣，「老實說，我不怎麼喜歡唐氏，但仍然感謝你支持我們救他。」

唐儷辭微微一笑，「那只是一件小事。」

岐陽趁他不注意對天翻了個白眼，是啊，救聖香只是一件小事，是唐大少千千萬萬件要事裡面最無關緊要的一件，只是出於興趣或者偽善之類的理由做的。他之所以討厭這個人，很大的程度上是因為聖香居然被這種人所救，容隱、聿修等等居然要受這種人牽制，而自己也不得不受這種人指揮。

這個人是個根本不值得感激的人，他做大部分的事都不是出於真心，受他的恩惠比什麼都讓人難受。

「既然雪線子很可能是受寄生蟲感染，我會另外設法。」唐儷辭在微微一頓之後指了指門，「會派人送你下山，不必擔心。」

岐陽鬆了口氣，撞見大鬼之後終於可以走了，他已經後悔了很久自己因為想看什麼「藥人」而奔到這裡來，「我馬上就要走。」

唐儷辭頷首，「可以。」

岐陽多看了他兩眼，忍不住又問，「你為什麼不回去？」

唐儷辭一動不動，就如根本沒有聽見，過了一會兒，他微微一笑，「回去之後，不要對任何人說見到我。」

「我當然不會說，說了馬上就有成千上萬的人要叫我把你找回來，我哪裡受得了？」岐陽在他面前翻了個白眼。

唐儷辭突然問，「唐氏……也有在找我嗎？」

岐陽抓了抓頭皮，「唐氏？我不知道，好像都是路人在找你啦，你的粉絲啊你的女人啊在找你，好像沒有聽說唐氏有公開找你。」

唐儷辭又是微微一笑，「回去吧，你有你的事。」

岐陽一怔，眼前這個人給人的感覺一向很虛偽，端著架子，從來不說真心話，但這一句「回去吧，你有你的事」那種感覺……

不知是因為疲憊而語氣乏軟，或者單純只是聲音柔和，聽起來……很溫柔。像真的體貼，所以很溫柔。

一時間岐陽有種微妙的混亂，說不出是什麼感覺。

唐儷辭站了起來，對著窗外拍了拍手，兩個劍會弟子雙雙掠來，唐儷辭簡略交代了幾句，正要請他們把岐陽送走，突然微微一頓，揮了揮手，讓他們退出屋外，他抬起頭來，對著窗外茫然看了一陣。

兩名劍會弟子面面相覷，退了出去。

岐陽的眼睛越瞪越大，他覺得眼珠子快要掉下來了，這個人居然會露出幾乎是在發呆的神態，真的是見鬼了。

過了一會兒，唐儷辭輕輕嘆了口氣，「你們醫院，美容做得好嗎？」

岐陽在肚裡暗罵，「你們醫院」？那是貨真價實「你家的醫院」，這人根本沒有代理院長的自覺和責任感，「整形美容還可以吧，至少不會比別人差。」

唐儷辭望著窗外，「那麼……等你做完那幾臺手術，能不能請你再來一趟？」

岐陽脫口而出，「你要做整形？不會吧……」

唐儷辭望著窗外的眼眸微微一動，「能不能？」

岐陽退了一步，「這個……」

唐儷辭低聲道：「我求你。」

他這句話說出來，岐陽渾身起了一陣雞皮疙瘩，張口結舌，「當然可以，不過……不過你根本沒有必要做整形……」

唐儷辭並沒有在聽他說話，「等你回來之後，幫我帶一個人回去。」

岐陽抓了抓頭髮，「可以是可以，但最好不是越界的宋朝人，沒有身分證什麼的，一切都很難辦的。」

唐儷辭低聲道：「他不是宋朝人。」頓了頓，他道：「我……不想知道界門在哪裡，也不想有關於它的任何消息，你再來的時候到國丈府等我，我會安排好人和你回去。」

岐陽奇怪地看著他，「你要讓誰回去？」

「阿柳。」

岐陽大喜，「原來他也沒有死，真是太好了，我喜歡他的吉他，那技術真是強悍得沒話說。」

唐儷辭仍舊沒有在聽他說話，「他的臉受了傷，腿骨粉碎性骨折，我希望醫院能把他治好，但他受傷的消息請不要傳出去。」他微微搖了搖頭，低聲道：「他的心情很亂，自尊心又強，不要打擊他。」

岐陽看著他的神態，「你們……經歷了很多事？」

唐儷辭淺淺地笑，「是啊，經歷了很多事。」

岐陽小心翼翼地問，「很多不好的事？」

「我不知道。」唐儷辭慢慢抬起眼看著他，「我分不清楚……什麼是好事，什麼是壞事……」

岐陽看不出他眼裡的情緒是喜是怒，是悲傷或者痛苦，像一種近乎空白的混沌，讓他倒抽了一口氣。

「去吧。」唐儷辭沒再說什麼，再度拍了拍手，那兩名劍會弟子飄身而入，帶著岐陽離去。

離開的時候，岐陽在心裡嘆了口氣，他完全不瞭解唐儷辭，但這個人比他想像的還要複雜得多，複雜得彷彿不像一個「人」所能承受的……

那種近乎空白的混沌的眼神，就像他隨時隨地都在歇斯底里和崩潰的邊緣，只要一個不小心，「唐儷辭」這個人，包括這個人的假相和真相都會隨之澈底灰飛煙滅一樣。

整個……靈魂都要燒壞了……

成縕袍從唐儷辭房裡出來，懷裡揣著他給的那團紙球，快步折回自己的房間，打開紙球。紙箋上密密麻麻寫滿了字，唐儷辭將玉箜篌近來可能採取的各種謀略寫得很仔細，而且也寫明了他不願好雲山剛剛整合好的士氣因此分崩離析，讓風流店從中得利，所以希望成縕袍、孟輕雷等人配合紅姑娘，完成自己將計就計之策。

也就是說，玉箜篌嫁禍之時，他不需任何人為他辯駁，要造成千夫所指之勢。因為只要有人支持唐儷辭，山上近千人就會分化為兩派，而後內訌，出兵風流店之事就不戰而敗。既然此時此刻無法取得確鑿的證據揭穿玉箜篌，他就嫁禍自己，以求這千人之師齊心協力，同甘共苦。

千人的怨恨，也是一種集眾的力量，說不定比追求道義的力量更強。

成縕袍看完之後，五指一握，毀了那信箋。

內心突然湧現出一種說不出的動搖，他對自己所行之道一向堅定不移，懲奸除惡，殺生取義，為此無論付出怎樣的代價都是殉道，並沒有什麼值得可惜。唐儷辭這樣做，在他性格而言，並沒有什麼不能接受，如果換了是他處在唐儷辭的地位，如果他想得到這樣的計謀，他一樣毫不遲疑的去做。

但剛才看到信箋的時候，為何內心深處竟然動搖，一種惶恐籠罩在心頭，讓他坐立不安。

是因為犧牲的人是唐儷辭嗎？

因為他是最不像會被犧牲的人，是最不可能會被犧牲的人？

一個造就大局的人怎會突然在半路被拋出大局之外？

一個向來高高在上的人會因此落到怎樣的地步？

他幾乎要反對這項決定，驚覺的同時，突然意識到原來自己對唐儷辭竟是如此依賴——不只是他，或許孟輕雷、余負人，甚至董狐筆等等，大家都早已把唐儷辭當作一種支柱。一種可依靠、解惑、獲勝的法寶，像此時自己身上最不能失去的東西。

好雲山上有近千之眾，軍心不可亂，但唐儷辭就沒有考慮到，他這樣離去之後，大家心中的不安和迷茫，將要如何得到解救？

更不必說，一旦想到他將因此遭受到整個江湖的誤解和追殺，一旦想到他可能會受傷或者含冤而死，他整個人都要窒息了。

唐儷辭相信他是最堅定的人，所以先把這件事知會他，他卻心亂如麻，半晌說不出一句話來。

就在這時，屋外有什麼東西微微一閃，成縕袍抬起頭來，有劍光！

正在他心神乍分的瞬間，身後掌風惻然，往他後心按去。成縕袍驚覺反擊，「啪」的一聲雙掌相交，他轉過身來，身後之人白衣灰髮，穿著打扮居然和唐儷辭有七八分相似，面上的容貌秀雅，和唐儷辭有七八分彷彿。

成縕袍怒氣勃發，「擾亂人心的妖孽，納命來！」

那人衣袖一拂，兩件東西疾射而出，成縕袍長劍披風，「唰」的一聲往來人胸前刺去，來人並不招架，隨勢破窗而出，「咯啦」一聲木屑紛飛，外頭有不少人驚呼。

成縕袍穿窗追出，屋外蹤跡杳然，那人竟已消失不見，卻有兩個峨嵋派的女弟子怔怔地站在屋外，指著唐儷辭庭院的方向，驚疑不定地看著他，「成大俠，方才……方才好像是唐公子……」

但唐儷辭為何要襲擊成縕袍呢？毫無道理……

成縕袍重重的哼了一聲，幾乎衝口而出，冷聲說那不是唐儷辭，忍耐許久終是沒說。玉箜篌開始布計嫁禍唐儷辭，唐儷辭有意入局，他不能一口咬定那不是唐儷辭。

何況猛地一瞥，也根本分辨不出那人是誰，只是單憑印象和感覺知道那絕不是唐儷辭。印象和感覺這種東西，不能作為證據，成縕袍折回屋內，取下來人射入屋中的兩樣東西，那是兩顆渾圓光亮的珍珠，也是唐儷辭慣用的東西。

心情變得無比的沉重，他將長劍放在桌上，默默坐在桌旁，好雲山即將迎來的，是怎樣一場驚天動地的變故？

未過多時，孟輕雷、余負人等人匆匆趕到，聽聞成縕袍遇襲，人人聯想到天尋子被殺之事，都趕來詢問線索。

成縕袍沉默不語，只把兩顆珍珠交給孟輕雷，眾人傳閱之後，都是大惑不解，文秀師太首先皺起眉頭，「這難道不是唐公子的暗器？」

張禾墨大聲問，「偷襲你的人生得什麼模樣？」

成縕袍淡淡地道：「一瞥之間，看不清楚。」

張禾墨又問，「穿的是什麼衣服？做什麼打扮？」

成縕袍頓了一頓，指了指屋外那兩名峨眉弟子，那兩人嘰嘰呱呱，把方才所見說了一遍，各人面面相覷，都是心下駭然。

「此事可疑至極。」孟輕雷沉聲道：「唐公子絕無可能做出這種事，他為何要殺天尋子？為何要殺成縕袍？更何況唐公子行事素來謹慎，即使要殺人也絕不會落下證據……」

聽聞此言，鄭玥立刻冷笑一聲，「唐公子要殺人絕不會落下證據，也就是說，你並不是相信唐公子，而是相信他絕不會落下證據了？唐公子心機深沉，平常在想什麼你我根本不知，說不定他另懷詭計，就是知道大家都以為他謹慎，所以才偏偏在光天化日之下動手殺人，讓你看見了，卻死也不信。」

齊星皺眉道：「鄭兄！慎言。」

鄭玥哼了一聲，滿臉悻悻。

眾人七嘴八舌議論了一陣，孟輕雷道：「我看此事還是請唐公子自己來解釋，才能取信眾人。」

文秀師太等人一齊同意，往唐儷辭庭院而去。

唐儷辭的庭院經過萬竅齋的翻新，比之善鋒堂原來的樣子更為華麗，院子裡有各種淡雅的花卉，有些並不適應好雲山潮濕的氣候，是硬生生種下的，沒過多時就會死去，但一眼望去，奇花異卉在白霧之中飄浮，宛若瑤池。

眾人走了進來，不禁噤聲，這種因過度堆積財富而顯現出來的美麗讓人有一種微妙的不平衡感，彷彿只需一個指尖就能摧毀，故而誰也不敢輕舉妄動。

孟輕雷輕輕敲了敲唐儷辭的房門，「唐公子？」

房門一推即開，成縕袍心頭一跳，深恐唐儷辭在屋裡設下什麼證據，順著玉箜篌的意思陷害自己，以求早早脫身去進行下一步計策。然而房門開了，房裡並沒有什麼奇怪的東西，雪線子依然盤膝坐在床上，垂眉閉目。唐儷辭倚床而坐，閉目養神，臉色微微有些發白，聽到眾人推門而入，他緩緩睜開眼睛，眉心微蹙。

這些日子以來，他當真是十分疲憊，成縕袍、孟輕雷等人見狀心中愧然。

張禾墨卻問道：「唐公子，剛才有人偷襲成大俠，幸虧成大俠武功高強，不曾遇險，有人看見那人往你這裡來了，你可有聽見什麼動靜？」

唐儷辭的目光自成縕袍、孟輕雷、余負人、文秀師太等人臉上一一掠過，「動靜？」他的語氣很平靜，「不曾聽見什麼動靜。」

孟輕雷大惑不解，以唐儷辭的武功，如果有人確實向他這個方向而來，他怎麼可能一無所覺？

文秀師太對身後青兒、芙琇兩人各瞪了一眼，「這是怎麼回事？」

兩名峨眉弟子面面相覷，一齊指著唐儷辭身上的白衣，「千真萬確，我倆的確看見唐公子從成大俠的屋裡破窗而出，就是穿著這件衣裳，花紋圖案絲毫不差。」

文秀師太和張禾墨、柳鴻飛相視一眼，青兒、芙琇兩人今日並未見過唐儷辭，卻在方才的敘述中已把這件白綢繡有淺色雲紋的衣裳描述得很清楚，若非親眼所見，怎能猜中？

倒是唐儷辭說他不曾聽見任何動靜，以他耳力而言，那是絕然不可能的吧？即使無人經過，這裡鳥叫蟲鳴、鼠鑽蟻走，時時刻刻都有異響，他怎能說什麼都沒有聽見？

成縕袍情不自禁地握緊了拳頭，這是一種伎倆吧？一種欲蓋彌彰，嫁禍自己的高明的伎倆。

孟輕雷攤開手掌，掌心裡是那兩顆珍珠，「這可是唐公子的事物？」

眾人的目光都集中在唐儷辭身上，唐儷辭的目光掠過那兩顆珍珠，探手入懷摸出一串散了一半的珍珠，顆顆大小都和孟輕雷手中的相似，顏色也很協調，「或許是，或許不是。」

眾人面面相覷，以唐儷辭的奢華，自然不會去記住懷裡每一顆珍珠的顏色和形狀。

張禾墨本來不信唐儷辭會襲擊成縕袍，見狀卻有些懷疑起來，暗想如果當真是唐儷辭偷襲成縕袍，那是為了什麼？

「諸位還有要事麼？」唐儷辭看著孟輕雷手中的珍珠，並沒有多少訝異的神色，微微闔眼，「我正好也有事要對各位說，既然人都到齊了，我這就說了吧。」

眾人均覺訝然，「什麼事？」

「事關九心丸的解藥。」唐儷辭道：「解毒之法已經有了，眾位日後可以不再懼怕毒藥之威，誤服劇毒的眾家弟子也可以安心。」

他說得很淡，眾人卻是大吃一驚，文秀師太失聲道：「你已取得了九心丸的解藥？你是如何取得？柳眼不是傳信天下，說半年之後絕凌頂雪鷹居，以招換藥嗎？難道你竟然知道柳眼的下落？」

唐儷辭眼眸流轉，看了她一眼，微微一笑，「半年太久，我等不了。」

文秀師太不敢置信，「你是不是知道柳眼的下落？你是不是——自從在麗人居手持柳眼的書信出現，就一直把他藏匿起來？所以江湖上下千千萬萬人誰也找不到他——是你——是你——」她門下數名弟子被柳眼所害，其中一名是她頗為疼愛的小弟子，此時情緒一旦激動起來，便是滿腔怨毒，「是你把那種罪該萬死的惡徒藏了起來，他在哪裡？解藥已出，他究竟在哪裡？」

文秀師太勃然大怒，各家掌門也激動起來，張禾墨門下雖然沒有人被九心丸所害，卻也是大聲道：「唐公子如果知道柳眼的下落，還請快快告訴我等，我等要將那惡徒千刀萬剮，碎屍萬段！」

唐儷辭把柳眼藏在鳳鳴山之事，除余負人之外，成縕袍和孟輕雷並不知情，只是知道唐儷辭知道柳眼的下落，此時見群情激動，心裡不免跟著緊張起來。

唐儷辭看了文秀師太一眼之後，闔上眼睛，就如他根本沒有聽見她的質問，也沒有看見眾家掌門議論紛紛，「我沒有藏匿柳眼。」他淡淡地道：「也不知道他在哪裡。」

眾人一呆，余負人站在人群之中，頗為佩服地看著唐儷辭，他分明是把柳眼藏了起來，卻能用這種冷淡確鑿的語氣說出「我沒有藏匿柳眼，也不知道他在哪裡」，不知情的人絕對不會相信他真的就是這麼做了。他突然覺得有些好笑，這有一點像做了壞事的孩子，在父母面前倔強的一口咬定「我什麼也沒做」……的那種感覺。

成縕袍站在人群中一言不發，唐儷辭斷然否認，顯然眾人心中只會更加懷疑，這也是一種欲蓋彌彰的手段吧？他的手有些抖，用力握住劍柄，自己對這件事的緊張程度遠遠超過自己的想像，這是自他練劍以來從未有過的情形。

「唐公子說沒有藏匿柳眼，那又是如何取得九心丸的解藥？」文秀師太怒道：「難道你是在包庇那惡徒？」

唐儷辭道：「詳細的情況，日後我會向各位說明。」微微一頓，他睜開眼睛，「此時的關鍵，不在柳眼究竟身在何處，而是如何儘快覆滅風流店，如何有效剷除鬼牡丹一夥，以及如何讓我方的犧牲降至最少，不是嗎？」

文秀師太突然一怔，啞口無言。

唐儷辭橫袖將桌上的茶盤掃過，那些價值不菲的瓷杯和茶壺在地上跌得粉碎，他視若無睹，伸指緩緩在木桌上畫了一個圈。那木桌堅硬光滑，唐儷辭徒指去畫，居然能陷入桌面，畫出一個不深不淺的圈來，這等指力瞬間讓眾人噤若寒蟬，只聽他道：「風流店的老巢就在菩提谷飄零眉苑，那地方地處密林，瘴氣密布，潮濕之處不及好雲山，但悶熱猶有過之，滋生有許多奇花異卉、獨特毒物。風流店在菩提谷經營十年，設有許多機關暗道，破城怪客的畢生心血都運用在其中，各位都是江湖前輩，不知有什麼方法建議，能揚長避短，讓我等在進攻飄零眉苑的時候占得上風？」

眾人面面相覷，張禾墨開始說話，唐儷辭在他說話的同時運指繼續畫，聽完張禾墨的主張，那桌上已顯出一幅地圖。

齊星凝視那地圖，看了一陣，「不知可否引蛇出洞，把風流店的人引到其他地方與我等決戰？」

鄭玥嗤之以鼻，「這怎麼可能……」頓時眾人七嘴八舌，暢所欲言，談論起進攻之法。

成縕袍一直看著唐儷辭。

只有他知道唐儷辭心中的大局，和任何人的想像都不同。

第五十章　路有殊途

鳳鳴山。

玉團兒已經離開兩天了，以馬匹的腳程計算，應當已經到達好雲山。

雞合山莊內，阿誰端著兩碗銀耳粥，默默走入廳堂，擱在桌上。

屋裡只有柳眼一人，自從針刺大腦醒來之後，他就一直不言不語躺在床上，就當自己已經死了一樣。方平齋在山谷中擊鼓，鼓聲隱隱可聞，倒是越來越出神入化，雄壯的鼓聲居然也能擊出悲泣幽怨之聲，時而如奔雷驚雹，時而如春風鳥語。

阿誰並不知曉，若非她不會武功，柳眼武功全失，這樣的蘊滿真力的鼓聲足以讓江湖二三流人物真氣沸騰噴血而死。

「咯啦」一聲，阿誰將銀耳粥放在桌上，自玉團兒走後，柳眼越發死氣沉沉，有時候一日一夜都不動一下，但她知道他並不是不清醒，只是很空洞。

九心丸的解藥已經製成，大惡鑄成的他將何去何從？沒有人告訴他下一步應該怎麼走，而要他自己做一個決定很難。

她走到他身邊，柳眼微微動了一下嘴唇，「出去。」他甚至連眼睛也不睜。

她向外走了兩步，他以為她要出去了，她卻停了下來，輕聲道：「你……你是要絕食而死麼？」

他睜開了眼睛，他不知道，他只是因為不知道如何是好，所以才沉默不語。但……絕食麼？他從來沒有想過要死，但也許……在他自己尚未意識到的時候，身體已經自覺的這麼做了。

「不要這樣，你要是死了，妹子不知道會多難過，也許你又會再害死一個無辜少女。」她的聲音低柔，但並不委婉，說得甚至有些生硬，因為說話的內容太直白，直刺入他心裡。「我想現在的你，不會願意再害誰死。」

「她死了就死了，不管是誰，到頭來都會死的。」柳眼冷冷地道：「妳也會死，我也會死。」

她深深地吸了口氣，「就算……你不在乎妹子，難道你不在乎唐公子的死活？他……他快要死了不是麼？」

說出這句話的時候她情不自禁的全身發抖，其實心裡深處從未相信過唐儷辭會死，怎樣都相信不了，他是那麼無所不能，是一隻操縱人心的妖物，怎麼可能會死呢？

「他總有辦法……」柳眼的唇角微微抽搐了一下，語聲突然變得微弱，「總有辦法……救自己……」

她轉過身來，低聲道：「事到如今，你依然相信他無所不能。」

柳眼不答，過了一會兒，他幽幽地道：「有誰不相信呢？他……他總是無所不能……但……」

她接了下去，低聲道：「但不可能有人永遠無所不能，你害怕他終有一次會做不到，可怕的是……不知道是哪一次……」

柳眼驚異地睜開眼睛，用近乎灼熱的眼光看著她，她怎能說得這樣透澈？彷彿從自己心裡一個字一個字抓住放到眼前，難道彼此心中所想的竟是一模一樣？

阿誰蹲了下來，握住他的手，她的手掌很溫暖，「牽掛著他，牽掛著妹子，你怎麼能死？你要是死了，妹子會傷心致死，他會受到怎樣的打擊，也許你我都想像不出……」她的眼睛微微濕潤，「我也不希望你死，雖然……」她的手微微鬆了一下，他感覺到那手指發冷，聽她繼續道：「雖然……雖然……」

雖然什麼，她很試圖要說下去，卻始終說不下去。他不知道她是要說「雖然我很恨你」，或者是「雖然你曾經對我做過那麼殘酷的事」，或者是「雖然你一無是處」……但無論哪句都比啞然的好，至少，不會讓他充滿自厭。

「我……」柳眼慢慢從床上坐了起來，「我不是要絕食而死，只是……只是在想……」他輕聲道：「是不是我從不存在，大家都會高興得多？我活著有什麼好？」他望向阿誰，「我只是這樣想。」

他的本性，真的是一個很溫柔的人……

她的手又熱了起來，重新握住他的手，「你活著，會給我勇氣。」

柳眼微微一顫，睜大那雙漂亮至極的眼睛，她看著他的眼睛，「你……從來沒有覺得自己是很有勇氣的人嗎？」

「勇氣？」柳眼以近乎呆滯的目光看著她，彷彿茫然不知她在說什麼。

她微笑了，微笑得很溫柔，「你做錯了很多事，傷害了很多人，別人也就重重的傷害你，讓你失去很多東西。可是即使是變成現在這樣，你既沒有怨恨他人，沒有怨恨現實，也沒有怨恨自己……」她柔聲道：「你只是在後悔，並不懷著怨恨，你還能關心別人、想念別人，不是很有勇氣的話，有誰能承擔得起呢？」

他緩緩眨了眨眼睛，從江湖梟雄，到末路逃亡，從操縱著千萬人的命運，到千夫所指一文不值，從世上罕見的美男子，到毀容斷腿的廢人，也許旁人的確很難度過。

但那些曾經擁有的東西，都不是他真心想要的，所以即使失去也不會太難過……只是那樣而已，那也算勇氣嗎？

如果那些都不是自己想要的，那自己想要的究竟是什麼呢？

失去了會痛徹心扉的東西，會刻骨銘心的怨恨他人和自己的東西，會深深地陷入無法自拔的東西……是什麼？

他怔怔地看著阿誰，在這個瞬間，他出乎預料的醒悟到……自己最在乎的東西，失去了會痛徹心扉的東西，竟然是……從前的……自己的影子……

那個待人溫柔的、細心的男子，只為簡單的目的而活，不必思考任何深刻和複雜的問題。曾經深深地恨過自己為什麼是那樣沒用的人，嘗試一切方法想要超越唐儷辭，想要澈底的改變自己，但到最後……原來失去的，是最值得珍惜的……單純的自己。

如果一切可以重來，如果依然能夠成為那個阿眼，他現在不惜……任何代價和努力。但大錯鑄成的自己，依然有回到從前的資格嗎？

「柳眼？」

他抿起唇線，「我……並不是很有勇氣，只是很……愚昧，很迷茫。」

阿誰的微笑很溫暖，「我覺得你很有勇氣，而且現在只要你站在那裡，我就會覺得看起來很溫暖，即使落魄到了這樣的程度，你還是會認真的做事，關心妹子、關心唐公子、關心我。」她搖了搖頭，「你比唐公子……要讓人覺得安心。」

他驚異地看著她，心中似乎發出了一聲脆響，有什麼沉重且生鏽的東西斷裂了，一瞬間心像在騰雲駕霧，「妳是說……我也有……比他好的地方？」他輕聲問，聲音很微弱。

「當然。」她握住他的雙手，一句話衝口而出，「唐公子……一點都不好，完全……」說完之後她立即驚覺，閉上了嘴。

柳眼輕輕嘆了口氣，手指很珍惜地撫摩著她的指側，感覺女人的細膩，隨即慢慢收了回來，「為什麼不能愛他？為什麼非要抗拒不可？」

「唐公子……雖然很在乎我，但他在乎的、疼愛的、折磨的都不是阿誰，是他想像中的別人。」她低聲道，這些話從未想過會對人講，但在柳眼面前不知何故，很自然就說出了口。

「他想要人能發瘋一樣愛他，能為他去死，可是我……」她輕聲道：「不論我和他所想的那人有多像，我都不可能為他發瘋，或者為他去死。」

她搖了搖頭，神色黯然。

他把五指插入額前的長髮中，支額不動，她不肯為了誰去死，何況是為了一個並不是真心愛著自己的男人，更何況是一個有其他女人真心愛著的男人。

「他想要的……是他的母親能愛他愛到發瘋，能為他去死。」他幽幽地嘆息，「他母親是著名的美人，和他長得有五分像，是那種非常端莊，很優雅的女人。」

這是阿誰第一次聽說唐儷辭的母親，心頭微微一跳，莫名感到緊張，「她……她不愛自己的孩子？」

柳眼望著她的手指，「不愛。從阿儷……我是說唐儷辭，從他出生到他長大成人，她幾乎從來不和他住在一起，也從來不去看他。別人家過新年，全家在一起吃年夜飯，阿儷他們家……」他微微頓了一下，「就是他的父親和母親一起過，他父親會把他鎖起來，鎖在距離很遠的房間裡。」

她吃驚地看著柳眼，「鎖起來？為什麼要鎖起來？」

她簡直不敢想像，身為父母竟然要把孩子鎖起來，如果有一天她將鳳鳳鎖在遠離自己的房間裡，她一定是瘋了。

「因為他們怕他。」他說得很平淡，因為他自己也從來沒有和父母過過新年，「他們覺得他是個怪物，每次見他都要帶很多人隨行，隨時隨地的保護他們。尤其是他的母親，他母親見到他有時候恐懼症會發作……」他頓了一下，解釋道：「就是害怕到呼吸困難，幾乎發瘋的那種……狀態。」

「怎麼會……這樣？」阿誰咬唇，「為什麼他們要怕他？自己的親生孩子，有什麼好怕的？唐公子溫文爾雅，又不是洪水猛獸……」話說了一半，她神色越發黯然，再也說不下去。是啊，唐儷辭才智雙全，溫文爾雅，不是洪水猛獸，但她何嘗不是對他懷著深深的恐懼，有時候也怕得像看見什麼……妖物……一樣……

「哈……」柳眼笑了一聲，「因為他們相信阿儷是天生的怪物，遲早有一天會變成殺人狂，很後悔生了他。不論阿儷做得多好或者多壞，他們都不關心，只是不斷的給錢。」他慢慢地道：「他們唯一做的，就是給自己的孩子花不完的錢，讓他四處揮霍，沒完沒了的……」

果然……看唐公子奢華的習慣，就知道他並非突然如此，而是長期以來都是如此生活，所以即使他揮金如土，也絲毫沒有不協調的感覺。

阿誰深深地咬唇，說不上自己心裡是什麼感受，「我和他的母親……像嗎？」

柳眼抬起眼看著她，「不像，但……」他深深地吐出一口氣，語氣疲憊，「但妳是個好母親，或許他心裡很期待他的母親像妳這個樣子。他說他喜歡妳，那不是騙人的。」

她輕輕地笑了笑，「他只是期待有母親疼愛，只是怨恨他的母親不愛他，為什麼……為什麼這些卻要我來承擔？我……我並不是他的母親。你也好，宛郁月旦也好，我自己也好，都要我忍耐、要我去愛他，只是因為那樣的理由，所以他就可以理所當然的對我好或者折磨我，我……我就必須敞開一切，拋棄尊嚴，任憑掠奪和踐踏……」她的呼吸急促起來，「然後在他發洩完對母親的怨恨，滿足了他對母親的索求之後，聽到幾句歉言，得到一大筆錢財離去——我——我不甘心啊！怎能這樣？我不是他的母親，你們要我愛他，我……我……要怎樣愛他？在我心裡，他不是一個孩子。」她淒涼地看著柳眼，滿懷傷心，「我只是一個女人，不是聖人，一個女人愛上一個男人，就會期待有好結果，會期待有一生一世。我做不到分明看得到分道揚鑣的結局，卻依然能夠去愛他。」

「妳越是抗拒，他就越想征服妳，就會用盡各種各樣的辦法，越會折磨妳。」柳眼低聲道：「他會覺得是個遊戲，而所有的遊戲他都必須贏，妳要是讓他輸了，他要麼氣到發瘋，要麼崩潰，要麼殺了妳。」

阿誰閉上眼睛，「我不想輸，也不想逼他……」

「那已經是……不可能的事，他認定妳。」柳眼慢慢地道：「對不起，我還是希望妳能愛他，讓他的日子過得好過一些。」

「會說這種話，證明你已經從我這裡過去了。」她低聲道：「好好活著，對妹子好些，別讓她失望。我知道大家都希望唐公子能過得好些，我會……盡力說服自己。」微微一頓，她露出溫柔的微笑，「現在可以吃粥了吧？讓妹子知道你不吃不喝，一定要罵你了。」

心動神搖……他看著她的微笑，她笑得寬容平靜，他滿心刺痛——即使明知與唐儷辭相比，她只是一個微不足道的女子，所以人人都寧願犧牲她的全部去成全唐儷辭的一時之快，但她仍然會說「我會盡力說服自己」，仍然會微笑。

這樣的女人……才是真的很有勇氣，很堅強吧？他目不轉睛地看著她，為何他無法放手去搶奪這個女子？她不願愛上阿儷，那是對的，即使她深深受他吸引。如果自己將她帶走，溫柔的對待她，也許終有一天能讓她回心轉意。

但……但比起阿誰的心意，他更無法罔顧的是阿儷……

如果他搶走了阿誰，阿儷他會怎麼樣呢？

柳眼抱住頭，他無法想像，阿儷究竟會怎麼樣……

那一定會發生一些歇斯底里瘋狂致死的事……

山水清澈，春花點點。

冬雪已漸漸消融，雞合谷內溪水漸漲，方平齋左右手邊各架著一面大鼓，興致盎然的隨意敲擊，鼓聲輕蒙，竟能柔情似水，合以溪水潺潺之聲，攝人心魂。自從柳眼教會他基本的擊鼓之法，他自行發揮，鼓技突飛猛進，雖然還未能出神入化，卻已是能揮灑自如。

兩隻狐狸鬼鬼祟祟的潛伏在岩石之後，探出鼻子來嗅著空氣中的味道，一邊好奇地看著方平齋，鼓聲的震動吸引了這兩隻狐狸，不知為何，狐狸竟沒有望風而逃。

雀鳥紛飛，繞頂盤旋，方平齋仰望藍天，看著春花盛放，身畔小狐探首，鶯燕飛舞，心中暖洋洋的，四肢百骸無一處不舒暢。

「噠」的一聲微響，溪水上鼓聲所震的漣漪出現一圈缺口，一塊石子自高處滑落入水中，兩隻狐狸一個激靈，逃竄得無影無蹤，空中低飛的雀鳥也一下振翅高飛而去。方平齋手按鼓面，抬起頭來，兩側山谷頂上飄起了一陣烏雲，天色轉暗，突然開始颳風，隨即下起雨來。

頃刻間瓢潑大雨，沉重的雨點敲打在方平齋左右鼓面上，激發出沉鬱恢弘的鼓聲。雨點跳躍，鼓聲隆隆，方平齋倚鼓而坐，大雨瞬間打濕了他的衣裳，天地蒼茫而無限，流水冰冷而無窮，一股滄桑襲上心頭，突然「叮」的一聲，一件東西自他衣袖內滑落，跌落在地上。

他屈指拾了起來，那是一枚戒指，黃金質地，其上鑲有一塊紫色的玉石，即使在大雨之中看起來也璀璨耀目。紫色的玉石大都不值錢，但這紫色紫得純正柔和，玉質細膩無暇，蘊含一股泱泱王者之氣，與黃金相稱，煞是好看，是一件稀罕東西。指圈非常的小，成人就算小指也套不上去，應當是孩童之物，黃金指圈上刻有三個字「紀王府」。

方平齋拾起戒指，握在手心，悠悠嘆了口氣，又把它揣回了懷裡。

大雨之中，往事宛若虛幻的鬼影，一件一件撲面而來，灰暗的烏雲翻捲，鼓聲勾魂攝魄，在很多年前也有這樣一個大雨之日，他被人抱著，從金碧輝煌的皇宮到冷冷清清的寺廟。

那天的雨和今天一樣，兵馬來去，沉重的馬蹄聲從遠方傳來，就像隱約的鼓聲。

「這兩個……」

「將軍，這兩個孩子無辜，老臣願意收留。」

「這……」

「將軍……皇上，老臣為皇上叩首，老臣斗膽直言先皇對皇上恩重如山，皇上以仁義為名，當不會為難孤兒寡母。」

「罷了，盧卿言之有理，這兩個孩子和宗訓一起，送往天清寺。」

「謝皇上隆恩。」

許多人的腳步聲遠去，他和另外一個更小的孩子一起被宮女抱著，看著一群人緊張而雜亂的步伐，匆匆的背影。

那一年他四歲，卻已經預知了命運。

玉箜篌說「六弟，你有我與大哥缺乏的那部分能力」，鬼牡丹說等他同飲一杯酒，有時候他會忘記一切，相信那是出於兄弟之情，或者是期待、信任。

但大雨滂沱的時候，往事撲面而來，事實清晰易見，期待和信任，兄弟之情……也許只是出於野心，也許只是……

因為他是紀王柴熙謹。

天下皆知，先皇黃袍加身，柴宗訓禪讓皇位，始興大宋。而他本姓柴，是柴宗訓的第二個弟弟。柴宗訓讓位之後，被趙匡胤送入天清寺，他未在寺內多久便被天清寺的和尚送出寺外，聽聞柴熙讓被潘美潘將軍收養，已不知身世，而他被父親的婢女帶走，走避白雲溝。他最小的弟弟不知所蹤，不知是否已經死於離亂，大哥柴宗訓，二十歲那年在天清寺突然死去，死因蹊蹺。

他現在的母親是他父皇的婢女方葒炽，對大周忠心耿耿，聽母親所言，哥哥在已經成年、卻未婚配的時候暴斃，內情並不簡單。大周兩代帝王對趙匡胤一家恩重如山，他卻趁主上年紀幼小之時奪位，方葒炽對他恨之入骨，自他四五歲開始習武的時候便不住提醒他，他負擔興復大周的重任，大宋與他柴家有不共戴天之仇。

白雲溝眾人都是大周重臣之後，對外只稱是大漢後人，平日扮作普通百姓。家家戶戶視他為主，家家戶戶都對他恩重如山，他不是不明白自己的身分，卻承受不起這樣的期待和寄託，於是在十六歲那年遠走江湖，成為一名浪客。

那只是一種逃避，他自己很清楚。

他在江湖上交了兄弟，帶他們回老家喝酒，他喝醉的那一夜，朱顏殺了吳伯一家，他從此對朱顏立下殺心——那就是……他第一次意識到，他是大周之後，大周國可滅，但臣不可辱。

他第一次知道他負有責任，他要為大周的臣民索回性命與顏面，他必須保護這些對他恩重如山、充滿期待的人。

然而覺醒的代價是如此沉重，他選擇保護臣民的方法是絕然而去，再也不回家，因為他不將災禍引來，災禍就不會降臨，白雲溝就可以一直平淡無奇的生活下去，再也不會有人半夜提劍殺人。

這又是另一種逃避，他同樣很清楚。

一個人選擇扛起責任，需要絕大的勇氣……他心底並沒有成為帝王的渴望，所以無法支持他選擇一條烽火硝煙的不歸路，方荭炾希望他復國，鬼牡丹希望他興兵，玉箜篌希望他做一個順從的傀儡，而他什麼也做不了、更不想做。

做柴熙謹是如此令人疲憊，他已經逃避了將近二十年，日後還是要繼續逃避下去麼？做方平齋是如此平凡而卑微，浪跡江湖的日子令人迷茫，他不知道自己想追求的是什麼，想得到的又是什麼？為什麼始終感覺不到快樂？他在漸漸失去自我，他碌碌無為，尋找不到此生的寄託，他是柴熙謹、又不是柴熙謹，他是方平齋，又不是方平齋，他不能背棄血緣，卻又不能拋棄自己。

雨水冰冷，渾身濕透，方平齋背靠著一面大鼓，腳翹在另一面大鼓上，閉目享受著雨水，姿態很悠然。

「六弟你當真悠閒。」大雨之中，有人一步一步自溪水另一端而來，「我帶酒來了，不知六弟可有心情與我共飲？」

方平齋驀然一驚，雨聲鼓聲交織，他卻沒聽到來人的腳步聲，睜開眼睛便看見一襲黑衣上繡著刺眼的紅色牡丹，正是鬼牡丹。自從上次有人闖入雞合山莊，他就知道此地已不安全，卻不想鬼牡丹來得如此之快。

鬼牡丹面容猙獰，此時卻含著一絲平和的微笑，看起來說不出的古怪。

他腰間掛著一個酒葫蘆，身上不帶殺氣，方平齋嘆了口氣，「你怎麼就不死心，非要請我喝酒？難道你不知道我心情不好？心情不好要是喝酒也許就會喝醉，喝醉之後也許就會亂性，害人害己。」

「我為六弟帶來一個消息，聽完之後，你或許就要向我要酒，因為這消息實在不好，令人傷心。」鬼牡丹在方平齋身邊坐下，看了那兩面大鼓一眼，「恭喜六弟練成音殺之術，果然是不世奇才，令大哥好生羨慕。」

「什麼消息？」方平齋目不轉睛地看著鬼牡丹腰上的酒葫蘆，「這個東西你從何而來？」

鬼牡丹拍了拍腰間的酒葫蘆，「這個……是我從白雲溝撿回來的，哎呀，這是你張伯伯藏在他家地窖裡，等著你回去喝的佳釀。」

方平齋瞳孔微微收縮，「你為何要去白雲溝？」

鬼牡丹道：「我和七弟一直對六弟和伯母十分關心，你難道不知，自從你拍案而去，這十年以來，伯母都是由七弟奉養的麼？白雲溝的消息我最清楚。」

方平齋「嘿」了一聲，「那倒是十分感激七弟代我盡孝，我感恩戴德啊感恩戴德。」

「七弟與伯母一直有書信往來，十天一封從不間斷，但在十三日前，白雲溝的書信突然斷了。」鬼牡丹道：「七弟欲往好雲山，不能分身前去查探，所以我去了。」

他解開腰間的酒葫蘆，方平齋目不轉睛地看著那酒葫蘆，酒葫蘆腰間的紅帶上染有血色斑點。

那是什麼？

「前往白雲溝之後，才知道原來戰爭真的很可怕，血流成河、屍橫遍野原來並不誇張。」

「白雲溝怎麼了？」方平齋低聲問，他仍舊目不轉睛地看著酒葫蘆上的斑點，此時此刻，以他的眼力已經確定，那的確是血跡，乾涸的血跡。

「白雲溝遭遇朝廷的兵馬，被千軍萬馬橫掃而過，五百三十二人留下五百二十五人的屍體，剩下的只有殘肢斷臂，數不清楚了。」鬼牡丹揮了揮手，打開酒葫蘆喝了一口，愜意地道：「好酒啊好酒。你的張伯伯死在屋前，死前抱著他未滿兩歲的孫子，他的屍身被人攔腰砍斷。你的楊叔叔，撐住一把旗桿，我想那旗桿上應該是大周的旗幟，可惜連人帶旗被燒得面目全非，你大周的旗幟依然無法留存。最悲慘的是你的母親，伯母被人……」

他尚未說完，方平齋截口打斷，「白雲溝隱世而居，又不曾興兵謀反，朝廷的兵馬為什麼會找到白雲溝？為什麼要殺人？」

「伯母被人綁在馬匹之上拖行，全身都見了白骨，最後被馬匹撕成兩塊，吊在你的房前，應該是向你示威。」鬼牡丹卻不停止，興致盎然地說完方莊炽的死狀，然後哈哈一笑，

「白雲溝忠於柴氏，你雖然沒有復國之心，他們卻都有復國之志。如果你在，憑當今朝廷對柴氏一門的承諾，有免死金牌你就能救人，但你不在。你不在，白雲溝五百餘人無法抵擋朝廷兩千精兵，那是理所當然。」

「朝廷怎樣得知白雲溝之事？」方平齋一字一字地道：「二十幾年來，沒有人對白雲溝下手，為什麼突然之間會出兵兩千？」

鬼牡丹打開酒葫蘆，遞給他，「那自然是有人對朝廷通風報信，說白雲溝要謀反。」

「誰？你麼？」方平齋皺起眉頭，低聲問。

「我？我要通風報信，早就可以通風報信，為何等到現在？」鬼牡丹遞出酒葫蘆，方平齋並不接受，「出兵的是趙宗靖。」

「趙宗靖？」方平齋眼眸微閉，「趙宗靖從何得到消息？」

「不得而知。」鬼牡丹搖了搖酒葫蘆，「你要看你母親的屍身麼？」

「我……」方平齋微微一震。

鬼牡丹一笑，「你動搖了。」

方平齋手按鼓面，臉上笑意不見了，「你將她埋在何處？」

「下葬是何等隆重之事，自然是要等你親自安排。」鬼牡丹道：「她的屍身就在飄零眉苑，你幾時回去，幾時下葬。」

方平齋五指下壓，將繃緊的鼓面壓出五指之印，低聲道：「這是威脅嗎？」

「只是特地來告訴你，你無心復國，只會有人責怪你，有人死不瞑目，而不會有人感激你。」鬼牡丹冷笑，「而你即使不想復國，看到白雲溝因你而毀，想到你大哥莫名而死，你二哥改姓為潘，你四弟流離失所，你心中難道會平靜？你父親對趙家恩重如山，他卻奪你天下，害得你家破人亡，而你身為柴家唯一的指望，卻終日碌碌無為，在江湖中遊山玩水，你自己的日子是過得瀟灑，而你九泉之下的父母親人，家臣奴僕，大周的死魂冤鬼作何感想？你對得起誰？你對得起方荭炾麼？對得起符皇后麼？對得起你父親柴榮麼？對得起你大哥柴宗訓嗎？對得起你自己麼？」

「嗡」的一聲震響，鼓面一彈而回，方平齋臉色蒼白，定定地看著手下的那面鼓。他當真錯了麼？

「回去……」路已走得太遠，要折回頭踏上二十年前就被他放棄的路，談何容易？所謂回去，當然不只是安葬方荭炾而已，一旦回去，他就沒有回頭的路。

白雲溝的冤魂依然要罔顧嗎？方荭炾的屍身是否可以就此棄之不顧？父親的身影，大哥的音容，難道那些是與己無關的幻象？不遺棄這些，他就無法是方平齋，而如果遺棄了這些，他依然可以作為方平齋而繼續走下去麼？

此時此刻他才明白，從始自終，原來「方平齋」此人只是柴熙謹的一個夢想、一種期待，而從來不是現實。

即使，他是如此的迷茫與碌碌無為。

「六弟，我知道你無心皇位，我和七弟早已安排妥當，可以助你復國。復國之後，你就可以尋回你的二哥、四弟，傳位於你二哥或者四弟，之後的人生你願意做方平齋圓平齋，再也無人管你，你也不必再自責。」鬼牡丹獰笑，「我也老實說了，我助你柴家稱帝，你要給我相同程度的回報，事成之後，我要一人之下，萬人之上。」

「你和七弟有偌大本事，何必有求於我？」方平齋緩緩地道：「你自己稱帝，或者七弟稱帝，難道不比做一人之下萬人之上好？」

鬼牡丹道：「我或者七弟稱帝，天下將有千千萬萬人反我，但若是你稱帝，天下便只有趙氏子孫反你。大周亡國不過二十餘年，復國並非無稽之談。」

方平齋道：「算得忒精，這必定是七弟的主意。你要一人之下萬人之上，他要什麼？」

鬼牡丹道：「他說他要對遼國用兵，收回幽雲，平定契丹，僅此而已。」

方平齋奇道：「他翻雲覆雨，步步算計，甘冒奇險，密謀造反就是為了出兵遼國？以七弟之能投身大宋，何嘗不是平步青雲，要身任將軍出兵大宋也並非什麼難事，說不定北掃契丹南下支那，東征大海踏平西域，何處不可？為何要謀反？」

「他的想法我也捉摸不透，總而言之，他所做的一切都只是為了有能力、地位和機會出兵遼國，一改我朝接連的敗績。」鬼牡丹陰森森地道：「這也是造福百姓的好事，有何不可？」

方平齋沉默半晌，嘆了口氣，「容我仔細想想，我需要時間。」

鬼牡丹將酒葫蘆往他手中一送，「可以，你若能夠棄方荭炏的屍身於不顧，不在乎白雲溝枉死的冤魂，堅持不來，我鬼牡丹也服你，哈哈！」他倏然而退，身影瞬息消失於大雨之中。

手中握著的酒葫蘆殘留著人的體溫，摸起來格外溫暖。

方平齋坐在雨中，提著故人留下的美酒，仰起頭來喝了一口。

迷茫之中，天色愈暗，而雨勢更大，打得人徹肌生痛，渾身冰冷。

朦朧之中，天旋地轉，他一向量淺易醉，今日也許不必飲酒他也將說自己醉了，何況他切切實實地喝下了一葫蘆酒。

美酒，究竟是什麼滋味……

灌入喉中，一樣的辛辣火熱，猶如被烙鐵狠狠地夾住了咽喉，硬生生要窒息一般。

也許飲血也是同樣的滋味，因為血和酒一樣，都是熱的，都有體溫。

屋外下起了大雨。

阿誰收起裝木耳粥的碗筷，輕步退了出去。

柳眼從床上下來，拄著拐杖走到窗前，他看著大雨，端著一杯已涼的茶水。當一個人很疲憊卻絲毫不想入睡的時候，會有出乎尋常的耐心來品味一杯水的滋味，他覺得茶水很涼，入口清淡，已幾乎品不出茶香。

門外有人「嘩啦」一聲走了進來，柳眼微微一怔，那聲音就如往地上潑了一瓢的水。

進門的是方平齋，他左右手各抱了一面大鼓，渾身淋得濕透，衣裳全在滴水，「哦！師父你竟然起身了，我還以為你就打算在上面躺一輩子，不到山崩地搖海枯石爛不離那張床，萬年之後人們就會在那張床上看到一具白骨，並且想抬也抬不下來……」

「你喝醉了？」柳眼凝視著他，方平齋腰間繫著一個酒葫蘆，雖然全身濕透，他依然嗅到了一股淡淡的酒氣。

方平齋放下那兩個大鼓，嘆了口氣，「我已跳進河裡泡了半個時辰，不會喝酒就是不會喝酒，怎麼做也掩蓋不了啊……」他臉色本來紅暈，酒紅上臉不怎麼看得出來，神態也並沒有什麼不對，但柳眼便是瞧了出來。

「你哪裡來的酒？」柳眼淡淡地問。

方平齋脫了那件浸透了水的沉重外衣，「不好的來路，問清楚了你會後悔。」

柳眼似乎是笑了一笑，「無所謂，我一直在後悔。」

方平齋哈哈一笑，「說得也是。我問你一個問題，認真回答我好麼？」

柳眼為他倒了一杯冷茶，「說。」

「假如你有一片家業，非常輝煌，舉世無雙，你的父親母親非常愛你，不僅如此，你的兄弟姐妹表嫂堂姪，甚至奴僕婢女，包括掃地的小二看門的老頭全都非常愛你，全都願意為你生為你死。突然有一天你的父親母親死了，你的家業為人所奪，一天之內家破人亡，大哥無端喪命，二哥認賊作父，四弟流離失所，二十年後，你長大了，練成一身武功，你會怎麼做？」方平齋問，語氣依然輕浮。

柳眼眉頭微蹙，「怎麼做？」

方平齋苦笑，「是啊，你會怎麼做？你會復仇嗎？你會奪回一切嗎？」

柳眼道：「我不知道。」

方平齋拍了拍額頭，「我就知道問你簡直是浪費我的口水，好師父你頭腦很差糊里糊塗……」

柳眼打斷他的話，淡淡地道：「但我知道如果是唐儷辭，他絕對奪回一切。」

方平齋一呆，「哈？」

柳眼道：「失去一切，你會甘心嗎？那並不是你的錯，而是他人的錯。做錯事就要付出代價，唐儷辭從不善罷甘休。」他笑了笑，「而我，我不知道我會怎麼做，但如果我什麼也不做，一定不會心安理得。」

「哈哈，是嗎？如果有一天你發現，救你出來的奴僕婢女被人所殺，突然之間你變成孤身一人，你又該怎麼做？」方平齋笑道：「變成孤身一人之後，不會再有人寄望你復仇，沒人知道你曾經擁有的一切，過往就宛如一場虛夢，如果你願意，你可以假裝你從來不曾擁有過什麼。」

「那是自欺欺人。」柳眼看了他一眼，「你為什麼選擇放棄？」

方平齋不以為意，他這個問題真正想問的人是誰，彼此心知肚明，聞言一笑答道：「因為選擇復仇很累，要負擔很多責任，要殺很多人，也許是屍骸成山，血流成河，為了我一家的失落，殺成千上萬的人，有必要嗎？」

柳眼淡淡地道：「這種問題，無法問他人吧。」

「唉……浪費唇舌、浪費精神浪費心力兼浪費我的感情……」方平齋嘆了口氣，從懷裡拔出濕淋淋的扇子，揮了兩下，慢慢往他房間走去。

柳眼看著他的背影，「方平齋。」

這是他第一次叫他這名死皮賴臉糾纏不清的徒弟。

方平齋「哦」了一聲，回過頭來，柳眼道：「你想怎麼做就怎麼做，」他搖了搖頭，緩緩地道：「但你不能不想。」

方平齋微微一僵，過了一會，他哈哈一笑，「師父，你這句話真是……」他哽住了，負過手去，他沒有把話說完，就這麼回了房間。

柳眼炯炯的眼神盯著方平齋的房門。

方平齋顯然是遇上了絕大的麻煩，但問題並不在於問題本身，而在於他在逃避。他不想選擇，於是他來問他，但——

但誰也無法替誰做這種決定，他就是總是讓別人代替他做這種決定，所以才走到今天這步，不是麼？

方平齋心中真正的想法是什麼？

他將會選擇什麼？或者是繼續逃避？

無論選擇什麼，都不會比逃避更痛苦。

那天晚上、一直到第二天早晨，方平齋都沒有出現，阿誰打開他的房間，卻見他的房中空空如也，竟是不知何時已經杳然而去。

第五十一章 公主之尊

菩提谷外，孤枝若雪被焚毀一空，徒留滿地空沙，蒼白無色。

一位淡紫衣裳的少女面色鬱鬱，抱膝坐在半頹的山坡頂上，她坐的山坡正是當日朱顏盤膝而坐的地方，面前所見的山谷，正是被雪線子掃蕩得東倒西歪、一片狼藉的墳場。

沒有人陪伴在她身旁，也並沒有人看管她，風流店似乎不怕她擅自逃走。

她正是鐘春髻，數日之前，她寫了一封書信寄往皇宮，說她遊走江湖偶然得知白雲溝藏匿有一群大周遺人，正密謀造反，望朝廷速速出兵剿滅。

這件事當然不是她查明的，更不是她所能探知的，那是鬼牡丹指使她寫的，而她就這樣寫了，還隨信寄上自己一支髮簪。

書信寄出之後，後果如何她並不清楚，甚至也不關心。

因為……

「妳是有腦或者沒腦？或者是為求公主之位，有一死的決心？妳幾時出生？今年幾歲？王皇后所生的公主又是何時出生？今年幾歲？妳今年不過十八，王皇后在妳出生之前就已死了，她要如何生出妳這位『公主』？趙宗盈一心尋妹，看妳容貌相似，便先入為主認妳，但妳以為妳真是公主嗎？」

鐘春髻閉上眼睛，額邊冷汗淋淋而下，捂住耳朵，卻擋不住那聲音。

「妳假冒公主，又擅自出宮，擅自帶走宮中侍衛，害死侍衛數十人，這種事如果傳揚出去，除了妳自己人頭落地，連庇護妳的趙宗靖、趙宗盈也一起大難臨頭，哈哈哈哈……」有人笑聲狂妄，「小丫頭，妳明白形勢了麼？妳，想要活命想要做公主，就要知道自己的份量，如果妳表現得聰明聽話，公主妳依然能夠做下去，甚至以後嫁駙馬嫁將軍，不成問題。」

她……不是公主。

鐘春髻睜開眼睛，眼神晦暗無光地望著山坡下一片白沙，果然……就如她心中的預感，蒼天不會給與她這樣的幸運，蒼天只會戲弄她的人生，她不是公主。

她不是公主。

她不是公主。

她不是……公主。

為何有人自出生便擁有一切，有人自出生便什麼都沒有，沒有父母、沒有兄弟姐妹、沒有知己、沒有伴侶？無論她多麼期待，做出多少努力，有過多少幻想，一切始終是虛無縹緲？

這個世上，究竟誰才是公主？華服錦衣，美婢佳餚，俯首聽令的萬千侍衛，這些究竟是屬於誰的？

令人嫉妒……

她的眼中閃過一絲怨恨之色，令人嫉妒，究竟是誰？令人嫉妒！

但鬼牡丹只答應幫她殺了此人，卻不肯告訴她真公主究竟是誰。

目前她不得不聽從鬼牡丹的安排，鬼牡丹所言雖然簡單，但一語揭破要害，她的確不可能是公主，而欺君大罪已然犯下，為求鬼牡丹相助，她現在還不能逃。

現在風流店有求於她，現在她還是公主，一切還有轉圜的餘地。

好雲山近日來了幾位身分神祕的貴客。唐儷辭將他們安排在自己的庭院，不讓任何人接近，眾人只知其中一位姓楊，另外一位姓焦，這兩位不似江湖中人，卻也不似書生文客，兩人上山之後，日日與唐儷辭、紅姑娘密語，誰也不知在談論什麼。

過了幾日，連碧漣漪也加入這密語之會，宛郁月旦派人送了一包東西上好雲山，裡頭的東西好奇的眾人也都見過，是一些碎布、玉器以及金銀鑄造的玩偶，玉器與金銀器樣式精美絕倫，件件都是價值連城的寶物，眾人嘖嘖稱奇，卻不知是何用處。

玉箜篌同眾人一起看過那包東西，心知肚明那是琅玡公主陪葬之物，楊桂華在大理寺僥倖未死，這次與焦士橋同來顯然是為了查證公主之事，唐儷辭突然在此時引動真假公主之爭，必有所圖。

他在查看那包事物的時候指上運勁，一時看來外表無疑，受到車馬顛簸之後那些玉器金器將碎成一堆粉末，無論唐儷辭為何要挑起公主之事，那些東西都不可能作為證物。

「果然……」焦士橋查看那包所謂「證物」，「被人動過手腳。」

唐儷辭頰上微泛紅暈，臉色甚好，微笑起來頗為舒心暢懷，「正是。」

焦士橋看向紅姑娘，眼神很冷靜，「看來妳的確是公主。」

紅姑娘若不是公主，絕不會有人對這包證物下手。

紅姑娘淡淡一笑，儀態端然，甚是矜持。

焦士橋沉吟片刻，「靖王爺尋錯了人，這件事是大事，我會即刻回宮向皇上稟報。」他看了唐儷辭一眼，眼神淡淡的，「唐國舅對此有功，我會如實上報，皇上必有嘉獎。」

「焦大人秉公正直，人所共知。紅姑娘有玉佩、繈褓、金鎖為證，金鎖上刻有出生時辰，與宮中記載相符。紅姑娘其人容貌與王皇后更為相似，公主之事應是無疑。」唐儷辭微微一笑，「我擔憂的是鐘姑娘下落不明，靖王爺在宮中樹敵甚多，只恐此事受人利用，必須早查明才是。」

焦士橋看了他幾眼，「我明白。」他再度沉吟了一陣，「皇上尚未正式冊封琅琊公主，亦未和公主見過面，紅姑娘可以同我一起回京麼？」

紅姑娘聞言看了唐儷辭一眼，淡淡地道：「可以，不過五日之內我要回來。」

焦士橋道：「這……一旦妳被皇上冊封公主，就不能任意行動。」

紅姑娘打斷他的話，「朝廷難道不知江湖此時正逢風雨欲來之時？我在好雲山可保這一戰絕不失控，危害朝廷。」她面罩寒霜，「此時此刻，除我公主之尊鎮住局面，即使是唐公子也無法給你如此保證。」

焦士橋再度微微一怔，「我會斟酌。」

當日紅姑娘、碧漣漪和焦士橋一行轉向汴梁。

玉箜篌雖有殺心，但不能離好雲山重地，他不可能為了殺紅姑娘而失去在好雲山的地位。紅姑娘突然離開，不論她能不能被認為公主，他只要儘快亮出殺手鐧逼退唐儷辭，好雲山主控權就在他的手上。

而唐儷辭也很明白，他只需守住好雲山五日，等紅姑娘受封歸來，一切就成定局。

白雲溝。

青山綠水，花葉繽紛，多年未見的家鄉山水景色都和記憶中一模一樣，彷彿時光從未逝去，自己從不曾長大。

方平齋緩步走入山水之間的村落，旗幟凋零，土石遍地，經過了十幾日風吹日曬，空氣中的血腥味已經有些淡，變成了濃郁的腐敗之氣。放眼望去，房屋依舊，只是牆壁上斑駁的血跡變成了黑色，拽痕清晰。

時是初夏，遍地屍骸大都化為白骨，蠅蟲紛飛，草木橫生，方平齋走在其間，未過三步，鞋下已踩到了白骨。

「咯啦」一聲，白骨斷裂。方平齋蹲下身來，輕輕拾起那節白骨，那是一節臂骨，一頭為刀刃所斷，抬起頭來，手臂的主人就躺在不遠處，只是衣裳破碎，血肉消失，他已認不得這個人究竟是誰了。

二十步外，一具焦屍撐著一支焦黑的鐵棍仰天而立，方平齋目不轉睛地看著那焦屍，這是楊鐵君，當年陣前殺敵能掛十數頭顱匹馬而還的英雄，小時候教他騎馬，帶他打獵，現在……

現在只是一具焦屍。

左右都是破碎的白骨，有些是刀傷，有些是被野獸所齧。

方平齋目不轉睛地看著四周的屍骸，以他的經驗和眼力，看得出有些痕跡是一息尚存的時候被野獸啃食所留下的傷痕和掙扎的痕跡。

一念動及此，心頭突然一痛，那一痛痛得他呼吸一滯，停止的心緒陡然大亂，這是他生長的故鄉，這些人都是救他性命、撫養他長大的親人，這些人的音容笑貌他在腦中記得清清楚楚，他無法想像他們如何受到刀劍屠戮，如何受盡折磨而死，在臨死之前還要受野獸齧咬的痛苦……

人在臨死的時候，身受野獸啃食，究竟會想什麼呢？

而親人在臨死的時候，身受野獸啃食，會期望我來相救嗎？究竟有多期待？是期待到絕望嗎？臨死之前可有恨我？

而我……我在那個時候，又在做什麼呢？

方平齋捂心而立，一些原本以為已經放下的東西原來一直在肩頭，並且……沉重得將他整個人壓得支離破碎，不成原形。

「王……爺……」

方平齋驀然轉身，只見被火焚燒的一處磚房之側，伸出一隻乾枯憔悴的手掌，無力地揮了幾下。他驟然揮掌，那磚房旁的雞棚轟然震開，露出雞棚下一具滿身血汙的軀體，那人雙腿皆斷，原本身體精壯，此時已是瘦得有如骷髏。

方平齋一步一步走向那人，「侯哥……」

那人無力地動了下手掌，「王……爺……」

「侯哥！」方平齋走到他面前，緩緩跪倒，「你……你……」饒是他向來言辭百辯，此時卻說不出一句話。

「朝……庭的兵馬……殺……殺人滿門……方姨……被他們……」那人緊咬牙根，一字一字地道：「害死……死得好慘……王爺……請你……」他突然劇烈咳嗽，咳出許多血痰，「請你……為方姨……報仇！為我——」

「侯哥！」方平齋緊緊握著他的手，十幾日倒在這裡，他是如何活過來的？他又是如何看著親族在他面前受野獸啃食，慢慢死去慢慢化為白骨？一個人怎能忍受這些？他怎能如此頑強？

「別說了！別說了，我受不了！我受不了……」

「王爺……你……」那人嘶聲道：「你不能太軟弱……」

「我……」

「王爺……復國……復國……」那人驀地反抓住方平齋的手，乾枯的五指在他手背上留下深深的傷痕，鮮血沁出，「復國……復國！」

方平齋無言以對，眼前的軀體掙扎著向他爬來，「你若不……我做鬼也……」聲音戛然而止，右手上的手指越抓越緊，眼前的人卻已不動了。

「嗒」的一聲，一滴眼淚滴落塵土，方平齋低聲叫了聲「侯哥」，面前猶如骷髏的死屍不會再回應他，即使他心中有千言萬語，既不知如何說，也無人聽他說。

復國麼？

雙膝跪著遍地沙石血跡，日後要走的，同樣是一條不歸的血路。

雲跡飄渺，天清雲朗，好雲山人馬已被分為陣列，著手準備遠赴菩提谷。

唐儷辭讓齊星負責一路住宿打尖之處，鄭玥已領了先鋒探查地形，與風流店一戰已是一觸即發。

玉箜篌只是一旁含笑看著，這幾日因為唐儷辭下了嚴令，眾人未五人成行不得擅自行動，所以他也未找到機會再度假冒唐儷辭殺人，但要逼走唐儷辭，嫁禍不過方法之一。

他相信有一個人應該要來了。

「咯」的一聲輕響，窗櫺已開。玉箜篌烏髮披散，正拔了髮簪，聞聲微微一笑，「你來了？」

推窗而入的人黃衣紅扇，狀若依然，正是方平齋。他躍過善鋒堂的大門，穿過裡三層外三層的防守，渾若無事，就如此時踏入玉箜篌的房間只是步入自家的客房，不驚半點塵埃。

「七弟。」他紅扇一動，「你實話對我說，白雲溝之事你是不是早就知情？甚至——早在朝廷出兵之前？」

「我說實話，你會定心嗎？」玉箜篌回頭，黑髮順肩而下，狀若嫵媚，「或者——我說了實話，你就動手殺我？」

「七弟，你很瞭解我的本性。」方平齋紅扇的扇柄插在食指和中指之間，不再搖動，「我問你，只是平心靜氣地問你，你只需照實答我，我不會生氣。」

「六哥說話一向算數，」玉箜篌慢慢轉過臉頰，「不錯，我早就知情，早在朝廷出兵之前，但我沒有出手救人。」他緩緩地道：「對我來說，對白雲溝眾人來說，白雲溝存在的價值就是助你恢復大周，奪回江山。他們死了，能讓你下定決心，我相信在九泉之下，他們都會瞑目。六哥，你不是不能復國，風流店十年謀劃，勢力早已滲入各家各派，甚至朝廷上下，只要你點頭——無論江山或武林都是你的……但你猶豫、你一直在猶豫……」他的語調很輕柔，聲音聽起來卻很冷，「你若在五年前、或者在兩年前能下現在的決心，大周早就復了，天下早就是柴家的，白雲溝上下或許都能榮歸故里，甚至人人榮華富貴。而你現在才覺悟，現在復國之事已不如兩年前那般容易，阻攔在你我之前的有唐儷辭——從這點說起，白雲溝眾人是死得太遲了，而不是絕不該死。」他冷冷地看著方平齋，「我的實話，聽完了你怨恨麼？傷心麼？」

方平齋一動不動地站著，過了良久，紅扇微微一晃，「是帝王之資，就能聽逆耳之言。你雖然對白雲溝之事多加算計，雖然無情無義，但畢竟殺人屠村的是朝廷的兵馬，我不會恨你。」他平靜地道：「我該恨我自己，不錯，如果我兩年前、或者是十年前就能下定決心，白雲溝眾人非但不會死，還能回歸故里，享受榮華富貴。害死親人的是我自己，不是你。」他長長吸了一口氣，「你並沒有非要救人的義務，我不能因為你沒有出手救人，就當你是殺人凶手。」

「六弟果然理智。」玉箜篌一笑，「既然知道實情仍然不恨我，那就是證明你已經下定決心，要走復國之路了？」

方平齋五指一握，將那紅毛羽扇握在手裡，「我非走不可，這是從出生就已經註定的，難道不是嗎？」

玉箜篌大笑，「很好，六哥你知道我一直最欣賞你什麼嗎？你啊你——你雖然重情義，心卻足夠狠——你決意要殺三哥你就同時毒死四哥，你決意要逃避『柴熙謹』這個身分你就能拋棄白雲溝的一切，而你決意要復國的時候你能完全放棄『方平齋』的偽善，做一切『柴熙謹』該做的事！六哥，你經常讓親近你相信你的人覺得可怕和意外，因為你總有讓人不敢相信的另一面。」

「你不用激我。」方平齋五指中的羽扇慢慢騰起一陣輕煙，煙霧飄過之後，紅色羽扇已經被真力燒焦，節節斷裂，化為碎裂的焦炭。他張開五指，讓那羽扇的灰燼飄然落地，「我決定的事，該走的路，我很清楚。但有些話我要說在前頭。」

「什麼條件？」

「大周若能復國，我要兩條人命祭天下。」方平齋緩緩地道：「第一個是朱顏，第二個……是你。」

玉箜篌仍然是笑，「六哥果然是六哥。」

「現在可以說為什麼你要助我復國了嗎？」方平齋的視線終於從滿手的灰燼上轉到玉箜

篌身上，「助我復國你沒有任何好處，甚至到了成功之時，我會要你死。」

「表妹死了，」玉箜篌笑靨如花，「我何須在乎生死？我只在乎過程，我只是要證明——」他對著空氣輕輕呵出一口氣，「我想讓誰得天下，誰就能得天下；我想要誰為我大哥陪葬、想要誰為表妹陪葬，誰就要陪葬。」微微一頓，他道：「而天下，我並不在乎。」

「大哥說你要出兵遼國，收復燕雲，是真的麼？」

「真的。」玉箜篌柔聲道：「我想讓誰得天下誰就能得天下，我想讓誰贏就贏，讓誰輸就輸。」

方平齋目不轉睛地看著玉箜篌，這個人一定是瘋狂的，這是一種很熟悉的瘋狂，或者……從某種程度上來說，七弟和唐儷辭是同一種人，連他們的瘋狂都瘋狂得那麼相似。但六弟已不再有他要保護的東西，於是那種瘋狂就形之於外、露之於骨了。

借這個人的力量復國是可行的，這個瘋子只是要證明他自己，而不會對他造成任何威脅。方平齋很清醒地想，隨即很冷的「哈哈」一笑，也許他真的天生不是好人，拋棄自己十幾年的一切竟是如此輕易，輕易得讓他流不出任何眼淚。

過往的道義取捨，君子小人，原則風格都成了雲煙，他以為自己會掙扎會痛苦，但其實沒有，踏出第一步之後心裡只覺得冰涼，之後一切都成了定局，沒有任何痛苦，只能一步一步走下去。

當一個人對自己殘酷到了極限的時候，他就不會再覺得別人身受的痛苦是痛苦。

「六哥，既然你已下了決心，有一件事你非做不可。」玉箜篌並不在乎方平齋那冷漠的目光，「關於柳眼——」

「如何？」

「擒回柳眼。」玉箜篌道：「殺了阿誰。」

鳳鳴山。

雞合山莊。

方平齋已離去幾日，房裡已落了塵埃，柳眼坐在山莊廳堂之中。昨日唐儷辭派人來安排他們離開，前往另外一處安全之處，說玉團兒已被沈郎魂先行送去，柳眼和阿誰今日已經收拾妥當，就待出發。

他們沒有打算留下等待方平齋。

方平齋一向隨心所欲，他要來的時候自然會來，他決定走的時候，那就是不會再回來了。阿誰和柳眼都明白他遇上了難題，也都希望他能夠渡過難關，以他的智慧武功，只要不遇到朱顏那樣的對手，一人獨行也不至於有危險，所以兩人並沒有打算等他回來。

他們都以為他不會回來。

但兩人都錯了。

今日是陰天，到了近黃昏時分，天色已經很暗，映得門外的景致顏色盡失。

阿誰在屋內收拾些隨身必備的東西，柳眼坐在廳內，就在天色極暗而星光又未起的時候，一個人緩步走入門內，黃衣鮮豔，步履依然。

柳眼有些意外，「方平齋？」

來人一笑，「師父。」

他背著光，柳眼看不清他的面目，但看得清他手中不再握著那紅扇，而是持著一支短短的雪色飛刃，那捲曲的飛刃異乎尋常的在黯淡的天光下閃爍著晶瑩的光，宛若一件首飾。目光觸及那飛刃的同時，柳眼眼眸掠過一陣寒意，「你——」

「我來拿回我的鼓。」方平齋平靜地道：「師父，你說得對，我想怎麼做就怎麼做，但我不能不想。」

柳眼默然，看著他手中的飛刃，「你畢竟不能放棄。」

方平齋緩緩地道：「那天……如果師父你勸我放棄，也許我就會放棄，但師父你並沒有勸我。」

柳眼道：「也許是我又錯得離譜。」

方平齋搖了搖頭，「不，師父，你只是心地善良，你說了實話……我很感激。」

柳眼淡淡地笑了笑，「你回來——是要做什麼？」

「帶你走，殺了阿誰。」方平齋的聲音依然很平靜，「師父，我不指望誰能諒解，但這是我的路，我非走不可。」

就在兩人說話之間，阿誰已收拾好東西從房內走出，瞧見方平齋，先是吃了一驚，隨即展顏微笑，「方大哥……」

「啪」的一聲微響，她突然瞧見眼前濺起了少許的血花，隨即眼前一黑，往前倒了下去。「碰」的一聲摔在地上的時候她才感覺到胸口劇痛，茫然抬起頭來，只見方平齋提起柳眼，舉重若輕，就這麼飄然而去。

按住胸口，插在她心口的是一支雪色飛刃，這種暗器……那天……在少林十九僧要抓柳眼的時候她曾經見過，那時候——

思緒就此中斷，陷入一片漆黑之前，一絲心念電光石火般閃過——我死了，唐公子會知道嗎？

為什麼會如此希望他知道自己死去的消息呢？她已無法再思考，清醒的時候她無比希望離唐儷辭而去，去過她平靜淡泊的生活，最好永遠不要再聽到他的名字，而臨死的時候，她無比渴望他能知道她的死訊，就算只是聽到耳內，讓他點一點頭也好。

「哇——」房內的鳳鳳放聲大哭，哭得撕心裂肺，天色黯淡至極，將鮮血漸漸淹沒在黑暗之中。

「唐公子！」

好雲山上，一名嵩山派弟子急急踏入唐儷辭的庭院，「不好了！」

唐儷辭一身白衣，自池雲死後，他幾乎不穿灰衣，如果邵延屏還在世，一定會笑說他的心情很差，但邵延屏死了，誰也不會再開這種玩笑。

嵩山派弟子踏入他庭院的時候，唐儷辭正在練字，有閒暇的時候他總會提筆練字，他的毛筆字寫得並不好，他習慣用左手寫，因為左手原本不會寫字。

他不容許自己有缺點。

「什麼事？」唐儷辭提起羊毫，輕輕掛在筆架上，說話的聲音溫和，沒有半分驚訝。

「我們按照公子的吩咐去雞合山莊接人，結果柳眼已經不見了，阿誰姑娘被人射了一刀，性命垂危！」那弟子踏入房門，緊張到聲音都變了調，「不知是誰先得知了雞合山莊的地址，唐公子現在如何是好？」

「阿誰姑娘傷得如何？」唐儷辭問話的聲音也很平和，聽不出他是關心或只是隨口問問。

嵩山派弟子恭敬地回話，「已經在半路上請大夫診治，傷得很重，但應當救得回來。」

唐儷辭點了點頭，「凶器呢？」

嵩山派弟子遞過一支雪亮的捲刃飛刀，不過寸許長短，「就是這個，射入阿誰姑娘胸口寸許，幸好它太短，沒能射入心臟。」

唐儷辭接過那支雪亮的飛刃，瞧了一眼，笑了笑，以暗器主人的武功就算是一粒石子也能殺人，出手獨門暗器卻未能致命，只能說他本就無意殺人。

但……既然出手了，就不能再回頭，手下留情只有一次，下一次他不會再留情。

「蔣飛，阿誰姑娘現在何處？」唐儷辭捲起方才寫的卷軸，雪白的手指微微一頓，「以你的判斷，認為凶手意欲何為？」

「我……我的判斷？」蔣飛目瞪口呆，唐儷辭居然對他問出這等問題，「阿誰姑娘我等已經送往萬福客棧，和沈郎魂、玉姑娘一起。我……我想凶手就是風流店的人，提早查明了雞合谷的位址，所以行凶。」

「顯而易見，凶手是風流店的人……」唐儷辭微微一笑，「你說得很好。」

蔣飛受寵若驚，呆呆地看著唐儷辭，不知自己究竟說了什麼驚天動地的判斷。

唐儷辭輕輕揮了揮雪白的衣袖，平靜地道：「可以下去了。」

「是。」蔣飛告退，心中仍舊莫名其妙，不知唐儷辭贊他究竟是看上了他說的哪一句哪一點。

凶手是方平齋，顯而易見，凶手又是風流店的人，所以方平齋已經是風流店的人。唐儷辭握著桌上的名墨，慢慢在硯臺裡轉動，雖說一切盡如預料，但他仍舊不知道玉箜篌以什麼方法在這麼短的時間內顛覆一個人的內心。

凡是不可預計的事，就是危機。

他不能離開好雲山，無法阻止方平齋帶走柳眼，不論他在柳眼身邊設下多少人馬都是一樣，柳眼絕不會相信方平齋會對他不利，所以他索性並未在柳眼身邊安排護衛，雖然方平齋心性已變，但就算擄走柳眼，也不會傷害他。

他慢慢地轉著那塊名墨，方平齋既然擄走了柳眼，這一兩天之內就會上山，而距離紅姑娘回來之日尚有三天。

他要如何撐得住這三天，不讓玉箜篌有可乘之機？

無論是先下手為強從方平齋手中奪回柳眼，或者是忍辱負重等到柳眼被帶上好雲山之後再救人，結果都一樣，他都會被證明與柳眼有所勾結。

如果他不曾挖了方周的心，不曾擊碎池雲的頭，或許他就會選擇殺了柳眼。

但……

或許是他軟弱了，或許是他現在太疲憊，他做不到。

「篤篤篤。」門外有人敲門，唐儷辭微微一頓，才知自己將一塊墨磨去了一半，停下手來，「進來。」

「咿呀」一聲門開了，齊星推門而入，臉色慎重，「唐公子，雪線子前輩房裡空無一人，可是你叫人帶走了？」

唐儷辭眉頭一蹙，「不是。」

齊星的臉色更加慎重，「他失蹤了，我擔心善鋒堂內有風流店的奸細，解開了他身上的穴道，要指使他做什麼。」

唐儷辭站了起來，「不好，跟我來！」

他一把抓住齊星的手腕，奪門而出，直掠而出。

齊星被他一把扣腕抓住，只覺他五指堅若鐵石，掙扎不脫，心裡暗暗驚異。片刻間他已被唐儷辭拉到了成緼袍門前——上次伏擊成緼袍之後，成緼袍對唐儷辭並未有懷疑之意，而他的武功在好雲山上可算數一數二，亦是領袖人物，如果雪線子被人放出，最大的可能就是殺成緼袍！

「碰」的一聲悶響自成緼袍屋內傳來，唐儷辭和齊星剛剛到達的這一瞬，成緼袍屋宇窗櫺破裂，一道人影轟然撞破窗戶，倒飛而出，隨之點點鮮血染紅牆壁，是古溪潭。他倒飛摔出，勉強提一口氣，翻身站起，還待揮劍再戰，唐儷辭一把將他按倒，「齊星，帶他下去療傷。」

齊星連忙將古溪潭一把扶住，古溪潭噴了口血出來，手指屋內，「雪線子……前輩……」

「我明白。」唐儷辭袖袍一拂，房門大開，只見屋內成緼袍劍光繚繞，正與雪線子戰作一處。

雪線子心智不清，動起手來毫不留情，只見掌影紛飛，壓制得成緼袍劍光略略收斂，他數十年功力之威，竟逼得成緼袍劍勢縱橫不開，委實是驚世駭俗。方才古溪潭正和成緼袍練劍，驀地雪線子闖了進來，若非兩人長劍在手，只怕成縕袍就要傷在雪線子突如其來的一掌之下。

「唐儷辭……」成縕袍劍勢受制，亦不敢輕易出手傷及雪線子，唐儷辭雪白的袖子揮出，捲向雪線子雙掌，成縕袍借勢擺脫雪線子掌力牽制，大喝一聲一招「北斗七星」劍尖抖出七點寒芒，唐儷辭「啪」的一聲袖中掌與雪線子對了一掌，正在這一頓之際，成縕袍「北斗七星」刺中雪線子三劍，狀如瘋狂的雪線子頹然倒地，一動不動了。

成縕袍撤劍後躍，唐儷辭將雪線子扶起，雖然穴道受制，但從他表情看來顯然非常痛苦。好雲山上沒有醫術精到的大夫，饒是他明知雪線子受線蟲所害也束手無策。

就在此時，門外張禾墨、文秀師太等人聞訊而來，見到雪線子痛苦之狀，都是心生惻然，卻無能為力。

「唐公子，雪線子前輩受毒藥所苦，如果有一種能解百毒的奇藥，說不定就能解藥人之毒。」人群中有人柔聲道。

唐儷辭驀地抬頭，說話的人嬌顏桃衣，正是玉箜篌，電光火石之間他已明白為何玉箜篌要將雪線子送回好雲山，除了換取鐘春髻之外，這正是他處心積慮的圖謀。

眼見唐儷辭並不回答，玉箜篌微微一笑，「萬竅齋手握天下奇珍異寶，坐擁不計其數的金銀，難道買不到一樣解毒之藥？如果唐公子有往這方面想，說不定雪線子前輩的毒傷早已好了。」

他此言一出，張禾墨等人暗忖也有道理，難道萬竅齋裡就不曾收有什麼能解百毒的奇藥？就算沒有奇藥，什麼千年靈芝、萬年的何首烏、天山雪蓮之類的也是有的吧？唐儷辭難道真的忘卻此點，沒有拿出來救人？或者說難道是他捨不得以這等價值連城之物換雪線子一命？

當下有不少人看唐儷辭的眼光就含有鄙夷之色。

唐儷辭眼簾微垂，回答的聲音很平靜，「這個……倒是我忙中有錯，竟然忘卻此事。」他扶著雪線子慢慢站起，「但此時即使萬竅齋飛馬送藥而來，恐怕也是來不及……」

玉箜篌柔柔地嘆了口氣，「唐公子不是留有少林大還丹麼？這等藥中奇珍，為何不拿來給雪線子前輩一試？」

唐儷辭目中陡然掠過一抹殺氣，隨即淡淡一笑，探手入懷，從錦帕中取出一顆色澤淡黃的藥丸出來，「這是醫治內傷的藥物，對毒傷只怕並無作用。」

「唐公子，先試了再說吧。」文秀師太忍不住道：「你看雪線子表情如此扭曲，就知道他已經痛苦到了極點，如果不動手救他，恐怕就要遺憾終身！」

張禾墨等人連連點頭，雪線子毒性已發，狂亂無比，如此時不救，一旦錯過時機，即使之後人救回來了，恐怕也要傷及頭腦。

唐儷辭流目望了眾人一眼，順手將大還丹遞到玉箜篌手上，平靜地道：「讓你來吧。」

玉箜篌嫣然一笑，「你真是……通情達理。」他手腕一翻，將大還丹塞入雪線子口中，唐儷辭冷眼相看，只見他指間夾藥，塞入雪線子口中的並非只是一顆大還丹，尚有另外一顆紅色藥丸，但身後眾人卻看不見。

藥丸服入口中，唐儷辭一直扶著雪線子，順手按在他後心助藥力發揮。他的內力沛然，雪線子本身根基深厚，當下大還丹的藥力迅速發散，承載另一種奇異的藥力運轉全身，片刻之後，雪線子臉上痛苦的表情漸淡，慢慢顯得寧定。

玉箜篌踩著女人般秀氣的小步退回人群之中，眾人眼見大還丹竟然奏效，都是嘖嘖稱奇。如張禾墨之流已大贊桃姑娘聰明伶俐，善於為人著想，言下之意就是唐儷辭身懷救人之藥，竟然不知，未免有點那個。

成縕袍幾人雖然疑惑，但親眼所見是大還丹救人，不得不信，但要說唐儷辭身懷救人之藥卻故意不救人，那又絕不可能。

雪線子表情漸定，但並未清醒，唐儷辭助他運功，過了一陣停下手來，「看情況短時間內不會清醒，送他回房休息。」

身旁齊星連忙將雪線子抱起，送往雪線子住宿的廂房。

唐儷辭轉過身來，身前眾人看他的目光似驚似疑，前幾日究竟是誰四處殺人？唐儷辭如此聰明，身懷救命之藥，難道當真沒有想到救人之法？

短短片刻，玉箜篌隻言片語，就顛覆了好雲山一干人等對唐儷辭的信心。

這就是送回雪線子最大的目的，唐儷辭微微一笑，回視眾人一眼，衣袖一抖一負，一句話不多加解釋，緩步走出眾人圍成的圈子。

他既不說慚愧，也不說告退，就這麼徐然而去。

眾人呆呆地看著他的背影，一時間誰也不知該說什麼。

唐儷辭走向自己的房間，提筆繼續寫方才的字帖，神情一片平靜，該來的遲早都要來，是今天發生、或者明天發生，都是一樣。

第二天黎明，晨曦未起之前，一人駕馭馬車，緩緩而上好雲山。

半途之上，成縕袍提劍當關，四周是一片黑暗，星辰早已隱沒，初曦尚未升起。

駕馭馬車的人身著白色道袍，一身仙風道骨，留著三縷長鬚，正是清虛子。他平日一貫著黑，面罩黑紗，現在突然露出面目，雖然江湖中大都不識得他這張面目，但已有道門前輩的氣勢。

他身後馬車之內綁有兩人，一人正是柳眼，另一人是方平齋。

柳眼凝視方平齋，一言不發，他被點了穴道，即使想說什麼也說不出來，方平齋卻是偽作穴道被點，此時施施然坐在車內，表情怡然。

兩人安靜了很長一段時間，方平齋嘆了口氣，「師父，我不習慣如此安靜。」

柳眼淡淡地看著他，目中並無憤怒之色，但也無親近之意。「恨我嗎？」

方平齋自言自語，「對那絕情絕義殺人放火的一刀。」

柳眼目中掠過一絲淩厲之色，但並無恨意，方平齋出手輕重如何他看在眼裡，那一刀雖是重傷，但方平齋已留了情。而唐儷辭所派之人會按時來，阿誰應當能夠得救。

「將來也許會做許多對不起師父、對不起蒼生百姓、對不起天下武林之事，方平齋在這裡先道歉了。」方平齋仍是絮絮叨叨，「師父你曾說我是個喜歡引起別人注意的人，沒錯，我一直相信自己即使不屬七花雲行客、即使不是柴家後人，一樣能夠出人頭地。但現在我明白一個人要出人頭地要維持頂峰，要坐擁天下，他要付出什麼……」

柳眼本沒有心聽，聽到此處，心中微微一動，他曾距離坐擁天下只差一步，他也曾殺人放火無所顧忌，坐擁天下要付出什麼……即使付出了他現在所付出的，也依然不夠。一時失神，已不知方平齋說了什麼，只聽他最後說，「……總而言之，雖然我不求諒解，但希望師父能明白我的苦衷。」

即使明白苦衷，那又如何？眼前這人動了殺機，決意要走一條血路，無論是友情或者良心都阻攔不住，即使明白苦衷又能如何？即使能諒解，卻能認同嗎？

不能認同方平齋所走的血路，諒解只是讓立場相異的人徒增痛苦而已。柳眼不知道阿誰生死如何，心裡極涼，初夏的天氣微略有些悶熱，他卻從心裡涼到四肢百骸，指間猶如凍僵一般，沒有半點知覺。

方平齋和風流店聯手，究竟是為了什麼？他說他是柴家後人，難道是柴榮的後人……那所圖者就是皇位……

柳眼對所謂帝王之爭毫無興趣，但如果方平齋要透過風流店這條路染指皇位，他就一定要對唐儷辭不利，而自己——

正是對付唐儷辭的利器。

想及這點，他就覺得悲涼，他如果在幾日之前就絕食而死，阿誰就不會重傷，或許方平齋仍然在猶豫他的皇位之路，更沒有人能威脅到唐儷辭。前幾日他以為不死是正確的，因為不死能安慰到幾個人，幾個他覺得重要的人，玉團兒、阿誰、唐儷辭等等，但原來他早早去死才是真正正確的，毫無用處的廢物，永遠只會拖累別人。

玉團兒會傷心又如何呢？她還那麼年輕，傷心過一陣就會忘記。

柳眼默默地坐在車內，那小丫頭……他微微笑了笑，還是不要和他在一起比較好吧？天真浪漫的小丫頭，和害人的廢物在一起，能有什麼結果？

清虛子駕車而上好雲山，未上半山，山道上有人提劍當關！

白霧飄渺，山風微微。

成縕袍長劍駐地，表情淡漠彷彿已經在此等了很久了。

清虛子一勒馬，馬車停下，「在下道號清虛子，武當道士，特來拜會唐公子，請閣下讓路。」

車內柳眼聽聞有人攔路，精神微微一振，方平齋掠目一看，低聲一笑，「是成縕袍。」

「假話就少說了。」成縕袍淡淡地道：「清虛子，車上的人留下，你離開此地，中原劍會不歡迎風流店的惡客。」

清虛子淡漠地看了他一眼，「我是武當前輩，你要和我動手？」

「武當前輩又如何？」成縕袍冷冷地道：「和你動手又如何？」

「這裡距離善鋒堂很近，一旦動起手來很快就會被人發現。」清虛子也淡淡地道：「到時候眾人來到，見你與我動手，我是送奸賊柳眼上山的武當前輩，你阻我上山，只怕眾人要認為風流店的奸細就是你吧？」

「嘿！」成縕袍一聲冷笑，「是嗎？不試怎會知道奸細到底是誰？」

他提劍而起，「唰」的一聲精鋼長劍映日而出，劍刃映照日出之光刺眼非常，清虛子一躍而起，空中方傳破空之聲，劍光閃爍，成縕袍在劍出瞬間已攻出兩劍一刺一掃，而此時錚然一聲，劍鞘方才墜地。

清虛子掌納乾坤，以武當太極拳與成縕袍周旋，他意不在爭勝，而在拖延時間，如能早引出好雲山眾人前來觀戰，那這一局不但可以逼走唐儷辭，還可以拖成縕袍下水，一箭雙雕。

轟然聲響，清虛子拳腳不往成縕袍身上施展，卻盡往大石、樹木身上打去。太極拳以虛化實，只見大石碎裂、樹木折斷，引起無數聲響，清虛子之意昭然若揭。

成緼袍心頭惱怒，今日絕不能讓這三人上山，一旦三人上山，嫁禍唐儷辭，此時紅姑娘尚未回來，便會讓玉箜篌奪取好雲山主事之權！

他決意速戰速決，長劍厲嘯，招招都是殺手。

白影一閃，一人輕身插入兩人戰團，成緼袍長劍掃過，清虛子揮掌而來，這人只是一閃之間就已避過，隨即左手接掌右手彈劍，「錚」的一聲脆響，成緼袍被震退三步，清虛子倏然倒退，「唐儷辭！」

來者白衣雲鞋，灰髮微飄，正是唐儷辭。但見他一拂衣袖，神情平靜，「回去！」

成緼袍怒發勃張，「今日絕不能讓這人上山！柳眼就在車內！」

唐儷辭頷首，「我知道。」

成緼袍大怒，「既然你知道，此時尚差兩天，你若讓柳眼現在上山，你就守不住——」

唐儷辭微微一笑，「這裡讓我來，你回去。」

成緼袍一怔，「你來？」

唐儷辭柔聲道：「讓我來，一定做得比你好。你回去。」

成緼袍微微一頓，「你我可以聯手……」

「回去！再過一會，人就來了。」唐儷辭對著清虛子微笑，「你不能和我聯手殺武當前輩，我也無需你相助。」

成緼袍怒視清虛子，臨走之時並不甘心，躍向馬車，撩開門簾，門內一物飛出，疾射他胸口！

成縕袍揮劍砍落暗器，那暗器正是雪色飛刃，車內一人笑意盎然，正是方平齋。

成縕袍眼見好雲山大眾將被驚動，而方平齋並非庸手，一時三刻收拾不下，不得不抽劍而去。

方平齋自馬車中下來，倚在門上看著唐儷辭，嘆了口氣，「唐公子，別來無恙。」

唐儷辭一人獨對清虛子和方平齋，面上含笑，「托你的福。」

方平齋指間夾著四枚花瓣似的飛刃，「孤身下山，你究竟是想殺了我和清虛子，或者是想殺了柳眼？」

唐儷辭紅唇微勾，似喜非喜，似笑非笑，「說不定——我見人就殺，也說不定——我誰也不殺，是投奔而來呢？」

方平齋哈哈一笑，「唐公子說笑了。」

清虛子全神戒備，唐儷辭談笑殺人的功夫他已見識過，對此人絕不能有一絲一毫鬆懈。

唐儷辭目光流動，左看方平齋，右看清虛子，他若不留痕跡殺了這兩人，奪走柳眼，將他再次藏匿起來，也許好雲山危機可解。一念轉動，殺機即起，他袖袍一抖，殺氣直指清虛子。

方平齋哈哈一笑，「果然——唐公子好自信，從善鋒堂至此，腳程輕便者不過瞬息，你真要冒此風險，出手殺人麼？」

唐儷辭淺淺一笑，「等我殺了你你就知是不是風險……」一言未畢，他驀然躍起撲向清虛子，清虛子早已全神防備，一指輕虛，遙點唐儷辭眉心。上次唐儷辭要和他「說一句話」，害得他重傷瀕死，清虛子懷恨在心，怨毒無比。這一指名為「纏絲」，並非武當嫡傳，而是玉笠筷親自指點，專門對付唐儷辭傳功大法的獨門絕技。

唐儷辭的傳功大法強悍絕倫，但畢竟源自真氣過度凌厲的《往生譜》，玉笠筷深明其理，特地另創一門指法，指力纖細猶如一縷蠶絲，如是自幼練功、根基渾厚之人中了此指，指力消散，不痛不癢；但如果是根基留有缺憾，或者是如唐儷辭這般功力由外界所得之人中了此指，指力就會滲入氣脈，擾亂敵人真力運行。這門功夫十分難練，若非清虛子這等根基深湛的玄門高人也無法將自身真力凝練成一縷細絲，即便是玉笠筷自己也做不到。

纏絲指出，唐儷辭毫不在乎縱身而前，竟是硬闖那道指風。

清虛子大吃一驚，纏絲指奮力點出，隨即雙掌前拍，擊向唐儷辭胸口。

唐儷辭唇邊噙著一絲淡笑，指風當額，他驀地舉腕一擋，只聞「噹」的一聲微響，指風擊中一物，頹然消散。

唐儷辭單掌對雙掌，「啪」的一聲脆響，清虛子「哇」的一聲一口鮮血噴起半天來高，踉蹌而退，「你——」

唐儷辭一掌傷敵，微微一笑，「我什麼？」

他傾身再上，仍舊是一掌拍出，仍舊是拍向清虛子胸口，清虛子臉上變色，他若是撤身而逃，唐儷辭這掌就是拍向馬車，打算破車搶人了！

就在清虛子遲疑之際，方平齋一枚飛刃悄然而至，唐儷辭扣指彈開飛刃，那雪色飛刃驟然倒轉，雖然被他指力彈開，卻在指尖劃開一道纖細的傷口。清虛子見狀信心頓起，大喝一聲，拔劍而起，直撲唐儷辭。

唐儷辭對方平齋微微一笑，染血的指尖對他左眼插去，柔聲道：「你此時難道不是武當前輩的俘虜麼？站起來和我動手，是會露出破綻的……」

方平齋倒踩七星，連退七步，閃身入馬車，「清虛子撐住，有人來了！」

就在方平齋閃入馬車的同時，樹林中兩道人影一起出現，一人桃衣翩然，一人緇衣布鞋，乃是玉箜篌與文秀師太。唐儷辭心念閃動，因為方平齋一枚飛刃之阻，他來不及在兩招之內殺了清虛子，但——他掌上加勁往清虛子胸口劈去，清虛子眼見有人來到，振聲大呼，「文秀師太——」

文秀師太眼見清虛子，頗為意外，「清虛子？」

她年輕之時和清虛子頗有交情，雖然數十年未見，仍是一眼認了出來。

清虛子雙掌並出，全力硬接唐儷辭一掌，口中道：「我送風流店的奸細方平齋和惡賊柳眼上山，唐儷辭要——」他尚未說完，唐儷辭一掌對雙掌，「哇」的一聲清虛子驀然吐出一大口鮮血，細碎的血霧噴上唐儷辭白皙的面頰，「……殺人……滅口……」

「唐公子你——」文秀師太尚未明白發生何事，已眼見唐儷辭掌殺清虛子，她駭然拔劍而出，「你殺了武當清虛子！」

清虛子頹然倒地，唐儷辭半身染血回過身來，樹林中好雲山眾人已聞訊紛紛而來，親眼見清虛子倒地，表情都是震驚無比，愕然看著殺人的唐儷辭。

「清虛子要送惡賊柳眼上山，你為何要阻攔？」文秀師太厲聲問道：「清虛子身為武當高人，比掌門尚且高了一輩，無論他有何種不是，你怎能殺他？」

唐儷辭冷眼看著玉箜篌，玉箜篌滿面驚訝，眼角卻含著笑，「唐公子，柳眼是否在車內？你為何要阻攔清虛子送人上山？為何要殺害武當高人？」

唐儷辭並不回答，染血的白色衣袖輕拂，他就這麼站在當場，淡淡地看著眼前一干人等。這數百人是他耗盡心血所聚，曾經對他敬若神明，但……人性之中的多疑與恐懼是多麼容易被人挑撥，要堅定不移的相信一個人實在太難。有一瞬間，他竟然升起了不需怨恨這些人的感覺……

「車內真的是柳眼嗎？」文秀師太厲聲問道，唐儷辭仍是淡淡不答，當下已有幾位峨眉弟子拉開車簾，車簾內兩人赫然出現。峨眉弟子失聲驚呼，「師父，真的是柳眼那惡賊！」

文秀師太手足冰冷，看著神色淡淡的唐儷辭，一種可怕的猜測浮上心頭，她忍不住手指唐儷辭，「你……你是要從清虛子手中救走柳眼……」

此言一出，眾皆大嘩，唐儷辭也不否認，淡淡看著玉箜篌，玉箜篌眼角的笑意已掩飾不住，笑得甚是開心。

文秀師太道：「拍開柳眼的穴道，用繩索將另外一人牢牢捆住，然後帶下去問話！」

玉箜篌走上前，解開柳眼的穴道，柳眼對他怒目而視，穴道一開，他便冷冷地道：「你這人妖，日後必定萬劫不復，死得慘絕人寰！」

玉箜篌將他送到文秀師太面前，恭恭敬敬地道：「請師太問話。」

文秀師太一揚手，「啪」的一聲給了柳眼一個耳光，「萬惡的淫賊！」

柳眼怒目而視，「人頭豬腦的老太婆……」

文秀師太自懂事至今，還從未聽見有人這樣罵她，一時竟是呆了。她身邊兩名弟子左右出掌，甩了柳眼左右兩記耳光，齊聲喝道：「大膽！」

柳眼一仰頭，「這分明是風流店陷害唐儷辭的陷阱，枉然他對你們盡心盡力，到頭來你們誰也不相信他……」

文秀師太冷笑，「是啊，這種話由你口中說出來，老尼就更不相信了！你與他什麼關係？為什麼我等不相信他，你卻要替他說話？你是風流店柳眼，他是數次截殺你、將你從風流店主人位子上拉下來的俠客，你為清虛子所擒，他卻偷偷摸摸的來救你——我等不相信他，你卻為他打抱不平，好個交情啊！」

柳眼一怔，唐儷辭嘆了口氣，眼色之中竟是微微一笑——這人一貫單純，一貫很笨，果然……

文秀師太將柳眼說得啞口無言，抬起頭來看向唐儷辭，「唐公子，此事你非要給我等一個合理的解釋，否則好雲山上千人之眾恐怕無法服你。」

唐儷辭悠然負手而立，神情竟是絲毫不以為意，甚至仍舊微微含笑，風姿卓然，「我若不想解釋呢？」

文秀師太愕然，成縕袍沉默不語，余負人和孟輕雷親眼見到唐儷辭出手殺人，余負人雖然曾經和清虛子交過手，但那時清虛子黑紗蒙面，他並不知道黑衣人就是清虛子，一時也是怔住。

唐儷辭含笑說出，「我若不想解釋呢？」

滿場寂靜，人人驚愕地看著他。

玉箜篌輕輕細細地道：「唐公子，你在說笑麼？」

唐儷辭並不理他，目光自文秀師太面上掠到張禾墨臉上，再掠到齊星、鄭玥、余負人、孟輕雷、成縕袍、董狐筆等人臉上，看了一陣，眾人都等著他說句什麼，等了好一陣子，他卻只是輕輕一笑，彎腰從地上清虛子的屍體上拔出佩劍，握劍在手，獨對眾人。

他這——這是什麼意思？

余負人和孟輕雷心中越發駭然，忍不住要開口發問，成縕袍一把拉住二人，低聲道「噤聲」。

文秀師太見他拔劍在手已是勃然大怒，「你——你這是何意？」

唐儷辭抖了抖那劍，順手挽了個劍花，像是試了試劍的彈性和韌度，「暫時……我並沒有什麼意思。」

「師父！」

「師尊！」

兩位將方平齋五花大綁抬下去的峨眉弟子變了面色奔了過來，「這是從那人身上搜出來的暗器，是重華刃。」

文秀師太接過那短短的雪色飛刃，略一翻看就知是疊瓣重華的獨門暗器，當下冷笑一聲，「那人正是七花雲行客之六，失蹤江湖多年的疊瓣重華，既然狂蘭無行與梅花易數都是風流店下走狗，我看疊瓣重華也差不到哪裡去。無怪清虛子將他與柳眼一起帶上山來。」

「文秀師太，這人豈不正是少林寺方丈大會出來搗亂的那人麼？」人群中有人道：「他說他叫方平齋，當時風流店鬼牡丹現身少林寺，親口叫他六弟。」

文秀師太越發冷笑，「那就更加說得通了，方平齋據傳是柳眼的徒弟，又是七花雲行客的老六，絕對不是什麼好人，清虛子將他擒下正是俠義之舉。」

樹林中眾人竊竊私語，目光不離橫死在地的清虛子，偶爾瞟到唐儷辭身上都充滿了畏懼之色。唐儷辭只看著被丟在文秀師太身前的柳眼，陡然眼神一變。

玉箜篌喝道：「小心他要搶人！」

一句話未說完，唐儷辭已一把抓起柳眼飄然而退，退出三尺之遙。奇怪的是他卻也不逃，就飄出三尺，將柳眼放在身後，又施施然站在當下。

唐儷辭古怪的行徑讓張禾墨心中一動，他往前一探，將清虛子的屍身拖了過來，當場翻檢，查看是否當真是唐儷辭那一掌所殺。他對唐儷辭頗有敬佩之意，雖然也是滿懷狐疑，卻不希望唐儷辭真的有問題，本是希望清虛子之死乃是另有原因，並非唐儷辭所殺，結果一驗之下，他大失所望，清虛子的確死於唐儷辭強悍絕倫的一掌。

正在他翻檢屍體的時候，手掌往清虛子懷中一探，突然摸到一封似信封一樣的東西，順手取了出來。眾人見他突然從清虛子懷裡取出一封信，都是精神一振，擠到張禾墨身邊，一起看去，只見那信封面上濃墨草書寫了幾個字，字跡十分飽滿潦草，看不懂是什麼。

成縕袍從張禾墨手中接過信封，心知武林好漢肚裡有墨水的不多，淡淡地念道：「傳文秀師太。」

文秀師太聞言一怔，自成縕袍手中接過那信封，拆開封條，裡頭是厚厚一疊信紙，同樣是濃墨草書，內容竟寫了十數張信紙。她凝目細看，開始尚是滿臉迷惑，眾人只見她越看越怒，雙眉慢慢豎起，看完之後，她「啪」的一聲將信箋摔在青門劍掌門劉鶴身上，怒道：「傳閱！」

劉鶴吃了一驚，拾起一看，身邊有更多人擠過去細看，越看越驚，有些人看一陣，抬起頭看唐儷辭一眼，都是悚然瞧見一條毒蛇般的眼神。

「你——你好——」文秀師太怒目瞪視唐儷辭，「原來你正是風流店藏匿在中原劍會最大的奸細——好個擁敵自重！好個料事如神的唐公子！你將柳眼推出去作為門面，自己隱藏幕後，在時機成熟之時假裝擊敗柳眼，成功進入中原劍會，然後透過方平齋保持與柳眼暗中聯絡，要他研製九心丸的解藥！麗人居之會，你救了這許多人，完全就是你與鬼牡丹串通的一局棋，好讓你在中原劍會的地位更加牢固！你殺了池雲、殺了邵延屏，都是因為他們發現你的祕密，你甚至還要殺害桃姑娘——若非她機警跳下懸崖，一樣要為你所害！前些日子你又行凶殺人，害了幾位武林名宿，讓劍會的戰力大打折扣。你藉口要剿滅風流店，將眾人引去飄零眉苑，只怕是早已讓風流店在那裡布下陷阱，等著我等送上門去！等風流店將我等一干人全部殲滅，你唐公子手握九心丸的解藥，縱觀江湖再無敵手，這世上有誰能與你抗衡？誰敢與你抗衡？你非但能得武林，還能得天下！這就是唐儷辭你處心積慮的陰謀！」

柳眼從被方平齋生擒，帶上好雲山就知他必然要對唐儷辭不利，卻不知他竟然能犧牲清虛子，設下如此毒局！

文秀師太這番話說出口來，他瞠目結舌，氣得一口氣轉不過來，卻不知要如何為唐儷辭辯白，以他的身分，越說只會越錯。

唐儷辭並不生氣，目光微微一掠，「那是普珠方丈的親筆信麼？」

「不錯。」文秀師太凜然道：「正是少林普珠的親筆信函，我認得他的字。」

普珠身任方丈之後曾寫信寄往峨眉，他的筆跡文秀師太記得。

「看來寫這封信的時候，他的心情很亂。」唐儷辭柔聲道：「如此重要的信函，他竟能寫得如此潦草凌亂。」

文秀師太冷笑，「你想說那是偽信麼？很可惜，上面蓋有少林方丈的印信，絕不可能有假！唐公子，對於此信，你可有什麼話要說？」

「信不假，至於其中的內容，大部並沒有什麼錯，只是……」唐儷辭柔聲道：「有些事現在說出，徒亂人意。」

孟輕雷終於忍不住，不顧成縕袍的阻擾，低聲道：「唐公子，孟某相信你絕非如信中所說，你若有什麼苦衷，何不當眾說出？」

此言一出，相信唐儷辭的幾人紛紛點頭。

唐儷辭環視一周，目光堅定不移的寥寥無幾，眾人大都滿懷疑惑，他柔聲道：「其實並沒有什麼好說的。」

孟輕雷愕然，眾人聽他親口承認，又是一陣大嘩。

玉箜篌道：「惡貫滿盈之人親口認罪，聽來匪夷所思，以你脾性，豈會如此容易屈服？」他往清虛子的屍身一指，「你手持長劍是什麼用意？不會是想殺了在場眾人滅口，然後回山上繼續當你的唐公子吧？方才你在我和文秀師太面前擊殺清虛子，根本不在乎被人發現，本就是想儘快殺了他，如果無人發現最好，如果有人發現，你便連發現之人一起殺了，是不是？」

唐儷辭微微一笑，「不錯。」

「但可惜來的是我和文秀師太，三招兩式之內你殺不了兩人。」玉箜篌面罩寒霜，「而且聞訊而來的人出乎意料的多，你只好罷手。所以——其實我們都是僥倖自你劍下逃脫的亡魂，如今你身分敗露，卻依然不走，甚至拔劍在手，我只能猜測你唯一的目的——」他往前踏了一步，直指唐儷辭的鼻尖，「就是將我等全部殺了，殺人滅口，以保全你唐公子之名！」

玉筮篌說出這句話來，樹林中眾人的議論之聲突然止了，人人目不轉睛地看著唐儷辭，看著他手中的長劍。

那是一種很冷的視線，他們是弱者，但他們用一種天敵般的目光瞪視著唐儷辭，那是萬分的嫌惡與排斥，完全不把眼前這人歸入同類之中。

柳眼悚然抬頭看著唐儷辭。

他只能看到唐儷辭的背，和唐儷辭的劍，那柄劍在唐儷辭右側，寒芒閃爍，晶瑩銳利。

他看不到唐儷辭的臉。

但連他都覺得這樣的目光讓人無法忍受，那種來自同類的憎恨、那種千針萬刺的冷意，就像冬季最寒的風，能從人的每一個毛孔中滲入……然後殺人。

在這樣的目光下彷彿人已不再是人。

在這樣的目光下，他知道唐儷辭全身都是破綻，那個永遠高高在上的人無法抵禦這樣的目光，他不知道唐儷辭是怎麼承受的……他看不到。

他只是看到劍鋒。

冰冷的劍鋒在風中一動不動，就如凍結了一樣。

「唐公子，你對我的猜測，難道全無意見？」玉箜篌目光收縮，唐儷辭太過順從了，他有些起疑，不知如此順利的發展究竟是唐儷辭大受刺激而神志失常所致，或是根本是唐儷辭計中計的陰謀？

但看周圍人的反應又不像是串通好的。

唐儷辭並不回答。

玉箜篌往前緩緩邁了一步，而後又退了一小步，「有一個方法……能檢驗唐公子是否風流店的奸細，他是否有苦衷……」

「什麼方法？」張禾墨看著唐儷辭，看著他手中的長劍，心中一陣一陣發寒，不知究竟是要信他，還是要信普珠的那封信。

玉箜篌手指柳眼，紅唇一動，「讓他殺了柳眼，他若能殺了柳眼，或許他就不是風流店的奸細；他若不殺柳眼，一定就是風流店的奸細！」他一字一字地道：「柳眼作惡多端，死有餘辜，我相信凡是俠義道中人，無一人不想殺之而後快。」

文秀師太冷冷地看著唐儷辭，方才唐儷辭就是在她面前將柳眼擄走，「唐公子，殺了柳眼。」

張禾墨點了點頭，大聲道：「只要你殺了柳眼，我就相信你絕非風流店的奸細！」這兩人一開口，眾人紛紛點頭，只消唐儷辭殺了柳眼，他的種種可疑之處就可以商量，只消唐儷辭提出合理的理由，甚至連殺死清虛子之事眾人都可諒解，畢竟唐儷辭威望仍是頗高。

「我殺不了。」唐儷辭那柔和的聲音道，他答得太快以至於彷彿根本不曾思考，「他是我的朋友。」

此言一出，眾人的眼色又變，從方才的冷漠變得鄙夷——我殺不了，因為柳眼是他的朋友。

那池雲呢？

為何他就能面不改色的殺了池雲，難道池雲在他心中，竟然連「朋友」都不是，比不過一個作惡多端的淫賊？

那邵延屏呢？

邵延屏對他推心置腹，毫不懷疑，他如何能殺得了邵延屏，而推得乾乾淨淨，一直裝作不知情的樣子？

他不肯殺柳眼，必定是柳眼身上還有什麼值得他利用之處！眾人不約而同做如此想，目光均帶了鄙夷之色。

柳眼低聲道：「你殺了我吧！」

「我說過，只要你改，我不會讓任何人沾你一根手指。」唐儷辭柔聲道：「而你真的改了，不是嗎？」

柳眼苦笑，「我本就罪有應得，死不足惜。」

唐儷辭緩緩地道：「噓——我說你足惜、你就是足惜……只有我說你不足惜，你才不足惜。」他一字一字輕輕地道：「放心，我保你不會受傷，也不會死，閉上眼睛吧。」

柳眼的表情相當扭曲，若非穴道受制，他寧願一頭撞死，他不是怕受傷怕死，而是眼前混亂的局面，傾頹的大局，唐儷辭完全的劣勢全都是他造成的。此時此刻，他居然還要連累唐儷辭為他動手拼命——他一個廢人，毫無作用的廢物，哪裡需要他出劍救人呢？

為什麼不殺了我？柳眼緊緊咬著牙，表情扭曲至極，這就是蒼天的懲罰嗎？罰我生不如死，罰我只能不斷背上罪孽，一重又一重，一層又一層，卻不能去死！卻不能去死！

「嘿！風流店的惡賊！納命來！」文秀師太已忍耐不住，「唰」的一聲長劍出鞘，直往唐儷辭胸前刺去，「今日要你二人一起償命！」

唐儷辭微微一笑，出劍招架，但見劍光閃爍，兩人瞬間拆了二十餘招，竟然似乎勢均力敵，不分勝負。

唐儷辭的功力自然遠在文秀師太之上，看他劍路，似乎無意取勝，而在拖延。眾人面面相覷，均覺訝異——這個人身分敗露，居然不思考如何逃走，還要在這裡拖延時間，是為了什麼？

玉箜篌卻悚然一驚——他竟然——

與此同時，成縕袍也赫然明白唐儷辭的用意，頓時全身一震！

他在拖延時間，他的確不想走，不是因為他愚蠢或者是無法逃走，而是因為今日距離紅姑娘返回之期還有兩日。

他不能現在離開，現在離開，局勢就落入文秀師太一干人手中，而文秀師太性子耿直，完全任由玉箜篌操縱，自己還渾然不覺。他必須等到紅姑娘回來，震住局面，而尚有兩日，玉箜篌已經提前發難，他要如何守住這兩日之期？

成縕袍倒抽了一口涼氣——這個人持劍在手，拖延為戰——他根本是打算——就在這裡鬥上兩天兩夜，一直戰到紅姑娘回來為止！

這世上有人是如此拖延時間的麼？為了大局！為了大局！他在這裡受千夫所指，受信者憎惡，他決意橫劍激戰兩日兩夜，等候一個轉機到來！

誰說——唐儷辭滿腹心機，陰險毒辣？

成縕袍滿口苦澀——這人胸中的熱血，他竟是遲到今日方才看出！這世上再無第二個人會做這種蠢事，偏偏聰明絕頂的他竟然選擇用這麼愚蠢笨拙的方法，將局面拖延到紅姑娘回來的一刻！

千人的車輪戰，你一劍之身，撐得住麼？

第五十二章　兩日兩夜

文秀師太絲毫不明白唐儷辭的意圖，見他見招拆招，只當他存心戲弄，出劍越發淩厲。一旁的峨眉弟子見師父無法取勝，當下一打眼色，吆喝一聲，數支長劍齊出，各自刺向唐儷辭胸前肋下。唐儷辭劍法慵懶，並無殺氣，微微一笑，劍尖點出，已封住兩人穴道。

樹林中眾人見峨嵋派無功，卻都是冷眼相看，心中暗暗嘲笑。過了片刻，張禾墨看不下去，一聲高喝，對著唐儷辭一掌拍出，加入戰團。

玉箜篌臉現微笑，揮了揮手，一組劍陣加入。這劍陣是唐儷辭親手指點，本來要作為出戰風流店的先鋒，也經過了玉箜篌的指點，此時卻先施展在唐儷辭身上。

唐儷辭劍鋒流轉，以一敵眾，卻是揮灑自如，溫雅不群。柳眼在他身後看著，眼神甚是絕望，無論他武功多強，絕無可能戰勝好雲山上千人之眾。

他死在這裡不要緊，阿儷他……

他是絕不可能甘心死在這裡的！

他還什麼都沒有得到，那些他夢想中的東西，一個真心實意為他去死的女人、一個真心實意為他去死的母親，朋友的支持和擁戴、父親的認同……

他還什麼都沒有得到啊！

柳眼絕望地看著眼前的刀光劍影，你們錯了，他根本不要什麼江湖天下，他根本就不要！你們在指責別人罪無可恕的時候，為什麼就不問一問他，他當真要什麼武林和天下嗎？他稀罕嗎？他為什麼要稀罕？

距離好雲山二十里外，是一處繁榮的市鎮，這鎮上共有兩條街，而短短兩條街上卻有十三家客棧。

這個地方叫奇容，是連接南北轉運河的交通要道，地方雖然不大，來往的人卻很多，並且行行色色的人都有。

奇容最大的客棧叫做百興客棧，最小的客棧叫做幽蘭客棧，萬福客棧是其中不大不小的一家。萬福客棧的隔壁是一家做麵食的小店，如今有個姑娘匆匆買了碗麵湯，小心翼翼地端回萬福客棧。

這樣貌清秀的小姑娘正是玉團兒，她端著麵湯走上萬福客棧二樓，還未進門就聽到門內有奶聲奶氣的聲音「貓、貓貓」地叫，頓時嘆了口氣。

推開二樓最後一間客房的房門，鳳鳳趴在阿誰床頭，一下一下拉扯她的頭髮，「貓、貓……貓貓貓貓貓……」阿誰神色疲憊，臉色蒼白，昏昏沉沉的任他拉扯，一聲也應不出來。

玉團兒放下麵湯，將鳳鳳一把抓了起來，對一邊的沈郎魂怒目而視，「幹什麼？你就讓他這樣欺負阿誰姐姐？她還在發燒呢！要是弄到傷口多痛啊！」

沈郎魂無奈地坐在一邊的椅子上，「他看到窗戶外面有隻野貓，非要不可，我有什麼辦法？」

玉團兒怒道：「你給他一個耳光，看他還敢不敢吵？」

沈郎魂咳嗽了一聲，「我不打孩子。」

玉團兒把鳳鳳抱起來給了他屁股幾下，鳳鳳嘴巴一扁，放聲大哭，哭得一張粉妝玉琢的臉兒皺得花朵似的，倒是可憐兮兮。

阿誰聽到喧嘩，微微睜開眼睛，看了周圍一眼，又昏昏沉沉地閉上。她胸口的傷勢很重，方平齋雖然手下留情，但重華刃是罕世利器，不規則的刀刃在刺入的時候削去了一層皮肉，讓傷口很難癒合。玉團兒見她唇齒微動，附過去問，「妳說什麼？」

阿誰搖了搖頭，無力的微微一笑，她什麼也沒說，只是……聽到喧嘩的時候，她以為唐儷辭來了。

但他並沒有來，她覺得自己沒有理由覺得失望，但就是每次睜眼之前都會以為他來了。

也許……是被他救過太多次，連自己都已經習慣了吧？理所當然的以為他會來看她，所以總是不知不覺的等，清醒的時候她知道他不會來，昏沉的時候她依然在等，連昏沉都不安穩。

方平齋劫走了柳眼，也許是她太鬆懈，沒有發覺發生在他身上的變化，但即使發現了又能怎樣呢？她無能改變方平齋或柳眼的決定，也阻攔不了方平齋帶走柳眼或出手殺人。心中很迷惘，人生的變化難道當真只是瞬息，而又無跡可尋？為什麼方平齋要這樣做？一定有旁人無法幫他解決的事，有什麼理由的吧？

方平齋劫走柳眼以後，下一步應當就是要對唐儷辭不利，否則他為何要劫走柳眼？她在迷迷茫茫之中想：唐公子總是面臨許多強敵……不知道他在好雲山籌畫得如何了？已經出發前往菩提谷了麼？我能給他帶路，我知道飄零眉苑中的機關，那些都是一樣的……一樣的……不對，他已經去過飄零眉苑，他已不需要我帶路……

「阿誰姐姐？」玉團兒見她喃喃說了句什麼，用沾濕的巾帕擦了擦她的額頭，「難受麼？」

阿誰睜開眼睛，又是微微一笑，搖了搖頭，「妹子妳休息吧，不必時時刻刻看著我。」

玉團兒搖頭，「我等妳好一點餵妳吃麵湯，妳已經一天一夜什麼都沒吃了。」

阿誰唇齒微微一動，「妹子，妳是不是很擔心……他……卻沒有說出來？」

她被好雲山的人送到萬福客棧，身受重傷，玉團兒和沈郎魂都已知道雞合山莊發生變故，方平齋劫走了柳眼。

「我……」玉團兒很猶豫，「我覺得小方不是壞人……他不會欺負他的。」

阿誰輕輕地道：「是啊，我也是這麼想……咳咳……」

玉團兒低聲道：「我覺得他不會害妳，但他卻把妳打成這樣。」

阿誰忍不住微笑，「咳咳……所以其實妳還是很擔心他……傻丫頭……」

玉團兒眼眶一紅，突然哭了起來，「我想去找他。」

阿誰柔聲道：「別擔心，別怕……唐公子一定會救他的。」

玉團兒怔怔地看著阿誰，「要是他還來不及救他，他就被人害死了，或者唐公子也救不了他怎麼辦？」

阿誰搖了搖頭，低低地道：「不會的。」

玉團兒的眼淚掉了下來，「妳真的相信他？」

阿誰低聲道：「當然。」

玉團兒道：「但他不是常常讓妳失望嗎？」

阿誰微微一震，「我沒有失望。」

玉團兒看了她一眼，眼神很迷惑，「唐公子為什麼不來看妳？他已經知道妳受傷了不是嗎？」

「他不會來看我的。」阿誰柔聲道：「他很忙。」

玉團兒皺起眉頭，「為什麼很忙就不能來看妳？他想來就能來的不是嗎？又不遠。」

是不遠，但對唐儷辭來說，阿誰既非朋友，也非親人，充其量不過他興之所至的玩物。

阿誰的目光緩緩移到屋梁，他……要是親身來看望了，她會覺得那應該是另有所圖吧？

他沒有這麼溫柔。

身邊鳳鳳已經哭累，趴在她身邊有一聲沒一聲的抽泣，她感覺到那小小的體溫，永遠不會離棄她的，世上只有鳳鳳一個人。

沈郎魂一邊看著，唐儷辭只囑咐他將玉團兒帶來此處，日後之事他會再聯絡。好雲山形勢多詭，唐儷辭以退為進之計不知能否順利？方平齋果然叛變帶走柳眼，雖說一切都在唐儷辭預算之內，但他當真能保住好雲山上千人的士氣，讓紅姑娘率眾出征麼？事實太過複雜，他並未向兩個姑娘說明真相，此時形勢未明，就算知道了方平齋劫走柳眼的用意，明白唐儷辭無暇分身前來探望阿誰，知道玉箜篌下一步毒計，那又如何呢？

不過擔憂和發愁的人越來越多，對前景迷茫的人越來越多而已。

唐儷辭要如何從玉箜篌的毒計中脫身而出？他要如何順利把局面交給紅姑娘呢？沈郎魂想得頭都痛了，仍舊想像不出這位神通廣大的公子爺會如何做。

「碰」的一聲，最後一人倒地。唐儷辭劍刃一轉，似笑非笑看著眾人，地上七零八落橫倒了十數人，包括峨眉文秀師太。他和眾人纏鬥一個時辰，尋到機會一一點中眾人穴道，兵不血刃，簡單完勝。

看來他是打定主意拖戰，一直等到紅姑娘回來，豈能讓他如意？玉筮筷心下盤算，既想拖延時間，又不想傷人，世上豈有如此便宜之事？你要拖延時間，我就讓你結仇天下。計算既定，他輕咳一聲，袖袍一拂，輕聲細語道：「唐公子，賜教了。」

唐儷辭微微一笑。眼見玉筮筷飄然上場，不少人心生憐香惜玉之情，張禾墨也重重地咳了一聲，「桃姑娘纖纖弱質，豈能單獨和這等奸邪動手？讓我等來吧！」他率眾上場，將唐儷辭和柳眼團團圍住。

玉筮筷嫣然一笑，「我與張兄並肩作戰。」

嵩山派二三十人將唐儷辭圍住，玉筮筷眼眸流轉，唐儷辭冷冷地看了他一眼，玉筮筷五指虛握，似拳非拳，似爪非爪，不消說定是一門古怪功夫。張禾墨聽到那句「我與張兄並肩作戰」，怦然心動，暗暗打定主意絕不讓「桃姑娘」受到半點傷害，當下大喝一聲，一掌「開山裂石」對著唐儷辭劈了過去。

唐儷辭五指拂出，化消張禾墨掌力，隨即手指輕彈，一縷指風直擊張禾墨身後嵩山派弟子曲智強。曲智強橫劍一封，「錚」的一聲長劍脫手飛出，撞中曲智強身側的同門傅三。傅三應聲後倒，曲智強長劍脫手之後正好一把扶住他，一時間竟尚未明白發生什麼事，愕然呆住。眾人悚然變色，唐儷辭如此高明，若無眾多高手合圍，恐怕無能將人留下，當即青城派東方劍、九刀門霍春鋒、飛星照月手李紅塵一起躍出，將唐儷辭團團圍住。

成縕袍眉頭皺起，這三人武功在張禾墨之上，雖然玉箜篌偽作西方桃，不能完全發揮他獨門武功，但四人和張禾墨聯手齊上，那就不是拖戰能夠解決的問題了。孟輕雷和余負人面面相覷，局面演變至此，他們自然絕不相信唐儷辭會是風流店奸細，但普珠方丈信函在此，眾人情緒激動，唐儷辭坦然承認又拔劍以對，這等形勢真不知是該上場動手，或是一旁靜候變化的結果。

東方劍劍畫方圓，走的是輕捷詭祕的路子，霍春鋒「十方九刀」乃是剛猛路線，飛星照月手以指法出眾，三人一合圍，無形之間竟是配合得天衣無縫。一瞬間一刀一劍一指勁風湧動，籠罩唐儷辭全身。玉箜篌眼神一轉，毒計又生，眼見嵩山派弟子也是揮劍齊上，當下身形飄動，衣袖輕擺，那修飾得如女人一般的手掌輕飄飄拍向唐儷辭，卻在掌影拍出的瞬間袖中珠乍然飛出，四射開去。

「啊！」

「掌門……」

只聽慘叫聲起，嵩山派三名弟子突然摔倒，胸口鮮血狂噴，張禾墨大吃一驚，躍後扶起一人，在他胸口一拍，起出一粒珍珠，頓時狂怒，「唐儷辭你好辣的手！」

唐儷辭人在一刀一劍一指籠罩之下，大喝一聲揮劍反擊，只聽「叮噹」之聲震耳欲聾，夾以錚然斷裂之聲，血花飛濺，四人飄然而退的同時，眾人都見東方劍長劍折斷，霍春鋒刀刃上多了個缺口，而三人同時嘴角掛血，李紅塵甚至手臂上多了一道長長的傷口，鮮血直流。

方才唐儷辭兵不血刃，現在卻是殺人見血，成縕袍臉色一變——以他的眼力，雖然並未看出玉箜篌袖中珠傷人，卻依稀看到珠影閃過，猜也猜得出玉箜篌做了手腳。但唐儷辭出手傷人，必定激起眾人義憤之心，只會對他自己不利。

他為何要這樣？

是控制不住力道麼？

或是另有所圖？

「好功夫！」東方劍長劍已斷，卻無憤怒之色，他的修為精深，輕易不為所動。霍春鋒勃然大怒，李紅塵手臂受傷，卻知唐儷辭方才本可斷他一臂，心中一凜。

他為何手下留情？

唐儷辭仍是持劍而立，雖然拈個劍訣，姿態卻甚是慵懶，張禾墨殺氣騰騰，他仍舊怡然自若。

柳眼身上穴道未解，駭然看著唐儷辭一劍戰群雄，心中後悔、憤怒、擔憂、焦急紛至迭來。阿儷他應該是真的不知道自己腹中傷勢的嚴重性，否則絕不可能做出這種事——再這樣打下去，要是出了意外……要是出了意外……

要是出了意外，阿儷他一生所求，將一無所得。

他一輩子追求的親情、父親的認可、母親的寵溺，包括眾星拱月的輝煌姿態，高高在上的地位，將全盤覆滅，甚至連那些愛慕他的女人們也會後悔，因為此時此刻他頂著風流店內奸之名，他劍傷武林名宿，他默認他是這次江湖風波中最大的陰謀。

他為什麼要默認？為什麼要拖戰？不論他心裡有怎樣的計畫，他一定不知道自己瀕死之身，不能做這樣劇烈的消耗，人要是死了，有怎樣的計畫都是枉然，要怎樣提醒他？要怎樣告訴他不能再戰？柳眼驚恐地看著唐儷辭劍光縱橫，仍舊與東方劍、霍春鋒、李紅塵、張禾墨等人戰作一團，現在告訴他他腹中的傷無藥可治，以阿儷的性格一定大受刺激，不知會做出怎樣瘋狂之事，但要是不說，要是出了意外如何是好？

「且慢！」一旁觀戰的成縕袍沉聲喝道，東方劍、霍春鋒、李紅塵等人一怔，撤手躍開，但見成縕袍提劍而起，大步向前，「錚」的一聲長劍出鞘，淡淡的對唐儷辭道：「你真是風流店的奸細？」

唐儷辭目光流轉，並不回答。

「很好。」成縕袍提起劍鞘，一擲向後，「池雲、邵延屏之仇，半年之欺，今日淒霜劍下一併討了！」他說得冷淡，東方劍等人均已受傷，又皆知成縕袍劍上功夫了得，未必在唐儷辭之下，於是紛紛退開，只等看中原劍會自己如何肅清奸細。

唐儷辭看了玉箜篌一眼，東方劍等人退下，玉箜篌並不退下，仍是嫣然一笑，「我與成大俠聯手。」成縕袍微微一頓，並不堅持，「嗡」的一聲劍鳴，一招「寒劍淒霜」向唐儷辭刺去。玉箜篌長袖飄飛，看似玉掌纖纖，輕飄飄嬌柔無力，成縕袍在他身側，一劍刺出的時候便覺破空聲有異，彷彿面前無形的空氣驟然濃稠了數倍，這一掌的力道非常人所能想像。

「寒劍淒霜」是成縕袍數十路劍術之中最強的一式，玉箜篌看在眼內，知曉成縕袍此招出手絕不留情，他雖不知成縕袍是否當真相信唐儷辭乃是奸細，但更要逼成縕袍絕不能留情。強大的掌勁蕩滌空間，成縕袍這一劍若不全力而出，只怕連劍刃都無法抖直，他大喝一聲，「哈！」淒霜劍光華暴漲，劍尖點出數十點寒芒，直刺唐儷辭上身所有重穴。玉箜篌微微一笑，隨「寒劍淒霜」一劍之勢合掌推出，並掃唐儷辭下身退路。

兩人聯手一擊，顯出如此威勢，眾人只見劍勢縱橫如虹，光華閃爍，與方才東方劍三人聯手的氣勢截然不同，如厲風暴雨飄潑而出，竟如要將唐儷辭一口吞沒。唐儷辭扣指輕彈，三縷指風點向成縕袍的劍鋒，隨即應身而上，一掌迎向玉箜篌輕飄飄拍來的纖纖玉手。

在場眾人眼見唐儷辭竟然棄成縕袍那光華燦爛的一劍於不顧，迎身對上玉箜篌，都是大吃一驚。張禾墨與霍春鋒只當唐儷辭決意要殺玉箜篌，兩人雙雙大喝一聲，出招擊向唐儷辭。

「啪」的一聲，唐儷辭首先和玉箜篌雙掌相接，兩人真力相觸，都是全力而出，唐儷辭本來略遜一籌，又分出三指指力去擋成縕袍的一劍，頓時氣血大亂。玉箜篌嫣然一笑，抽回手掌，輕輕咬傷舌頭，口吐鮮血踉蹌後退，避入人群之中。唐儷辭三指擋寒劍，只聞錚然一聲脆響，淒霜劍被他三指震得嗡然彈動，來勢卻絲毫未減，仍然當胸刺來。成縕袍明知唐儷辭混戰不利，但此時此刻這一劍絕不能留情，否則玉箜篌一旦起疑，唐儷辭之後要做的事不免多了許多麻煩。

「霍」的一聲刀刃破空之聲，霍春鋒和張禾墨眼見玉箜篌受傷而退，憐香惜玉之情大作，出手分外得力。唐儷辭先接玉箜篌一掌，再擋成縕袍一劍，劍勢未改，又有一刀一掌破空而來，乍然間刀劍抵身，眾人都是「啊」了一聲，料三人之中必有一人得手。卻見陡然紅影障目，張禾墨、霍春鋒的兩人受阻，撞擊紅影之上，霍春鋒的刀驀然飛回，而成縕袍一劍斬落，只聽「呲」的一聲微響，紅影上破了一個豆粒大小的空洞，竟是斬之不斷。

紅影飄落，眾人才見唐儷辭手持紅綾，這條擋住一刀一掌一劍的奇異紅綾繫在他衣裳之內，方才刀劍齊落，他乍然從懷裡扯出紅綾旋身擋招。此物刀槍不入，紅綾飄落，刀劍齊退，唐儷辭依然——不敗！

成縕袍一劍失利，一躍向後足尖著地隨即躍起，第二劍「簫聲細雨」抖手而出。唐儷辭受玉箜篌一掌之力氣血未平，橫劍一擋，只聽「叮」的一聲脆響，清虛子的佩劍崩裂一塊青鋼。玉箜篌踉蹌後退，在張禾墨肩後輕輕一推，張禾墨心領神會，暴起再度出掌。唐儷辭劍碎在手，柳眼在後，不能進不能退，面對成縕袍、張禾墨、霍春鋒、李紅塵等人再度聯手出擊，手腕一翻，眾人只見劍光倒掠回他的頸項，頓時紛紛「啊」的一聲叫了起來，只當唐儷辭要刎頸自盡。

劍光止，紅唇貝齒映光寒。

唐儷辭橫劍在唇，成縕袍驀然變色，倒躍而回，張禾墨等人猶未醒悟，仍然衝上。玉箜篌大吃一驚，即時運氣封竅，乍然間一聲劍嘯聲起，猶如鳳鳴雲動，張禾墨首當其衝，頓覺耳鳴如雷，氣血翻湧，頓時「哇」的一聲吐了一大口鮮血出來。悚然抬起頭來，只見身邊霍春鋒、李紅塵等人紛紛口角掛血，唐儷辭橫劍一吹，竟然有如此威力！

圍攻的幾人慢慢後退，唐儷辭橫劍在唇，指尖點上劍刃，吹劍之聲隨即變化，猶如樂曲。不過一柄青鋼劍，他竟能在其上吹出宮商角徵羽多般變化，夾帶凌厲真氣，觀戰眾人中功力不足的首先抵受不住，步步後退，最後實在忍受不了，紛紛轉身逃開。玉箜篌抵禦樂曲之聲，心中惱怒非常，他早已防範唐儷辭這音殺之術，打定主意要逼得唐儷辭無暇取出樂器吹奏，卻不料他橫劍在唇，依然能吹出樂曲之聲。

淒厲激越的吹劍聲震懾半山，功力較弱之人紛紛離去，過不多時，在場只剩十數人運氣抵禦，仍然包圍成圈。玉箜篌低聲囑咐張禾墨調配人手在山下攔截，又要他先將峨嵋派眾人和嵩山派受傷的弟子帶回善鋒堂醫治，張禾墨連連點頭，心中對「桃姑娘」心悅誠服，當即和霍春鋒、李紅塵帶人離去。

唐儷辭依然吹劍，在場的仍有玉箜篌、孟輕雷、余負人、成縕袍、東方劍、齊星、鄭玥、董狐筆、古溪潭、溫白酉、許青卜等人將他團團圍住。好雲山白霧飄渺，尖銳凌厲的吹劍聲震動白霧，遠遠傳開，便如深山密林之中有山精樹怪正在引頸而歌一般。

四周變得極靜，除了妖靈般的吹劍聲，彼此只聞風聲。

玉箜篌目光流轉，如此下去，如果唐儷辭能吹上幾日，說不定真給他拖到紅姑娘回來之時，他雖然已經拍碎信物，但萬一那丫頭當真受封而回，形勢又變。絕不能讓他吹上幾天幾夜，但音殺當前，要動手不易，又何況這許多人在場他也不能發揮出超越「西方桃」身分的能耐，有什麼方法可以破除唐儷辭音殺之術？乍然心頭一熱，他悄然退了幾步，走向「穴道被封」而坐在一旁看戲的方平齋，運氣傳聲，「六哥。」

方平齋笑了笑，仍舊一動不動，看著吹劍的唐儷辭。

「六哥，有什麼方法可以破壞他的音殺？」

「彈奏一首與他完全不同的曲子，如果他定力不足，音殺之術就會崩毀。」方平齋似笑非笑，「但萬一他定力很足，你就會很危險，萬一是你被他影響，那就會真力紊亂立刻重傷。」

「彈奏？七弟我不識音律。」

「愛莫能助，我現在還在『穴道被封』，你也不想眼前的人看到我突然站起來，抱出一面大鼓和唐儷辭為敵吧？」方平齋仍是似笑非笑，「何況鼓也不在我身上。」

「我要是打斷他的劍呢？」玉箜篌目注唐儷辭，「他現在站著不能動，我要是出手攻擊，他會停下麼？」

「聲音越清晰威力越大，你靠得越近，所受的威脅翻倍上升，如果你能逼近到能出手斷劍的地方而不受傷，你就根本可以出手殺人了，因為音殺對你毫無影響。」

「如果我不逼近，我以暗器出手呢？」玉箜篌嫣然一笑，「難道音殺之術還能阻攔暗器近身麼？」

「哈哈，你可以一試。」方平齋仍是似笑非笑。

玉筮篌探手入懷，他懷中揣著和唐儷辭一般的珍珠，手指輕輕在珍珠上磨蹭了幾下，放棄珍珠，俯身在地上拾起一塊石子，並指一彈，石子激射而出，向唐儷辭手中劍射去。

「錚」的一聲大響，唐儷辭不閃不避，石子撞在劍上，發出異乎尋常的聲響，周圍眾人應對吹劍之聲已是全神貫注，驟然受此一聲，不約而同發出一聲悶哼，同時踉蹌而退。玉筮篌吃了一驚，然而石子撞劍，吹劍聲畢竟一停，就在這一頓之際，乍然珍珠耀目，十數點珍珠激射而來，玉筮篌拂袖阻擋，等珍珠一一落地，那妖靈般的吹劍聲已響起。

「即使你可以傷及他的人和他的劍，但音殺當前，總是失了先機。」方平齋道：「他隨時可以吹出擊殺之音，而你無論功力多深都要運氣抵抗，在你運氣抵抗的時間，他可以抽手還擊，所以以暗器挑釁，未必有利。」

「那要是大家都以暗器出手，我不信他能——」玉筮篌尚未說完，唐儷辭吹劍聲乍然轉高，尤為淒厲絕豔，玉筮篌微微一震，氣血翻湧，傳音之術頓時停了。

唐儷辭受他石子一撞，意在反擊，此時樂曲轉強，眾人受音殺威力所逼，絲毫不得大意，更無法出手襲擊。

局面僵持著，唐儷辭以全身真力彈劍吹音，此時他占了上風，無人不為他的吹劍而悚然變色。

但能維持多久呢？

玉筮篌、成縕袍、董狐筆等人功力深厚，只要不侵入太近，再強的樂聲也承受得住，而齊星、鄭玥等人功力較弱，即使受音殺所傷，本身功力弱者，受傷也輕。占了上風的人才是處於完全不利的地位。

而他堅持不走。

柳眼黯然看著唐儷辭的背影，他聽著他的吹劍，阿儷為求威懾之力，手中所持的又不是樂器，勉強施為，整首曲子有許多都走了音，完全在崩潰的邊緣。

他為什麼不走？

他在等什麼？

無論在等什麼，以阿儷的脾氣，沒有等到絕不死心，他既不能輸、也不能等不到，如果現在當眾說出他身上有傷，對雙方來說沒有任何好處，所以只有幫他等了。

他難得自己下決定要做什麼，主意一下，深深吸了口氣，低聲道：「阿儷，吹〈砂鹽〉的伴奏吧。」唐儷辭不知聽見了沒有，吹劍聲微微一頓，柳眼見他側影似是微微一笑，隨即幾聲彈劍聲起，淒厲絕豔的吹劍聲突然轉弱，變得纖細單薄。

眾人均覺壓力一減，不約而同鬆了口氣，音殺之術不分敵我，成縕袍易受影響，本已五內如焚，此時恰好暫得喘息。玉箜篌功力深湛，聽一陣退一步聽一陣退一步，他已退出了七八步之遠，此時吹劍聲轉弱，眾人精神一振，各按兵器準備動手，不料吹劍聲轉弱之後，柳眼低聲唱道：「欺騙……是一場碎心的盛宴，傷害，是一份麻痹的時間……」

陰鬱低柔的歌聲滲入單薄的吹劍聲，柳眼的聲音很有磁性，共鳴腔特別好，於是「嗡」

的一聲借著唐儷辭的真力，就這麼猛地撞入眾人心口。在場眾人無一人聽過這種歌聲，細語低喃，和樓頭歌女慣唱的腔調全然不同，不約而同心跳加速，既要抵禦樂聲之傷，又要防備自己真氣運行不被歌聲影響，頓時額頭出汗。

唐儷辭的吹劍聲由弱而緩，停了下來，柳眼在他停下的空隙緩緩地唱，「魔鬼……也需要想念，他走入人間遇見了情緣。上帝說人該博愛無間，人該住在伊甸，人該贖去天生的罪孽；魔鬼想變成神仙，想縱容一切，想滿足看見的一切欲念。」歌聲雖然不帶內力，卻吸引人屏息靜心去聽，分神的瞬間唐儷辭已拔出銅笛，棄去長劍，按笛而吹。

「魔鬼變成了神仙，披著潔白的月，踏著潔白的煙，化作世人最愛的容顏；他一手遮天，他魔力無邊，耗盡了魔鬼所有的能源。」柳眼的歌在唐儷辭笛聲襯托之下，越發顯得動人心魂，「他從來沒有見過人間，他想要被人所信、被人所愛、被人所奉獻；他想要超越伊甸，他超越了一個魔鬼的極限。但一夜之間，天變了天，上帝揭穿了魔鬼的假面……」柳眼低聲唱道：「欺騙……是一場碎心的盛宴，傷害，是一份麻痹的時間……」

他到底在唱什麼，其實包括玉箜篌在內，除唐儷辭之外並沒有人聽懂，但笛聲委婉，曲調又是如此容易入耳，但聽著那些「欺騙……一切……欲念……極限……」等等零零碎碎的詞語，各人心中不由自主的想像，真氣內息亦在不由自主之間，隨笛聲的節奏運行。

「心傷若死，堅貞也碎裂，夢經不起火焰，傷鬼哭在深夜——」柳眼的歌聲驟然拔高，眾人心頭一震，不約而同真氣沸騰，室悶欲死，只聽他繼續唱，「傷口塗滿砂鹽，誰也看不見，天使的箭將他釘死在黑、暗、之、間！那聖潔的火焰，那除魔的盛宴，那歡騰的人間，啊——不公的歡騰的人間，這是不公的人間，這不公不公不公平的人間啊——」

「哇！」鄭玥首先抵受不住，鮮血狂噴，踉蹌而倒，柳眼的聲音放開之後節節攀升，無拘束的爆發力將那句「這是不公的人間」唱得淒厲慘烈，震得他耳膜嗡嗡作響，真氣逆衝重傷。齊星連退七步，臉色慘白，至於溫白酋、許青卜、古溪潭等人也是臉色慘澹之極。就在眾人皆要受傷的瞬間，「啪」的一聲笛聲頓止，柳眼歌聲一頓，抬起頭來，只見唐儷辭手中銅笛一分為二，斷為兩截，呆了呆，過了好一會兒他才明白：阿儷方才也是心血沸騰，這支銅笛本來就已折斷，以真力吹奏本來就勉強，經不起他稍一激動，雙手一用力就再度從中折斷。

銅笛折斷，眾人死裡逃生，玉箜篌一笑，「唐公子，你和柳眼果然好交情，好一首高歌，差一點我等眾人就要敗亡在你音殺之下，可惜天不作美，你還是束手就擒吧。」

唐儷辭將那兩截銅笛擲在柳眼面前，身影驟然一晃，欺到余負人身前，眾人只聽「碰」的一聲，余負人驟然跌出三步之外，唐儷辭一晃而回，手持青珞，衣袖咯擺，依然站在原地。

他要從余負人手中奪劍竟然如此輕易！溫白酋、古溪潭等人都覺驚駭，成縕袍目光一掠，只見余負人穴道被封，並無驚怒之色，也知他半推半就，唐儷辭出手奪劍，他就任他奪去，否則以余負人的身手，要奪劍豈有如此容易？眼前形勢嚴峻，唐儷辭銅笛已斷，若要倚仗一劍之威拖延時間，打到紅姑娘回來之時，依然是癡人說夢。

自江湖有武功以來，只怕從未有人有過如此瘋狂的想法，以一人之力與十幾人混戰，而能打上數日，不眠不休不敗。成縕袍心下焦慮，玉箜篌在旁，自己不能手下留情，更不知能有什麼方法能幫他一把？

銅笛已斷，自己武功已毀，音殺之術無法再幫他禦敵。柳眼坐在地上，也是滿懷焦慮，他比成縕袍更為焦慮，成縕袍不過擔憂中原劍會圍剿風流店之局將會受挫失敗，而柳眼卻只關心唐儷辭身上的傷。

但在別人面前，只要他不到無法控制的地步，想要在唐儷辭身上看到痛苦或者憔悴的神色，或是失禮失宜的舉止，那都是不可能的。

「不要以為手持青珞，就會有所不同。」張禾墨等人已將文秀師太一干人等送回善鋒堂，回來之時看見唐儷辭手持青珞，他大喝一聲嵩山斷風拳，一拳向唐儷辭擊去。溫白酋、許青卜等人紛紛重拾刀劍，一起向唐儷辭攻去。

錚然劍鳴，唐儷辭劍光閃爍，一一阻攔眾人的招式，青珞掠起淡淡的青色劍芒，不溫不火，依然拖戰。玉箜篌心念一轉，拾起地上崩了一塊的清虛子佩劍，一劍往唐儷辭身上刺去，劍到中路，裝作嬌柔無力劍鋒一側，驀地刺向柳眼。

「噹」的一聲脆響，青鋼劍斷，玉箜篌飄然而退，唐儷辭回劍招架，青珞鋒芒遠勝凡鐵，一劍斬斷殘劍。但就在他揮劍斷刃的瞬間，霍春鋒一記破山刀突破攔截，在他背後劃出一道不深不淺的傷口。

張禾墨精神一振，許青卜劍鋒一轉，兩人有樣學樣，一起攻向柳眼。到了這種時候，早已忘了什麼江湖規矩武林道義，只要能對唐儷辭不利，任何方法都可不假思索的施展出來，從前練武，招式唯恐不夠大氣磅礴，現在只恨不夠威猛毒辣。

「噹」的一聲，青珞逼退霍春鋒一刀，唐儷辭揮袖反掌，震退張禾墨。但古溪潭與成縕袍雙劍齊出，師兄弟同氣連枝，並劍齊出之時劍氣激蕩，乍然劍光暴漲。唐儷辭招架不及，一把抓起柳眼往前疾撲，同時反手紅綾揚起，「呲」的一聲裂帛之聲，飄紅蟲綾再破，兩人劍鋒在唐儷辭身後再度劃開兩道血痕。

落地、放人、轉身，唐儷辭血浴半身，神色仍然自若，面對不可挽回的局面，他仍然沒有半分退走之心。

成縕袍一劍傷及唐儷辭，心下苦笑，這一劍非他所願，卻不得不為。古溪潭劍上染血，心頭卻很迷茫，他並不確定唐儷辭是否為該殺之輩，一劍傷人之後反而遞不出去。但許青卜、張禾墨等人心頭狂喜，出招越發剛猛，情勢驟然混亂，玉箜篌看準時機，一掌揮出，直拍柳眼頭頂天靈。

「碰」的一聲，唐儷辭果然回掌招架，玉箜篌露出微笑，掌上真力全力推出，兩人掌貼著掌，竟成內力相拼之勢。張禾墨等人大吃一驚，桃姑娘這等嬌怯之軀，怎能和唐儷辭比拼掌力？玉箜篌方才咬傷的舌頭仍在流血，此時故作臉色蒼白、唇角掛血之態，身軀搖搖欲墜，眾人紛紛大喝，刀劍齊出向唐儷辭身上砍去，柳眼的臉色乍然慘白，只聽幾聲悶響——

鮮血噴灑如霧。

沙石地上開了一地血花。

唐儷辭右手對掌，擲下青珞，左手抓住了溫白酉和許青卜兩人的劍刃，空手握劍，那扭曲的劍刃在他手掌割開深深的傷痕，鮮血順劍而下。霍春鋒的一刀砍在他與玉箜篌對掌的右臂上，血染白袍，成縕袍古溪潭雙劍在手，堪堪止於唐儷辭的衣袍，孟輕雷、董狐筆、齊星站在一旁，本已出手，卻都收了勢。

溫白酉與許青卜雙劍俱毀，奮力撤劍，唐儷辭鬆手讓他們退開。玉箜篌作勢搖搖欲墜，掌力卻是排山倒海，孟輕雷、成縕袍等人明知不對，卻無法出手相助，柳眼那張可怖的臉上全無血色，看來更是可怖，未過多時，玉箜篌嬌呼一聲，踉蹌倒退。唐儷辭唇角微現血跡，他渾身是傷，卻滿不在乎，方才因為比拼掌力，單手持劍無法招架近身之招，只能棄劍，現在青珞在地熠熠生輝，他棄了便棄了，也無意再撿起來。

看不出這等奸邪，竟然尚有傲骨。溫白酉心中一動，突然暗忖：此人從頭到尾未出殺招，如果他一早猛下殺招，己方恐怕早已死傷遍地。如果他其實並非普珠方丈所說的奸細，我等如此圍攻，豈非大錯特錯？而如果他不是奸細，為何要殺清虛子？又為何要承認呢？最重要的是他為何要救柳眼？

局面一時頓住，唐儷辭已遍體鱗傷，眾人自重身分，均不肯再度出手，只團團圍住，看著他不住流血，皆盼他就此認輸，束手就擒。

「阿儷……」柳眼沙啞地道：「放棄吧……」他明白唐儷辭不在乎身上的傷，因為他的傷能很快癒合，他總是相信自己絕不會敗，他甚至相信自己無論如何受傷也絕對不會死。

放棄吧……

何必做到這種地步？

你是在以誰為敵？以玉箜篌為敵？以整個江湖為敵？或只是以你自己為敵？

「束手就擒吧！」玉箜篌倚在一旁樹上，柔聲道：「你救不了誰的，救不了柳眼，也離不開此地，甚至連自己都救不了，放棄吧，束手就擒。在真相沒有完全查明之前，我相信普珠方丈和文秀師太是不會立刻殺了你的，你還有段時日可活。」

唐儷辭身上的傷口已漸漸不再流血，聞言淺淺一笑，尚未回答，只聽遙遙有人道：「不錯，束手就擒吧！」

說話的人吐字字正腔圓，只有書生意氣，並無江湖氣味。柳眼一震，唐儷辭抬起頭來，只見樹林中一群人策馬而來，當先一人黑衣儒衫，是焦士橋。

玉箜篌臉色一變，只見來者有百人之眾，將紅姑娘簇擁其中，紅姑娘錦衣華服，臉色甚是冷淡，一抬手，手指唐儷辭，「來人啊！將這惡賊擒下！」

「紅姑娘？」張禾墨等人失聲驚呼。

紅姑娘淡然一笑，焦士橋站在她馬前，「這位是當朝琅邪公主，奉皇上聖諭，率一百八十禁衛，專權追查九心丸之事。」他亮出權杖，「在下焦士橋，添為此行禁衛首領，擒拿唐儷辭之事就由我等接手，各位久戰辛苦，可以退下了。」

眾人面面相覷，成縕袍長長吁出一口氣，首先退下，各人跟著退開，看著禁衛將唐儷辭和柳眼團團圍住。

唐儷辭目不轉睛地看著局勢再度變化，突地對著玉箜篌微微一笑，一把抓起柳眼，白影一閃，只聽當前的兩名侍衛兩聲悶哼，跌倒於地，其他人尚未反應過來，他已破圍而去。紅姑娘喝道：「追！」

焦士橋和楊桂華雙雙策馬急追，紅姑娘回過身來，對眾人淡淡一笑，「唐儷辭陰謀暴露，已無容身之地，不成大害，我等還是先回善鋒堂討論風流店之事。」

成縕袍對她一拱手，當下紅姑娘的人馬和眾人一起，緩緩折返善鋒堂。

第五十三章　一去杳然

焦士橋和楊桂華策馬追出，往唐儷辭突圍的方向狂奔數里，越過兩座山丘，但其人如鴻雁杳然，竟是一去無蹤。兩人追到無法判別方向，只能放棄，相視一眼，楊桂華微微一嘆，「他竟能快過奔馬。」

焦士橋目視遠方，「連一談的可能也無麼？如果公主不能提前趕回，他豈不是要戰死好雲山？」

「也許，他自有拖延之法，不論如何，他畢竟是等到了。」楊桂華道：「也不枉我們路上日夜兼程。」

焦士橋沉吟片刻，「他既然去了，要再尋到他的蹤跡只怕很難，我們接手好雲山千人之眾，不宜另生枝節，何況玉箜篌如果真有公主所說那般了得，定要設法對公主不利，先行回去吧。」

楊桂華頷首，兩人一提韁繩，並騎而回。

好雲山上，玉箜篌桃衣如畫，盈盈站在眾人之前，面含微笑，看著受眾人簇擁而坐的紅姑娘。紅姑娘鳳釵華服，巍然而坐，衣袖微抬，請眾人一一就座，隨即站了起來，對著眾人拜了下去。

孟輕雷等人吃了一驚，紛紛避開，「紅姑娘這是……」

紅姑娘一禮拜畢，「小紅無知，曾歸風流店屬下，做出有害蒼生百姓之事，如今癡夢已醒，與風流店誓不兩立，還請眾位前輩諒解。」言下，眼淚奪眶而出，順腮而下，映著她如玉瑩潤的臉頰，煞是動人憐惜。一干江湖門派的掌門連忙規勸，峨眉弟子將她扶起，細聲安慰。

玉箜篌冷眼見她眼淚，女人便是善於作偽，縱然他千般變化，這等掉眼淚的本事他卻學不來。唐儷辭一味拖戰，果然是和小紅約好，要等她回來鎮住局面，如今這丫頭奉皇命入主中原劍會，難道自己辛苦造就的局面就此拱手讓人不成？而她讓唐儷辭脫身而去，說不定唐儷辭下一步的動作，就是針對普珠，若是普珠被他說動撕破臉面，局面說不定會翻盤。

中原劍會這千人之眾要出戰飄零眉苑，如果聽任小紅指揮，只怕——

只怕在這吃裡扒外的丫頭指揮之下，鬼牡丹會撐不住，風流店說不定真會全軍覆沒。

而唐儷辭一旦說動普珠，就連自己的立身之地也會動搖，千夫所指屆時不是指向唐儷辭，而是指向自己了。

唐儷辭果然布局深遠，只是——玉箜篌心中殺意勃然而生，你就不怕我現在翻臉，殺了小紅，放火燒了善鋒堂，到時候看這山頭千人之眾群龍無首，要如何死？哈哈！

他握緊拳頭，正在盤算殺人之機，突見紅姑娘身邊幾位碧落宮的門人紛紛站起，對著門口行禮。成縕袍轉過身來，孟輕雷臉現喜色，門外珠玉聲清脆，有幾人緩步而入，當先而行的一人一頭亂髮，一身白衣揉得微微有點皺，看起來就像睡覺前丟在床頭被肆意打滾了一番，全無倜儻的味兒。

這人當然就是傅主梅，他身後一人穿著淡藍衣裳，秀雅溫柔，看起來年歲甚幼，甚至比他實際的年齡更稚氣，正是宛郁月旦。

玉箜篌心中微微一震，前面的這個人！

這人就是距離數丈之遙馭刀一擊，而能讓他見血的蒙面白衣人。

刀出如月色，雪落驚鬼神。

其他人的目光卻都落在宛郁月旦身上，開門的這位年輕人面目陌生，眾人並不相識，只當是碧落宮的門人，孟輕雷和齊星齊聲叫道：「宛郁宮主！」

宛郁月旦微笑頷首，碧漣漪快步走上，站在他身後，鐵靜為他搬過一張椅子，他舒舒服服地坐下來，睜著雙黑白分明的眼眸，溫言道：「聽聞中原劍會集眾欲出兵風流店，碧落宮不才，將盡微薄之力。」

他此言一出，在場眾人無不振奮，人人滿臉喜色，有宛郁月旦一句話，實在比紅姑娘所帶的聖旨皇命更振奮人心，當下就有人呼喝明日出戰！剿滅風流店，火燒九心丸！

宛郁月旦並不反對，眼角微微斂起，雖然看不見，但眼神流轉，煞是好看。紅姑娘揮了揮手，楊桂華走過來請宛郁月旦到紅姑娘身邊坐，宛郁月旦站了起來，溫柔地道：「公主別來無恙。」

紅姑娘微微一笑，亦對他欠身行了一禮，「承蒙宛郁宮主照顧，不勝感激。」

楊桂華命手下侍衛將廳堂中最好的椅子搬來，親自鋪上一層柔軟華麗的椅墊，而後請宛郁月旦坐。宛郁月旦也不推辭，施施然坐了下去，兩人這麼一坐，眾人心頭大定，對明日之事驟然說不出的信心倍增。

嘿！玉箜篌緩緩後退，避於人群之後，宛郁月旦率眾而來，與小紅同氣連枝，此時動手已不占上風。他心頭狂怒，突然一笑，也是說不出的佩服唐儷辭，就在他眼皮底下，這人不動聲色竟能安排出如此局面，真讓他有些進退維谷了。

萬福客棧。

深夜之時，阿誰並沒有睡，胸口的傷已不那麼疼痛，她不知是因為萬竅齋的靈丹妙藥，或是因為她燒得神智昏沉，已不覺傷痛。鳳鳳在她身邊睡著，她嗅得到淡淡的嬰兒香味，聽得到淺淺的呼吸聲，那種稚嫩的味道和氣息讓她急促的心跳變得平緩，心裡仍然不平靜，但又像已經平靜了一些，可以釋然了。

「啪」的一聲微響，像有什麼東西落地的聲音，她睜開眼睛，房門在她睜眼的一瞬驟然打開，一陣沁涼的夜風撲面而來，一團碩大的黑影如鷹隼般帶著疾風掠入房裡，卻沒有發出絲毫聲響。她吃了一驚，房門又在瞬間關上了，她幾乎以為自己睜眼見到了鬼。

「咳……咳咳……」房裡響起一陣劇烈的咳嗽，「碰」的一聲，有人在地上跌了一跤，她吃了一驚，「誰？」

幾乎同時，摔在地上那人道：「先別坐下，妳覺得如何？」

阿誰掙扎著坐起身，點亮了油燈，只見燈光之下，扶桌劇烈咳嗽的人白衣灰髮，渾身浴血，竟是唐儷辭，而摔在地上那人一身黑衣，正是柳眼。她大吃一驚，「唐公子……」

唐儷辭咳了一陣，吐出一口血，臉色酡紅如醉，柳眼變色道：「玉箜篌那一掌竟有如此厲害，你若不帶著我奔行二十里，或許狀況不會如此嚴重。」

唐儷辭淺淺一笑，搖了搖頭，柔聲道：「我若不帶你回來，小丫頭要恨我入骨。」

阿誰怔怔地看著他，聽到這句話，心頭突然一熱，不知何故眼眶微微一紅。

「唐公子。」沈郎魂和玉團兒被聲響驚醒，推門而入的時候正巧聽見，玉團兒臉上一紅，低聲道：「我……我……我以前不知道你是這樣好的人。」

唐儷辭連咳幾聲，唇角微微染血，他看了沈郎魂一眼，「紅姑娘及時趕到，出征飄零眉苑之事應當無礙……一切盡如預料。」

沈郎魂苦笑，有何事不曾盡如他之預料？這位公子爺一句話就可殺人，何況是他費盡心血所布的局。聽唐儷辭喘了幾口氣，又道：「他……」

他所指的「他」是柳眼。沈郎魂盯著地上那殺妻仇人，盯著那張被他親手剝下臉皮而面目全非的臉，臉色微微一變，只聽唐儷辭一連換了好幾口氣，才勉強道：「他殺你妻子，是受了玉箜篌的挑撥，當年玉箜篌要他殺人以證明能勝任風流店之主的位子，他在道中撞見了你和你夫人，所以才……」他一口氣說不了這麼長，再度劇烈咳嗽起來，「才殺了她……」

「殺人就是殺人，恩就是恩，仇就是仇。」在唐儷辭說話的同時，沈郎魂的臉色變得很白，甚至連語氣都很淡，「他殺了荷娘，無論你說什麼，我絕對不會原諒他。」

一句話說出口，玉團兒立刻變了臉色，搶在柳眼身前，攔住沈郎魂，「你想幹什麼？」

沈郎魂抬起手掌，玉團兒昂首以對，沈郎魂目光聳動，剝下柳眼臉皮那日，他曾說：「若是你能遇上不嫌棄你醜陋容貌的多情女子，你遇上多少個、我便殺多少個。」

但事到臨頭，玉團兒怒目在前，他抬起手掌一時卻拍不下去。以他的武功，要殺多少個玉團兒都是舉手之勞，但他比誰都清楚，玉團兒是何其無辜，她愛柳眼之心出於赤誠，不摻半點雜念。

一隻染血的衣袖緩緩橫了過來，將玉團兒和柳眼擋在後邊，唐儷辭再咳了一聲，又吐出一口血。沈郎魂盯著柳眼，柳眼扶著桌椅搖搖晃晃的從地上站了起來，推開玉團兒，「阿儷，不要攔著我。」

唐儷辭右手扶桌，左手袖依然橫在柳眼面前。

「碰」的一聲，柳眼將唐儷辭猛地推到一邊，撞上一旁的衣櫃。玉團兒和沈郎魂一呆，只見柳眼大步走到沈郎魂面前，「我殺你妻子，你要殺便殺，不要牽連他人。」

他一瘸一拐的大步走來，竟然能挺得筆直，沈郎魂抬起的手掌微微一頓，當即落下。就在掌力將接柳眼的剎那，一團黑影驀地飛來，沈郎魂殺心已下，出手毫不容情，只聽轟然一聲，那黑影受掌倒飛而出，撞塌了半邊桌椅。

「阿誰姐姐！」玉團兒尖叫一聲，向那團黑影奔去，奔到半途，她突然轉向唐儷辭，揚起手掌，清脆響亮的給了他一記耳光！

「啪」的一聲，那一記耳光人人都聽見了，沈郎魂一掌殺人，柳眼絲毫無損，兩人都呆住了，一時間竟連什麼是驚駭都忘卻，一起呆呆地看著唐儷辭。

那橫空飛來的黑影是阿誰。

方才——唐儷辭重傷在身站不起來，一把提起身旁床上的阿誰向沈郎魂擲了過去，沈郎魂一掌將她劈落，她代柳眼受了這一掌，才保柳眼安然無恙。

「你——你這個——」玉團兒瞪著唐儷辭，心中的憤怒已不知用什麼語言來表達，「你這個妖怪！你這個妖怪妖怪妖怪！你去死吧！你去死吧你去死吧！你為什麼不把自己扔過去？你——你——」她突然放聲大哭，轉向阿誰跌落的地方，「阿誰姐姐……」

沈郎魂呆呆地看著臥倒在地，站不起來的唐儷辭，他竟然把阿誰當作暗器凌空擲了過來……他簡直不敢相信，唐儷辭對阿誰一向與眾不同，阿誰待他更是關懷體貼小心翼翼，該做的能做的，只要想得到的一切都做了，事到臨頭他就把她當作一塊肉盾、一張桌子、一張椅子那樣擲了過來……

並且她重傷在身，尚未渡過危險，他就這樣把她擲了過來。

柳眼重重的搖晃了一下，他本想向唐儷辭那走一步，頓了頓，徑直走向阿誰的方向，玉團兒已將她抱了起來，哭道：「她要死了、她要死了……怎麼辦？怎麼辦？」

柳眼沙啞地道：「她不會死的，她是好人，蒼天不會辜負好人。」

玉團兒大哭，「你騙我——你騙我——他為什麼要把阿誰姐姐扔過來？他為什麼不把他自己扔過來？蒼天會這樣害人嗎？蒼天為什麼不現在下冰雹把他砸死？啊啊啊啊……」

她抱著阿誰哭得全身顫抖，柳眼一伸手緊緊抱住她，「別哭，別哭……」

他叫人別哭，看著玉團兒懷裡容顏慘澹奄奄一息的阿誰，他卻紅了眼眶。

阿誰胸前刀傷，腹部再中沈郎魂一掌，傷勢之重難以想像，她睜著眼睛，並未昏厥，見玉團兒傷心欲絕，她微微動了動嘴角，淺淺一笑，「妹……子……」

「阿誰姐姐……」

「我……心甘……」阿誰低聲道：「情……願……」

玉團兒尚未聽懂，柳眼已變了顏色，「妳——」

「咳咳……」阿誰驀地噴出一口鮮血來，那刀傷受掌力牽連，已傷及肺臟，「咳咳咳……」

柳眼的眼睛變得很紅，「妳說妳心甘情願？妳說妳心甘情願讓他這樣扔過來？妳不恨他不怪他不傷心？妳瘋了嗎？」

「我……不知道……」阿誰唇邊的鮮血淹沒了唇的顏色，看起來豔生生的很是好看，「我放心……我不是……沒有用的……」

她的語聲低弱如絲，但屋裡人人都聽見了，柳眼向唐儷辭看去，驀地大吼，「你聽見了？你聽見了？你要她心甘情願為你而死，她最終還是心甘情願為你去死——不管她曾有多不情願多不甘心，你還是能讓她死心塌地愛你然後為你死為你犧牲，甚至完全不會恨你！你高興了？你得到了？你得到你想要的了？你滿意了嗎？」

唐儷辭緩緩將身子撐了起來，滿頭灰髮披散，長長的垂在地上，與塵埃糾纏在一起。他遙遙看著阿誰，在他的位置看不到阿誰的狀況，中間隔著倒塌的桌椅，也沒有人走到他那邊去，他低低咳嗽了一聲，探手入懷，緩緩取出了一團柔黃色的錦緞。

沈郎魂本已呆了，眼見他取出錦緞，腦中乍然電光火石般一亮，奔過去接過那錦緞，「這是？」

「大還丹。」唐儷辭手指阿誰的方向，「溫水……」

沈郎魂輕捷的從茶壺裡倒出溫水，僥倖阿誰入睡之前玉團兒為她留了一壺熱水，此時正好微溫。打開錦緞，錦緞之中是三顆色澤淡黃的藥丸，沈郎魂將三顆藥丸化入溫水之中，不管三七二十一，對著阿誰的嘴統統灌了下去。

柳眼解開阿誰胸口的紗布，她的傷口原本塗有上好傷藥，只是受掌力所震再度撕裂，他從自己懷裡取出一瓶褐色藥水，輕輕塗在她傷口上，那是他研製解藥的時候練出的消毒水。塗上消毒藥水，他並未將傷口重新綁上紗布，只以一塊白布輕輕按住傷口。玉團兒小心翼翼地扶著阿誰，沈郎魂運指如飛，連點阿誰身上數處大穴。

三個人拼命合力救治阿誰，阿誰昏昏沉沉的躺在玉團兒懷中，似乎隨時隨地都會散作一縷幽魂。屋裡一番大亂之後，變得分外安靜，鳳鳳坐在床上，剛才他大哭的時候沒有人在聽，現在他緊緊攥著拳頭，全神貫注地看著阿誰，一動不動。

等沈郎魂為阿誰運功完畢，逼出胸內鬱積的血水之後，三人才抬目去看唐儷辭。

唐儷辭仍然坐在那角落，只是換了個姿勢，抱膝而坐，一頭灰髮及地，仍舊與灰塵和桌椅的碎屑糾纏在一處，風中微微顫動。

柳眼對著他踉蹌走了過去，在他面前跪了下來，「阿儷……」

唐儷辭一動不動，甚至連眼神都沒有變幻一下。

「讓我死吧。」柳眼低聲道：「我求你。」

他仍舊沒有回答，定定地看著面前燈光裡飛舞的塵土。

「在好雲山你不肯殺我，為了救我你寧願和整個江湖為敵，為了救我，你把阿誰當作什麼一樣，就這樣擲過來……」柳眼抓住他的肩頭用力搖晃，「我有什麼值得你這樣？我害死了不知道多少人，我指揮那些什麼都不懂的小姑娘殺人放火，我把沈郎魂的老婆丟進黃河，我死十次都不夠。現在九心丸已不是不治之毒，我已經可以死了，你讓我死吧，我求你，你逼著我不讓我死，是想讓我生不如死嗎？」

唐儷辭失了血色的唇微微有些開裂，他動了一下唇齒，卻誰也聽不清楚他在說什麼。

柳眼猛力搖晃著他，「放棄吧，讓我死吧！你逼著我不讓我死，你越是救我，我就越痛苦，我日子過得越難受，你何必呢？何必呢？何必呢？」

「……欠你的。」

唐儷辭的唇微微動了一下，這一次大家都聽見了，柳眼愕然看著他，「你欠我的？你欠我什麼？你什麼時候欠我了？」

「我欠你們的。」他抱膝看著地上桌椅的碎屑，幽幽地道。

我欠你們的？

柳眼一瞬間只覺天旋地轉，「你是因為銀館那天晚上的事……所以才……」

唐儷辭白玉般的手指放開了膝，抱住了頭，「我錯了。」他輕輕地道：「我要改……我一定要改，你不能死、方周不能死，就連傅主梅也不能死……你們不讓我救，我會發瘋……」

他的手指插入灰髮之中，突地微微一笑，那笑顏很蒼白，「我又錯了，是不是？」

你……

柳眼緊緊抓住他的肩，原來他至今深深後悔著在銀館設下毒局，要害死方周、自己和傅主梅的那一晚，也就是那一晚發生了意外導致他們越界到達了千年之前的另界。難道在唐儷辭心裡，頑固的相信方周之所以會死、自己之所以會走到這一步，全都是因為他，全都是他的錯——所以他不惜一切，用盡所有的手段想要挽回——

連死人他都想救，何況是自己這樣的活人？

阿儷贖罪的方法、他對人好的方式一直都是如此極端，如此夾帶強烈的控制欲和保護欲，不由分說只做他自己認為對的和好的。他從來不向人解釋自己的所作所為，誰也無法理解他，在贖罪的道路上、在證明他自己的道路上，他越走越偏越走越遠，一直到形單影隻，孤立無援而不得不趨近於妖物。

「有很多很多事，不是你的錯。」柳眼沙啞地道：「你不要把別人的選擇都攬在你自己身上，你沒那麼偉大，你只是做錯了一件事，方周會死是因為他有傷，我會變成今天這樣，是因為我蠢！和你有什麼關係？我不要你救！我不需要你贖罪，我也不稀罕！」

唐儷辭抱住頭，他根本沒有在聽，他一直在他自己的世界裡，從來沒有走出來過，也從不讓任何人進入。

「你為什麼要把阿誰丟過來？她會死的——你知道——難道對你來說，她真的只是一張桌子一張椅子那種價值，是你隨隨便便就可以摔碎的嗎？」柳眼的眼睛很紅，「你為什麼要做這種事？你害了她救了我，難道我就會高興？你就會高興？就會誰都自得其所，沒有絲毫損失？難道你真的不會受到傷害？難道你就不會心痛？難道你就不會想到她無辜、不會想到她會有多傷心嗎？」

「咳……咳咳……」唐儷辭輕輕的咳嗽兩聲，什麼也沒說。

「你真的忍心讓她死？真的相信用她的命換我的命是值得的？」柳眼啞聲道：「我求你，讓我死！讓我死吧！我再被你救下去，你還沒有瘋，我就先瘋了！」

沈郎魂站在一旁，在這種時刻，他可以殺死柳眼千次萬次，卻站在一旁，默然看著柳眼咆哮。玉團兒抱著阿誰，她本來滿臉是淚，如今眼淚便如斷了線的珠子，一滴一滴跌落在衣襟上，她先是為了阿誰哭，而後為了自己哭，柳眼為阿誰義憤的態度和語氣，那種瘋狂的神態，她都是第一次看見。

無論她怎樣歡喜和悲傷，柳眼都不可能為了她而爆發出這樣的感情，因為她永遠只是個孩子，永遠是個孩子。

「噓……」唐儷辭輕聲道：「你能不能……讓我安靜一會？」

柳眼一根一根鬆開手指，唐儷辭坐著，一動不動地看燈光裡飛舞的塵土，和那些桌椅被砸爛後的碎屑。

他就像一尊安靜的雕像，不要思想、也不要靈魂。

柳眼回過頭來，沈郎魂就站在他身後。

「殺了我吧。」他頸項一昂，「死在你掌下，柳某罪有應得，絕無怨言。」

沈郎魂冷冷地看著他，過了好一會兒，他道：「你已生不如死，我殺了你，那就是便宜了你。」長長吐出一口氣，他淡淡地道：「我不殺你了。」

柳眼的眼中流露出極度的絕望，那種濃烈至極的哀傷彷若有形，竟能讓人刺膚生痛。玉團兒悚然一驚，「你不要自殺！」她放下阿誰，著地爬過去拉住柳眼的衣角，「你不要自殺，別人不要你我要你，你很好很好，你別……你別不要我。」

柳眼任她扯住，臉上陡然流露出痛苦至極的神色，「我……我不是妳想像的那種人。」他搖了搖頭，「妳什麼都不懂，妳只是沒有遇到其他男人，這世上比我好的人很多。」

玉團兒緊緊地拽著他的衣袖，「你別死，你什麼都不和我說，我怎麼會明白？我不要明白，你別覺得自己很壞很壞所以就要去死啊！你沒很壞很壞，真的沒有！真的沒有……」

「哇——」的一聲，鳳鳳突然放聲大哭，哭得全身顫抖，玉團兒跟著他大哭起來，沈郎魂站住不動，柳眼拖著玉團兒，轉身從床上抱起鳳鳳，女人和孩子的哭聲令人心煩意亂，他站在床邊，一時之間，竟然不知如何是好。

「嘿……」沈郎魂一聲低笑，退開了兩步，笑聲很淒涼。這個人沒有什麼太大的好處，也沒有什麼太大的壞處，他有能為他拼命的摯友，有會為他哭泣的女人，這兩樣東西值多少江湖漂泊的男人羡慕嫉妒？但他卻要不起。

他要不起這位摯友，也要不起這個女人，看他那張猙獰的臉露出痛苦至極的神色，沈郎魂突然放聲大笑，轉身揚長而去。

他的仇已經報了，至於其他，他已不放在心上。懷裡揣著唐儷辭給他的春山美人簪，這東西是那日唐儷辭夜襲玉笠筷，從他髮上拔下來的，又在望亭山莊送給了沈郎魂，此時此刻，沈郎魂只想到一件事——回落魄樓，向樓主換回荷娘的屍身，然後好好安葬。這個江湖、這些情仇恩怨、這許多公理正義，要負擔太重、要超脫太難，看到柳眼生不如死，看到阿誰奄奄一息，看到玉團兒傷心欲絕，他只想好好安葬荷娘，今生往後陪伴一座親人的墓碑，遠勝過江湖漂泊。

他還欠唐儷辭一刀，以及五萬兩黃金。

但心累了，恩怨淡了，有些東西烙成了形，那就永遠還不了。

沈郎魂越窗而去，他不殺柳眼，但也不可能和柳眼共處同一屋簷之下，所以他選擇離開。

「沈大哥……」玉團兒嗚咽的哭聲在夜風裡飄蕩，阿誰靜靜地躺在地上，唐儷辭緩緩抬起頭來，輕輕咳了一聲，看著空空蕩蕩的窗口，誰也不知此時此刻，他的心中究竟在想什麼。

這是個心魔亂舞的夜。

人人都在發瘋。

她彷彿在雲霧裡漂浮了很久，久得她以為自己又渡過了幾個輪迴，緩緩睜開眼睛的時候，阿誰幾乎錯覺她作為嬰孩重生了。

但睜開眼睛，眼前所見的是玉團兒的臉，一瞬間解脫的輕鬆離體而去，渾身上下很沉重，甚至連眨動眼睫都令人如此疲憊不堪，怔怔地看著玉團兒欣喜若狂的表情，她只想到原來往後的日子還在繼續、還有很長……

「阿誰姐姐，還有哪裡難受？阿彌陀佛，總算是救過來了！喂！喂！」玉團兒跳了起來，「你別走啊！阿誰姐姐醒了，你不和她說說話嗎？」

能讓玉團兒叫「喂」的人不多，阿誰對著尷尬站在床邊的人微笑，柳眼沒死，那就是說沈郎魂最終還是沒有殺他，真好。

柳眼拄著拐杖站在床邊，沉默了好一會兒，「我……」

阿誰看著他，眼神真誠柔和，沒有絲毫怨恨。

「我總是……害妳受傷……」柳眼低聲道：「總是對不起妳。」

她緩緩搖了搖頭。

「如果我沒有把妳從郝文侯那裡擄來，也許……」他輕輕地道：「妳會過得比現在好。」

她仍是搖了搖頭，眼神仍很平靜，過了一會兒，她問：「唐公子呢？」

柳眼呆了呆，她既沒有怨恨他，也沒有怨恨阿儷，彷彿阿儷將她當作肉盾擲過來換他一命這件事在她心中淡若無痕，「他……」

阿誰的眼神微微一動，那種變化很細微，但是那一種趨向於關切的神態，他本不想說，卻不得不說，「他另有要事，已不在這裡。」

阿誰一顫，「我睡了幾日？」

「兩日兩夜。」

「他走了？」她靜了一會兒，低聲問，「他的傷如何了？」

「他……」

說一句「他的傷不礙事」很容易，但在阿誰的目光之下，他竟然滯住了——一旦滯住，謊言就很難說出口。僵硬了很長一段時間，柳眼仍然沒有回答，玉團兒忍不住道：「他傷得很重，但說走就走了，問他要去哪裡也不說……」

「閉嘴！」柳眼低喝了一聲，玉團兒才不理他，仍然說下去，「天底下再沒有比他更沒有良心的啦！把妳害成這樣，他連一晚都沒有陪妳，差不多馬上就走了，甚至連一句話都沒有問！妳知道嗎？妳對他那麼好，那麼記掛他，他把妳害成這樣以後，連一句『她怎麼樣了』都沒有問，連一眼都沒有看妳！然後就走了！我……我……」她滿臉漲得通紅，「我真是恨不能把他掐死、把他捆起來綁在妳面前用鞭子抽他！世上怎麼會有這樣的人啊！」

柳眼皺起眉頭，緩緩吐出悶在胸口的一口氣，轉過頭去，他不敢看阿誰。他一直認為唐儷辭是需要阿誰的，所以他勸她放下一切去愛他，結果是唐儷辭將她棄之如遺，既不在乎她的命、也不在乎她的情。

「他很忙。」阿誰的眼神仍很柔和，依然平淡，「沈大哥呢？」

玉團兒又呆了呆，唐儷辭把她丟下自己走了，她就只說了一句「他很忙」，隨後又淡然了？

「沈大哥也走了。」她眼眶一紅，心裡很是捨不得，「我很感激沈大哥。」

阿誰微微一笑，「是啊，沈大哥真不容易……」她微微垂下眼睫，重傷之後，聲音乏了中氣，顯得分外溫柔，「妹子。」

「嗯？」玉團兒走過來握住她的手，「怎麼了？」

阿誰五指反握住她的手，閉上了眼睛，「被唐公子擲出去的時候，我明白了一件事。」

「什麼？」玉團兒是愕然的，那電光火石的一瞬，還有時間讓她去想什麼事麼？

「我……心裡……」阿誰輕輕地道，聲音很平靜，「真的很在乎、很喜歡唐公子。」

玉團兒緊緊抓住她的手，柳眼眼神慘然，兩人一起聽著她往下說，只聽她繼續道：「我真的不怪他，所以妹子別說他絕情寡意，我聽著很難過。」她又緩緩睜開眼睛，一雙眼眸清澈烏亮，「唐公子從未許我任何事，這世上對他有意的女子何其多，他哪有必要非要對我好？是我不好，雖然你們人人都早已看出我對唐公子之心，我自己卻始終不肯承認。」她輕輕嘆了口氣，「如果我早些明白、早些承認，唐公子便不會覺得阿誰與眾不同，或許彼此早已相忘江湖，就不會走到今天這一步。」

「妳……妳怎麼能這麼說？」玉團兒睜大眼睛，有一半沒有聽懂，「就算他不喜歡妳，他也不能把妳丟過來……」

「傻丫頭，」阿誰微笑了，「他把我丟過來，柳眼因此得救，但你們卻恨他怪他，難道他就不會受傷害麼？」

玉團兒迷茫極了，「他不是不顧妳的安危嗎？他心裡又沒有妳，妳幹嘛替他說話？」

阿誰看了她好一會兒，蒼白的臉頰微微泛起一層紅暈，「我不怪他，即使我因此死了，我也能縱容他。」

玉團兒不可思議地看著阿誰，呆了半天，「這是妳自己想的，還是唐公子希望妳會這麼想？」

阿誰同樣看著玉團兒，「我不知道，」她輕聲道：「但我真的不怪他。」

玉團兒咬住嘴唇，「他難道真的不愛妳嗎？」

「應該是……」阿誰道：「不愛吧。」

「那他會受什麼傷害？阿誰姐姐妳根本是在替他說話，還在胡說！」玉團兒蹙眉，「他不愛妳的話，妳死了他也不會難過啦！」

阿誰緩緩搖頭，「高高在上的唐公子，出手救人尚要以命換命這種事……他不會接受得了的。」她輕咳了一聲，「就算是明知我不會怪他，這件事他一樣會記在心裡，日日夜夜刺傷他自己。」

玉團兒搖了搖頭，「我聽不懂啦！」頓了頓，她又道：「我只知道妳對他很好很好，他對妳很壞很壞。」

「他沒有對我壞，唐公子一直對我很好。」阿誰笑了笑，「只是妳不明白。」

「我是不明白，我為什麼要明白？」玉團兒瞪眼，隨即笑了起來，跳到柳眼身後，「只要妳想得通妳明白就好了，妳餓不餓？想吃什麼？」

他對阿誰一直很好。

雖然他對別人的「好」，只是想博取別人的愛，既非出於善良，也非基於溫柔，更像是一種陷阱。

她本來很恐懼這種「好」，嘗試用盡她所有的方式去抵抗，只盼能獨善其身，安然離去。

柳眼默然，但也許在阿儷將她擲出來的那一瞬間，她想到的不只是逃開，而更想要安撫那個遺棄了她的男人。

或者說……她是急於安撫那個遺棄了她的男人。

他一直知道阿誰逃不開唐儷辭，但從不知道她陷得如此深，深得早已沒了頂，噬魂附骨、裡裡外外都是唐儷辭的烙。

第五十四章　孑然一身

春過夏至，江南蓮荷盛放，而由南往北，前往嵩山少林寺的路途卻是越走越冷，越行越是淒寒。

奎鎮，距離嵩山尚有數百里之遙，奎鎮是個熱鬧的地方，方圓五十里地趕集的賣唱的耍把式的偷雞摸狗的統統都在這地方聚集，地雖不大，卻是個龍蛇混雜的所在。

鎮上有處客棧賣白酒和陽春麵，本說應賣些肉食，但燒肉的廚子和黑虎寨起了衝突，稍沒聲息的就被人做了，至今下落不明，所以客棧裡有名的醬牛肉自此絕了種。

但客棧的生意依然興旺，每日來這裡喝酒吃陽春麵的人很多，大門對面就是個耍把式的戲臺，奎鎮的人都習慣了坐在這裡看不花錢的把式。

不過今日，坐在客棧裡看把式的人恐怕有一大半心不在焉，目光不住的往客棧的角落瞟去。

「咳……咳咳……」

角落裡的客人不住的咳嗽，聲音雖然不大，卻聽得人心驚肉跳，每一聲都有點帶血的味道。他穿著一身白衣，但衣袖和背後都微微滲出血跡，身上顯然帶著傷，臉色白皙，雙頰染有醉酒一般的酡紅，看起來更似病態，一個人坐在客棧角落最裡頭的位子，斯斯文文地吃一碗陽春麵，只是吃一口咳幾聲，彷彿那碗熱湯總是能嗆著他。

客棧裡很安靜，只有他低咳的聲音，過了一會兒，鄰桌的老丈終於忍不住轉頭道：「年輕人，莫不是路上遇了歹徒？看你這一身的傷，要不要看看大夫？」

白衣人微微一笑，「承蒙關懷，不礙事的。」看外表他是有些狼狽，但神態溫雅從容，倒也沉得住氣。他將那碗麵吃了大半，放下筷子，付了麵錢，便要起身離開。

「年輕人，過了奎鎮可就是百來里的山路，你身上有傷，不等傷都好了再上路嗎？我家裡尚有空屋兩間，如果不嫌棄，可以在我家裡住。」那老丈見了白衣人斯文的樣子，心裡歡喜，突然便熱心起來。

「我另有急事，對不住老丈了。」白衣人淡淡地笑，那淺笑的樣子有點幻，看在人眼裡都覺不太真實，眼前活生生站著一人，卻似見的是狐妖精怪一般。

「唉！」那老丈坐回位子，身旁的人好笑，「老覃醫術不凡，難得熱心，這讀書人卻是有眼不識泰山。」

覃老丈喝了口麵湯，「我是看這讀書人生得一團秀氣，帶著傷要過黑虎山，只怕是有去無回，唉，年輕人不懂事，不聽勸。」

「黑虎山上那些煞星，誰也惹不了，我看這讀書人也未必什麼好來頭，看這一身的傷就像是給人砍的，你還是少多事，多喝酒。」

「哦？黑虎山上的都是煞星，去了有去無回？你可不要忘了你那回春堂生意興隆，是托了誰的福？沒有我黑虎寨替你招攬生意，你能開得起醫館、買得起那間破瓦房？覃老丈啊覃老丈，聽說你年輕時是讀書人，怎麼對恩人沒有半點感激之情？」門外人影一閃，一人擋在門口，手持長柄關刀，「碰」的一聲關刀駐地，冷笑著看著覃老丈。

這人攔在門口，就擋住了白衣人的去路。客棧裡的眾人眼見此人來到，譁然一聲望風而逃，翻窗的翻窗，闖後門的闖後門，頃刻間逃得乾乾淨淨，只剩下覃老丈一桌兩人，還有被堵在門口的白衣人。

「覃老丈，把洛玟那個死丫頭交出來，人交出來，我饒你一條老命，不和你計較你從我手上救走的那些人命，這筆生意你可賺大了。」擋在門口的人身穿豹皮長衣，天氣轉熱，他便把兩截衣袖撕去，赤裸手臂，看起來宛如野人一般，但頭髮雖亂，看得出年紀不大，不過三十左右。

「洛玟早已走了，你就算把我逼死，我也交不出洛玟。」覃老丈變了臉色，與他同桌的鄰居吳貴更是早已瑟瑟發抖，卻仍然陪著覃老丈坐著，驚恐地看著那豹衣人。

「我在奎鎮方圓十八條道路布下黑虎寨三百多人手，你說當真會看不住那樣一個嬌滴滴的尤物？哈哈哈——把人給我交出來，否則——」

豹衣人獰笑未畢，突然眼前有人道：「讓開。」

覃老丈駭然看著那白衣人對豹衣人語氣溫和的說出那句「讓開」，這年輕人一定不知道眼前這位「黑山九頭豹」鮑豹的厲害。這個人一手創立黑虎寨，網羅了方圓百里之內專擅打架鬥毆的流氓混混，集結在山頭，看準了來往奎鎮的富商，一旦有合適目標就下山殺人劫貨。

這是個殺人如麻的凶神惡煞，不是對他客氣，他就會讓步的善人，看來這位相貌秀雅的白衣書生也將遭難了。

鮑豹入耳那句「讓開」，也是一怔，幾乎不敢相信自己的耳朵，上上下下看了這位白衣人幾眼，「你說什麼?再說一遍讓我聽清楚。」

「讓開。」白衣人語氣平和，當真說得和方才一模一樣，甚至比剛才更平淡。

「你是新來的外地人吧？」鮑豹關刀一揮，「真是不知死活！」

「年輕人快走！」覃老丈見鮑豹就要出手殺人，突地撲上抱住他手中長長的關刀，「快逃命去吧！這不是你能惹得起的煞星……」

他身邊的吳貴大吃一驚，「老覃，你瘋了麼？」

鮑豹見覃老丈竟然捨身要救人，也是頗為意外，飛起一腳將他踢落，「想死？偏偏不讓你死！」揮起關刀就往他雙腿斬落，吳貴閉上眼睛大叫一聲，不敢再看，卻聽一聲喝落之後，既無兵刃砍腿之聲、也無覃老丈慘叫之聲，甚至連代表鮑豹突然改變主意的言語都沒有，一切就突然靜了。

過了片刻，吳貴悄悄睜開眼睛，只見鮑豹那柄關刀就懸在覃老丈雙腿上，僅差一線，覃老丈臉色慘白，僵在地上，鮑豹臉上一片青紫，用盡氣力往下砍落，偏偏那柄刀就是紋絲不動。

有人一伸手抓住了那柄刀，隨著那人手腕一翻，青鋼關刀竟而從他手握之處開始彎起，隨即被他隨手一扭，折成了兩段。

鮑豹臉上的青紫瞬間變成了慘白，覃老丈臉上的慘白一瞬間漲得通紅，吳貴吃吃的一句話都說不出來。

這一手把一柄刀扭成了兩段的人咳嗽了兩聲，心平氣和地道：「我還有事，不要擋著我的路。」

他的聲音不大，語氣很柔和，很動聽。

鮑豹握著半截斷刀，連退兩步，一下子退到了客棧門外去。

那白衣人順手將扭斷的半截斷刀還他，就這麼走了出去。

他並不看地上的覃老丈，覃老丈卻一下爬了起來，失聲道：「這位……英雄請留步！這位英雄請留步！」

白衣人足下微微一頓，突然間門裡門外奔出了不少人，也不知誰帶的頭，一下對他全跪了下去，「英雄！救命啊！鮑豹作惡多端，我們深受其害，他殺害了不知多少來往的客商，誰家有漂亮的姑娘他就下手擄走，我們等了這麼多年，才見到你這樣一個能治他的英雄少年！請你為奎鎮上千百姓出頭，殺了鮑豹，趕走黑虎寨吧！」

「救命啊！」

「殺了鮑豹！」

「為我女兒報仇！」

「求求你！求你了！」

「大恩大德，奎鎮上下做牛做馬也當回報……」

鮑豹的臉色很僵硬，撩起豹皮衣，從衣內摸出了一支五爪鋼勾，陰森森地看著那白衣人。

「咳……咳咳……」白衣人舉袖掩口，咳過之後，衣袖上染有血跡。眾人心頭一陣緊張，這位英雄看來搖搖欲墜，不知能否敵得過眼前這名凶徒？但見鮑豹一聲大喝，揮舞鋼勾迎面衝上，只聽「碰」的一聲悶響，眾人眼前一花，鮑豹仰天飛出，一頭撞在對面戲臺的磚牆上，頭破血流，頓時不動了。

卻是誰也沒看清他究竟是如何被擊敗的。

白衣人轉過了身，已拂袖走出去三兩步，鮑豹那一撲全然沒有阻住他的腳步，滿地跪求的百姓仍在驚愕，只聽他道：「人還未死。」

聽到這句話，地上的百姓不約而同一擁而上，將昏死在地的鮑豹捆綁起來，等到將人五花大綁，抬起頭來，卻見那穿著白衣，看起來搖搖欲墜的恩人已經不見了。

就如雲霧一般，出現得迷蒙，離去得無蹤。

也像一場妖魅變幻的戲法，超脫了人所能想像的範圍。

這白衣人當然是唐儷辭，自他離開萬福客棧，前往少林寺，今日已是第六日了。好雲山一戰，他實在傷得不輕，傷後不曾好好調養，大還丹又全悉給了阿誰，這前往少林寺的路途真可說是他有生以來走過的最顛沛流離的一路。

孑然一身，身邊既沒有柳眼，也沒有池雲，沒有人供他差遣，也沒有人任他折磨。他殺了池雲，帶回柳眼逼走了沈郎魂，又擲出阿誰差點逼瘋了柳眼，一路上他也會想：究竟在做什麼呢？

挖方周的心、殺池雲、救柳眼……每一個決定都做得很艱辛，為這每一個決定，他都付出了代價，權衡過利弊，結果並沒有距離他的預期太遠，但……

但怎會如此痛苦？

怎會如此痛苦？

「咳……咳咳……」黑虎山並不高，翻過兩座山頭，距離嵩山就又近了百里，他走得有些搖晃，卻並不停步。

胸口劇烈疼痛，他分不清楚是因為傷勢或是單純的痛苦，過往所做的種種決定，殺過的人布過的局不停的在腦中盤旋，他清清楚楚的記得其中的每一個細節，甚至清清楚楚的記得自己當初是因為什麼而如此決斷……但在清楚記憶的同時，沈郎魂看著柳眼的那種眼神、阿誰滿身的鮮血、玉團兒的哭聲，還有柳眼口口聲聲的那句「讓我死吧！我再被你救下去，你還沒有瘋，我就先瘋了！」——那種眼神和鮮血歷歷在目，那種聲音聲聲在耳。

「啊……」他呵出了一口氣，胸口疼痛窒悶得無法解脫，那些淒厲的聲音不住的在耳邊迴響，他快要穩不住自己的靈魂……快要守不住自己的決斷……

如果救柳眼是錯的，如果彌補當年錯誤的方法只是聽任柳眼去死，如果希望柳眼變回從前那樣的想法是一種惡毒的妄想，那他為了什麼拋棄好雲山的大局？為了什麼要負擔全江湖的仇恨和怨毒？他為何不在青山崖上直接殺了他，或者只需聽任他從青山崖上跳下去……

還有……他就不需將阿誰擲出去……

「咳咳……」

在將阿誰擲出去的時候，他明白他已付出了一切，而換來的並不是他計畫中的救贖，只是眾叛親離。

「這位公子……」

唐儷辭停步，靜靜地抬起頭來，只見不遠處的山林裡有位女子站在影影綽綽的樹叢之後，一眼看去便可見衣衫襤褸，但她個子高挑，身材婀娜，全身皮膚是細膩的古銅色，與白皙清秀的江南女子不同，別有一種野性的味道。

「這位公子，可否……送我一件衣裳？」那女子的聲音也是略帶沙啞，富有磁性，像煞床底之前的低語夢囈。

唐儷辭抖起外衫，那一件白袍張得很開，輕輕飄落的時候正搭在女子肩頭，那女子一怔，穿好衣裳從樹叢後走了出來。

她果然很高挑，豐胸細腰，有一雙很長的腿，五官輪廓很深，略有些不似中原人的樣子，但長得很美，充滿了不同尋常的風情。這世上若有一百個男子見到她，只怕會有九十九個撲在她身上，而剩下的一個不是年老多病四肢殘疾，就是猶如唐儷辭這樣的怪人。

他看著這名來歷不明的女子，臉上並沒有什麼表情，若是平時，他或許會對她笑一笑，但此時此刻，他並沒有任何造作的心情。

他甚至不想多看她一眼，也不想和她多說一句話。

但他知道這女子是誰，她就是鮑豹欲得之而後快的那個尤物，那個叫做洛玟的女人。

她果然是個罕見的尤物。

但他平生見的尤物多了，洛玟雖然很美，也不過是眾多尤物之一。

「謝謝你這件衣服。」那長腿細腰的尤物臉上充滿了驚恐之色，和她姣好的身材和容貌全然不合，「我……我真不知道要如何感激……」

唐儷辭看了她一眼，便如沒有瞧見一樣，徑直走了過去。

「等……等一下，你是……你是……」那個女人追了過來，「Lazarus？Lazarus嗎？天啊！Lazarus？」

唐儷辭充耳不聞，就當Lazarus這個名字與他毫無瓜葛，根本不曾相識。

身後的女人一把拽住他的手，失聲道：「Lazarus，我是洛玟啊！你不記得了嗎？我是瑟琳的好朋友……」

「我有沒有說過——」唐儷辭任她拽著，突然柔聲道：「我很討厭外國名的女人？」瑟琳的好朋友？瑟琳的好朋友和她過往的情人一樣多，他從不管她的私事，怎會記得她有哪些朋友？

洛玟一呆，唐儷辭回過頭來冷冷地看著她，那目光陰冷得便如一條蛇，「不放手的話，我就撕了妳的衣服，把妳丟進比這裡偏僻十倍的荒山野嶺。」

洛玟情不自禁地放了手，退後一步，突然尖叫一聲，仍然拽住了他的衣袖，「Lazarus！不不，你不能丟下我不管！你不知道我出了什麼事！你不知道瑟琳出了什麼事！我和她調查你失蹤的前後，跑進你們消失的那個著火的現場，然後就從過火的地方摔下來了！兩年了！整整兩年了！你不知道我過的是什麼樣的日子！我被人賣給強盜，又被人搶到這裡，我……我實在活不下去了！Lazarus，Lazarus，救救我！救救我！我想回家！我要回家！你帶我走！你帶我走啊！」她整個人掛在唐儷辭身上，「上帝是看到我的，佛祖也是看到我的，我每天都在祈禱，終於讓我遇到了你，這是天意，你一定會救我！一定要救我！」

「咳……咳咳……」唐儷辭被她一陣搖晃，低咳了幾聲，「妳和瑟琳——到這裡兩年了？」聽到這句話，他的確有些意外，沒有想到那晚造成的後果，竟然連累到自己之外的其他人，難道那個界門一直都在？

「兩年了……這兩年我都以為自己在做噩夢，如果不是瑟琳太愛你——她太想你太不相信你會死，我們根本不會到這種地方來。」洛玟死死拽著唐儷辭，「她太愛你了！她太想找到你，你不能想像像她那樣的女人能找到那個著火的地方，她甚至能判斷你根本沒有死，她去對現場所有的遺留物做檢測，她發了瘋一樣到處懸賞找你……你不能這樣對待我們，她那樣愛你，我們為你付出這麼多，你怎麼能丟下我就走？你怎麼能裝作不認識我？天啊——上帝啊——」

他以為自己不會受到震動，卻是微微顫了一下，這種女人的哭叫，撕心裂肺的吶喊……無論這是個怎樣膚淺的女人，那聲音裡的痛苦是那麼真實。

那麼能令他深深記憶起自己初到這裡的那段日子，記憶起方周是怎樣死的，記憶起自己曾經是如何的渴望擁有金錢和力量，卻又是如此的無能為力……

他看了洛玟一眼，洛玟長長的指甲深深地掐入他的肌膚，「救救我，帶我走吧，我感激你——我會當你是我的神，我做你的女僕，我做你的貓你的狗……救救我……」

「洛玟……」他終於微微暗啞的開了聲，「站起來。」

洛玟立刻站了起來，比馴服的狗還聽話。

他輕輕摸了摸她那一頭亂髮，那曾是一頭令世界上絕大多數男人憐愛的蜜色捲髮，現在只是一把亂麻，「別哭了，我救妳，送妳回家。」

洛玟的眼淚瞬間奪眶而出，他看得很清楚，原來人能哭得這麼真實，這麼毫無目的，「瑟琳呢？」

「她還在寨裡……她被關在狗屋裡，因為她不肯和那頭野獸上床……」洛玟全身在發抖，「你會去救她的是吧？你會去救她的，她是那麼愛你，她愛你愛得都要瘋了……」

「會。」他再度揉了揉她的亂髮，「別哭，別怕。」

「Lazarus……」洛玟哭出聲來，「對不起，我以前以為你是很冷酷的人，我以為你從來不管別人死活，瑟琳死心塌地的愛你，我還勸她忘記你……我對她說你是個妖怪……」她揪著唐儷辭的衣袖，「我不知道你這麼溫柔……」

溫柔？

他笑了笑，溫柔……如此容易……撫摸一個女人的頭，說一些她想聽的話……就像他剛才做了一回救世主，舉手之勞就能讓一個鎮的百姓對他感恩戴德。

但為何這一次感激與感恩再不能給他滿足感……他已逐漸明白，自己渴望得最熱切的東西，能支持他不倒的東西，並不是作為一個垂手就能聽到讚美詩的神。

神……充滿爭議，全能而孤獨，無人理解。

即使擁有再多的膜拜又如何？他要一個女人真心實意的為他去死，當她當真為他去死的時候，他並沒有想像中的歡喜，只覺得……整個靈魂……恐懼得瑟瑟發抖。

「別哭。」他再次柔聲說，與他方才的冷漠判若兩人，「別哭。」

洛玟放聲大哭，匍匐在地上，他站在那裡，一下一下慢慢撫摸著她的頭，他現在是洛玟的神。

過了好一會兒，洛玟慢慢收起了眼淚，哽咽道：「瑟琳在後山的石窟裡，我們快去救她。」

他習慣的微微一笑，放開了撫摸她的頭的手，「不要叫我Lazarus，叫我唐儷辭。」

「儷辭？」洛玟愕然，「這是你的名字嗎？」

「是。」他柔聲道：「我討厭外國名。」

洛玟眨了眨眼睛，迷惑不解地看著他，他討厭外國名，但他一直和瑟琳在一起，難道他從來沒有對瑟琳說過不喜歡她的名字？如果他有說過，瑟琳一定會馬上改的。她眼珠子轉了轉，突然驚呼起來，「你受傷了！怎麼會這樣？痛不痛？」

唐儷辭解下外衣之後，透過那層中衣，看得出後肩和手臂都纏有紗布，紗布上血跡殷然。他又對她微微一笑，「不痛。」

怎麼會不痛呢？洛玟畏懼地看著他身上的紗布，「受了傷，你還能救瑟琳嗎？」

「能。」他柔聲道，習慣性的再度微笑。

洛玟看著他的目光越發敬畏和小心，他以前很喜歡這種目光，現在只覺得很索然。

黑虎山的後山有不少石窟，洛玟顯然已經有一段時間沒有來過，找錯了三四次才找到方向。所謂黑虎寨的「狗屋」是個碩大的洞穴，黑虎山盛產花崗，石頭堅硬異常，這個洞穴不滲水不透風，可謂堅固。鮑豹在洞口裝上一扇粗壯的鐵門，平時把他圈養的一群獒犬關在裡面。那些獒犬體型各異，有強壯如熊，有纖細如狐，有的長毛有的短毛，有高有矮，但牠們都是鮑豹精心調教的殺犬，用來追擊被黑虎寨伏擊，卻受傷逃脫的商人。

這些狗會把受傷的人從十幾里地、甚至幾十里地的人拖回來，不論死活。

而瑟琳正是被他關在這個石窟裡。

唐儷辭走到石窟前，並沒有嗅到一般狗屋裡那種古怪的臭味，氣味很清新，甚至有一股淡淡的花香。

他伸手抓住鐵門的銅鎖，用力一扭，這銅鎖粗壯，他傷後真力不調，一時竟然扭之不開，微微一頓，立掌如刀，一掌對著銅鎖劈了下去，只聽「咯」的一聲微響，銅鎖內的機簧碎裂，應手而開。洛玟敬畏地看著他，在她和瑟琳淪為禁臠的兩年裡，看來唐儷辭過得很好，甚至學會了武功。

銅鎖開了，門裡驟然爆發出一陣深沉的犬吠，那些犬吠聲低沉渾厚，與一般土狗完全不同，唐儷辭打開大門，石窟裡一片黑暗，只見數十雙熠熠生輝的眼睛在黑暗裡閃光，戾氣十足。隨著洞外的光線照進洞穴，數十條毛髮俊俏的獒犬映入目中，隨之而現的是一隻線條均勻、白皙纖秀的小腿。

這條絕美的腿就搭在最大的長毛獒犬背上，抬頭望去，同樣是線條勻稱無可挑剔的大腿，晶瑩的肌膚，毫無瑕疵……一個擁有如此肌膚的女人就倚坐在那條獒犬背上，身後有另一頭長毛獒犬為她做靠背，她一隻腳搭著犬背垂下，另一隻腳曲了起來，踩在犬背上，腳趾同樣絕美得猶如寶石。

「瑟琳……」洛玟踉蹌了一步，呆呆地看著洞裡猶如犬之女王的女人，她坐在犬背上，一雙水晶般的眼睛看著洞外，姣好的身材陷在柔軟的犬毛裡，身上穿的是虎皮，看起來豔光四射，猶勝當年。

「嗨！」唐儷辭打開大門，見到如此畫面，笑了笑，「每次見到妳，果然都會給我驚喜。」

那坐在犬背上的女人雙足落地，摟著她身後巨大的獒犬，「在見到你之前，我絕對不會認輸！」她如貓般無聲無息走了兩步，「我絕對不會讓自己狼狽，因為我還要活著見到你。無論在你眼前或背後，我永遠都是女王。」

唐儷辭一伸手，瑟琳撲入他懷裡，她的聲音柔軟而動聽，比起洛玟的性感，她更充滿了玫瑰般的柔軟和誘惑力，「我就知道你一定會來救我。」

「就算我沒有來，看來妳也過得很好。」唐儷辭將她橫抱起來，「妳馴服了這些狗？」

瑟琳的手從他懷抱裡垂了下來，一一撫摸過那些獒犬的頭，「馴服狗比馴服你容易多了。」她輕輕地笑，「我讓牠們出去採花給我、讓牠們幫我在這裡挖洞，讓牠們叼食物、水果和掃帚回來，牠們很聰明。」

「挖洞？」洛玟跟著唐儷辭走進來，在瑟琳身邊，她永遠黯然失色，就像個灰姑娘，「這裡是花崗岩，怎麼能挖洞？」

唐儷辭抱著瑟琳往石洞更深的地方走，一路都沒有撞到石壁，這石窟深處凡是有泥土的地方都被挖開了，形成一條長長的隧道，一直通到山底暗河，暗河河水清澈異常，水底有魚，河邊有一處柴火堆點著火，將水面和石壁照得光影閃爍，就是瑟琳平時進食的地方。

「兩年來，妳就在這裡生活？」他柔聲問。

瑟琳點了點頭，洛玟臉色慘白，她害怕被關入狗屋，屈從了鮑豹，結果被關入狗屋的瑟琳卻過得比她好得多。瑟琳摟住唐儷辭的脖子，「這裡好嗎？」

「很好。」唐儷辭將她放了下來，「妳也很好。」

瑟琳輕輕地笑，她笑起來真如玫瑰，彷彿能從笑顏裡嗅到花香，「我愛你。」

唐儷辭不答，瑟琳赤足站在地上，伸手環住他的腰，「為什麼不說你也愛我？」她的臉頰在他身上輕輕地蹭，「我們很久沒見了，不想我嗎？」

為什麼不說你也愛我？唐儷辭微微怔了一下，依稀從前的確是瑟琳說一句「我愛你」，他就會順理成章的說句「我也愛妳」，那能讓任何女人都愛他更深。

但……

但如果對摟著他吻著他不斷說愛他的女人說「愛妳」，那麼……那個從來沒有說過愛他、被他擲出去救人卻心甘情願的女人是不是……顯得更加卑微？

卑微得像一點碎沙，就算風不吹，它也像不存在。

他走神了。

瑟琳摟著唐儷辭的腰，「你在想什麼？」

「嗯……」唐儷辭的手指插入她的烏髮，她的頭髮和阿誰不同，阿誰的頭髮柔順而直，髮量不多，瑟琳的頭髮有點天然捲，越長的地方越捲，頭髮濃密。

「你是不是在這裡又有了其他女人？」瑟琳柔聲問，閉上了眼睛，「她……或者說她們有我好嗎？」

瑟琳對於他另有新歡這件事已經很習慣，她從不會為此與他大吵大鬧，她一向很自信，自信無論他到哪裡尋新鮮，都不可能找到比她更美的女人。所以她從不在乎唐儷辭另有新歡，因為新歡越多，最終只是越能證明她才是女人之中的女人，女人界中的帝王。唐儷辭永遠不會離開她，因為他永遠找不到更好的。

這句話已問得很習慣，但懷抱裡的人仍舊沒有回答，她驀地睜開了眼睛，「怎麼了？」

他顯然是想了一會兒，才柔聲道：「沒有……」

「為什麼要想？」瑟琳環住他的腰，一下一下輕輕吻著他的手背，就如一隻蹭人的小鳥，「真的遇到了其他女人，不是嗎？而且讓你有點牽腸掛肚。」

女人對於感情的事，總是敏感得猶如能夠未卜先知，他輕輕笑了笑，「不，愛我的女人很多，但我很忙。」他柔聲道：「忙得沒有心情比較誰比較好。」

瑟琳緩緩鬆開她的手，這一次，唐儷辭的每句回答都不在她的期待之中，「你在忙什麼？」

「忙男人的事。」唐儷辭摟住她的腰，攬住洛玟的肩，「別怕，我會先送妳們回家，回去之後，一切都會和原來一樣。」

瑟琳目不轉睛地看著他，她那雙水晶般的眼睛折射出一種深邃的光彩，「送洛玟回去，我要和你在一起。」

「瑟琳……」

「不要說服我。」她道：「也不要命令我。」她摟著身後巨大的獒犬，如玫瑰般的女人冷豔起來有種攝人心魂的殺氣，「我會很不高興。」

她感覺到了危機。

他明白為什麼瑟琳突然要堅持留在他身邊，他們在同居很多年，每一次瑟琳都願意在家裡等他，等到他玩夠了回家證實是她比較好。她不是甘於吃苦受累的女人，一生以絕美的容貌坐擁奢華享受，突然決定要留在他身邊，那是感覺到了前所未有的危機。

危機……

是他的心真的變了嗎？

他真的有愛上另一個女人，而把眼前的珍寶忽略了？

輕輕伸手，撫摩著瑟琳柔潤的面頰，他有愛上阿誰麼？總覺得並沒有，但要問他有愛上瑟琳麼？

那也……好像沒有吧……

與此同時，阿誰和玉團兒、柳眼也正在前往少林寺的路途中。

唐儷辭走了，誰也不知道他要去哪裡，但無論他如何對待阿誰，在一陣憤怒過後，柳眼和玉團兒一樣擔心他的傷勢。阿誰提議不如去少林寺，因為唐儷辭懷裡帶著大還丹，既然帶著這種藥物，想必這種藥物對他另有用途，他將大還丹盡數給了她救命，她便想上少林寺向普珠方丈求情，討取一瓶大還丹。

既然人無處尋找，討取大還丹也是一項可行的提議，幾人打點了包裹行李，便雇了一輛大車，一路向少林寺進發。

一路上聽聞傳言紛紛，盡在說唐儷辭與柳眼勾結，擁敵自重，意圖將中原劍會等一干眾人推進風流店設下的陷阱，唯一的目的是奪取江湖，更進一步就是要奪取天下，懷有謀反之心等等等等。

這等流言，一半是出於好雲山下那一戰，另一半是有心人故意造謠，導致越傳越惡，越聽越是駭人，不過數日，唐儷辭已從人人敬仰的貴公子，變為人人喊打的亂臣賊子，人人欲食之而後快。

聽著這些流言，馬車中幾人相顧無言，默默趕路。

阿誰的傷在大還丹藥力之下好得甚快，唐儷辭在萬福客棧留下不少銀錢，一路上柳眼揮金如土，為她購買最好最貴的傷藥，這六七日來阿誰大有起色，已經能起身坐上一會。

她很少說話，鳳鳳這幾日也乖巧得出奇，娘倆相擁而坐，一起默默望著窗外。看著她望著窗外的眼色，玉團兒會緊緊抓住柳眼的手臂，她有時候會想像她和鳳鳳都在回想與唐儷辭相處的時光，眼神很溫柔的時候就是在想他對她溫柔的那些時光，眼神哀傷的時候就是在想他對她不好的那些時候……

想到什麼時候，就會想到現在？

想到他棄她而去，讓她身受重傷，茫茫天涯不知何處去尋他？

想到她所愛的男人對她是如此薄情……

那會不會很傷心？

玉團兒緊緊抓住柳眼的手，她覺得自己很幸運，無論柳眼心裡最愛的人是誰，無論他有多麼不耐煩，至少他從來沒有扔下她不管，也從來沒有為了交換什麼對他來說更有價值的東西就遺棄她，更從來沒有傷害她。

他甚至捨不得讓她去試毒。

想著想著，眼眶就紅了，她不自覺的用臉頰蹭著柳眼的手臂，感受那手臂上傳來的溫暖，聽著那血脈中傳來的心跳，心裡就覺得平安。

「幹什麼？」柳眼微微皺眉。

她抬起頭笑，「覺得你很好很好哦。」

他的心情並不好，唐儷辭走了，從某種程度上來說，算是被他逼走了吧……他終於放手不再救他，他開始放任他想做什麼就做什麼，但——逼走了一個為自己身受重傷，並且很可能就此不治的人，他的心情很亂。他以為唐儷辭不能失去阿誰，不能得不到阿誰的愛，所以他忍痛割捨，勸阿誰去愛他……結果就是他將阿誰當作肉盾凌空擲了出去，這讓他要怎樣面對阿誰？阿誰越是淡然，他就越是悔恨，只是就算他現在死了，也無法彌補她任何東西。

心情是如此煩亂痛苦，觸目看到玉團兒燦爛的笑顏，他伸手揉了揉她的頭，突然覺得一陣輕鬆，無論他又做錯了什麼，至少這個小丫頭，他一直是護住的。

能看到她笑得如此開心，他就覺得很安心，彷彿馬車外的陽光也溫暖了幾分。

馬車轆轆，沿著官道往嵩山行去，路上行至一處城鎮，名喚奎鎮。

這日到達奎鎮的時候，已經是黃昏時分，玉團兒從馬車內跳出來，牽馬入街道。一路上只見奎鎮張燈結綵，人人笑容滿面，就像正在過節一般，她好奇的四處打聽，才知前日有位英雄打敗了附近黑虎山上的山賊，今日正逢山賊被衙門押走，送去大牢候審的日子，於是鎮上人人歡天喜地。

柳眼戴著面紗，索然無味地聽著這老套的江湖遊俠故事，「丫頭，問他哪裡有客棧？」

玉團兒卻多嘴，「那英雄長得什麼模樣？男的女的？相貌俊麼？」她自己愛美，看人最重容貌，柳眼滿臉血肉模糊，堪稱奇醜無比，她卻不覺得。

「那一下打敗鮑豹的英雄相貌可是不凡，他面如白玉，渾身披著菩薩般的蓮座白衣，背後鑲有血玉般的紅寶石，每走一步，身後就有萬丈金光閃爍，他走上三步，就登雲上天去了。」說故事的人口沫橫飛，「我等只看到他晃了晃，就消失不見了。」

玉團兒皺起眉頭，「真有這種下凡的神仙？」

「當然有當然有，這世上怎會沒有神仙？」奎鎮那說故事的老頭拈鬚搖頭晃腦，「只是姑娘妳年紀尚小，沒有緣分見到而已。」

「既然是神仙，下凡了為什麼不去殺玉篕篌那種壞人，要跑到這種荒山野嶺殺一個山賊？」玉團兒滿懷不信，狐疑地看著那老頭，「你肯定騙人啦！我才不要相信你。」

「小姑娘，」不遠處有個年紀更大的老人微笑，「那是個模樣很俊的年輕人，身上帶著不輕的傷，一身白衣，滿頭灰髮……」

「啊！」

那老頭還沒說完，玉團兒已失聲驚呼，「不會吧？是唐公子嗎？他也會做這種懲奸除惡的事？他人呢？他人在哪裡？」

那老頭正是被唐儷辭從鮑豹關刀下救出來的覃老丈，聞言也是愕然，「姑娘認得那位年輕人？」

「認得認得！」玉團兒拼命點頭，「他人呢？他人在哪裡？」

「他昨日上山趕跑了黑虎寨中的惡棍，現在人在客棧裡休息，聽說明日就要趕路了。」覃老丈正巧瞧到了唐儷辭從黑虎山上下來的身影，「他是救我性命的恩公。」

他有些話欲言又止，玉團兒卻沒瞧出來。

柳眼一提韁，馬車踏著碎步疾奔而入，阿誰撩起了窗簾，關切的往客棧的方向眺望。

她很快看見了唐儷辭。

唐儷辭與兩位女子正從一家布莊出來，他和其中一位女子並肩而行，攬著那女子的腰。日光之下，那穿著嶄新淡紅衣裙的女子散發著難言的光彩，她與唐儷辭並肩一站，就像整條街道數十上百號人都不存在，就連房屋樓宇都暗淡無光了。

她一步一搖，走得很慢，但每一步都讓人感覺得到她美好的腰身和腿的曲線，那一雙眼睛眼神不看任何人，自信、充滿高傲卻不傲慢的眼神。

那種眼神並不凌厲，卻光芒四射，不看任何人，卻聚焦任何人的眼神。

「唐儷辭！」玉團兒眼裡也看到了這位美人，她目不轉睛地看著這位美人的長腿，心裡卻還記掛著阿誰，「你跑到哪裡去了？你的傷怎麼樣了？阿誰姐姐放心不下你，要去少林寺給你求藥，她心裡一點也不怪你，她說在你把她扔出去的時候她才明白……」

「妹子！」

馬車裡的阿誰低聲喝了一聲，玉團兒及時住嘴，她從沒聽過阿誰如此急切低沉的聲音，隨即馬車內響起一陣咳嗽，她動了中氣，牽動了傷口。

柳眼看著眼前這位猶如女王的紅衣女子，一動也動不了。

這是瑟琳，她是唐儷辭從十五歲就開始交往的情人，甚至在穿越到此界之前，他們一直同居。

瑟琳對於唐儷辭而言，與其他逢場作戲的女人是不同的。

瑟琳出現了，那阿誰呢？

「咦？」瑟琳對唐儷辭露出笑顏，「她是誰？」

唐儷辭看了阿誰一眼，尚未開口，柳眼已開口道：「她是阿儷的婢女。」

瑟琳聽到聲音，轉過頭來，奇怪地問，「Vered？」

柳眼點了點頭，瑟琳看了他的臉一眼，笑了起來，「這樣看來有點酷，以前從覺得有點奶油，現在是完全沒有啦！」

瑟琳總能將一切擺得很平，即使是殘酷的事，從她花瓣般的唇間說出來總不會聽起來太難受，柳眼笑了笑，對唐儷辭道：「瑟琳怎麼會到了這裡？你的傷怎麼樣了？我們都很擔心你。」

他說了一句「我們」，輕描淡寫的包括了阿誰。

阿誰坐在車內，一隻手緊緊地抓住車窗，看著柳眼和瑟琳與唐儷辭熟練地聊著家常，聊著那些她聽不懂的話題，那一根根手指都因為用力而蒼白。

「妞妞……」車裡的鳳鳳怯怯地叫了一聲，她緩緩的收回手，摟住了鳳鳳，心跳得好劇烈，有些她原本以為永遠不會刺傷自己的東西，正在劇烈的刺傷著她。

玉團兒呆呆地看著柳眼和那美人說話，他們說的她都聽不懂，她突然之間很想哭……雖然她從來沒有問過，但柳眼從來沒有說過，他認識這樣一個美麗的女人。

他如果沒有變醜，是不是永遠不會和自己在一起？她第一次這樣想。

「妹子。」阿誰見她臉色蒼白，輕輕喚了她一聲。

玉團兒回過頭來，眼淚就這麼突然掉了下來。

她奔到阿誰身邊，阿誰輕輕擦去她的眼淚，柔聲道：「別哭，柳眼不會對妳不好的，他真的是個很溫柔的人。」

「他要是不變醜，是不是永遠不會和我在一起？他只會和那樣的女人在一起了。」玉團兒將頭埋進阿誰懷裡，渾然忘了她胸口的傷。

阿誰蹙眉忍受著傷口的劇痛，溫柔地道：「不會，他對妳很好很好的，他們……只是在閒聊。」

「真的嗎？」

「真的。」阿誰道：「他很溫柔。」

柳眼真的很溫柔，如果他不替唐儷辭回答那句「她是誰？」，如果他此時不上去說話，當唐儷辭回答她根本是個不相干的女人的時候，她會無地自容吧？

輕輕拍著玉團兒的背，她害怕唐儷辭因為擲她出去這件事受到傷害，所以急於告訴他她真的不在意，她當真心甘情願，不必為了這件事而責怪他自己無能。

她因此承認了深愛唐儷辭，再也無法逃避。

而原來……能安撫他的另有其人，遠遠比她美麗甜蜜，她真的是無關緊要、毫不相干的女人，她的一路擔憂只是虛妄的多情。

她看著自己懷裡的玉團兒，只是她和懷裡純真的少女不同，她已經歷過太多滄桑，她的真情不多……而這唯一僅存的癡，就如此虛無的被辜負了。

——《千劫眉（卷五）兩處沉吟》完——

——敬請期待《千劫眉（卷六）一桃之戰》——

高寶書版集團
gobooks.com.tw

DN 315
千劫眉（卷五）兩處沉吟
作　　者　藤 萍
責任編輯　吳培禎
封面設計　張新御
內頁排版　賴姵均
企　　劃　何嘉雯

發 行 人　朱凱蕾
出　　版　英屬維京群島商高寶國際有限公司台灣分公司
　　　　　Global Group Holdings, Ltd.
地　　址　台北市內湖區洲子街88號3樓
網　　址　gobooks.com.tw
電　　話　(02) 27992788
電　　郵　readers@gobooks.com.tw（讀者服務部）
傳　　真　出版部 (02) 27990909　行銷部 (02) 27993088
郵政劃撥　19394552
戶　　名　英屬維京群島商高寶國際有限公司台灣分公司
發　　行　英屬維京群島商高寶國際有限公司台灣分公司
法律顧問　永然聯合法律事務所
初　　版　2024年12月

國家圖書館出版品預行編目(CIP)資料

千劫眉. 卷五, 兩處沉吟 / 藤萍著. -- 初版. -- 臺北市：英屬維京群島商高寶國際有限公司臺灣分公司, 2024.12
　冊；　公分. --

ISBN 978-626-402-157-9(平裝)

857.7　　113019406